UM SOLITÁRIO
À ESPREITA

MILTON HATOUM

UM SOLITÁRIO
À ESPREITA

Crônicas

2ª reimpressão

Copyright © 2013 by Milton Hatoum

Grafia atualizada segundo o Acordo Ortográfico da Língua Portuguesa de 1990, que entrou em vigor no Brasil em 2009.

Capa
Jeff Fisher

Preparação
Lígia Azevedo

Revisão
Renato Potenza Rodrigues
Larissa Lino Barbosa

Dados Internacionais de Catalogação na Publicação (CIP)
(Câmara Brasileira do Livro, SP, Brasil)

Hatoum, Milton
    Um solitário à espreita : crônicas / Milton Hatoum.
— 1ª ed. — São Paulo : Companhia das Letras, 2013.

    ISBN 978-85-359-2292-9

    1. Crônicas brasileiras I. Título.

13-05503   CDD-869.93

Índice para catálogo sistemático:
1. Crônicas : Literatura brasileira 869.93

2022

Todos os direitos desta edição reservados à
EDITORA SCHWARCZ S.A.
Rua Bandeira Paulista, 702, cj. 32
04532-002 — São Paulo — SP
Telefone: (11) 3707-3500
www.companhiadasletras.com.br
www.blogdacompanhia.com.br

SUMÁRIO

Nota do autor *9*

Um inseto sentimental *11*

DANÇA DA ESPERA
Conversa com a matriarca *14* • Segredos da Marquesa *18* • Dança da espera *21* • Um enterro e outros Carnavais *24* • O nome de uma mulher *27* • Um *perroquet amazone* *30* • Tantos anos depois, Paris parece tão distante... *33* • Na cadeira do dentista *36* • História de dois encontros *39* • Sob o céu de Brasília *42* • Papai Noel no Norte *45* • Um artista de Shanghai *48* • Lembrança do primeiro medo *51* • Exílio *53* • Uma fábula *56* • Elegia para todas as avós *58* • Margens secas da cidade *61* • Capítulo das Águas *64* • Um médico visionário *67* • Cartões de visita *70* • Tio Adam em noites distantes *73* • No jardim de delícias *76* • Perto das palmeiras selvagens *78* • Lições de uma inglesa *81* • Liberdade em Caiena *84* • Nove segundos *87* • Saudades do divã *90*

ESCORPIÕES, SUICIDAS E POLÍTICOS
Flores secas do cerrado *94* • Tarde de dezembro sem nostalgia *98* • Escorpiões, suicidas e políticos *101* • Um amigo excêntrico *103* • O inferno dos fumantes *106* • Nunca é tarde para dançar *109* • Celebridades, personagens e bananas *112* • Crônica febril de uma guerra esquecida *114* • Uma carta virtual da Catalunha *116* • Tarde delirante no

Pacaembu *119* • Poema gravado na pele *122* • Bandolim *125* • A beleza de Buenos Aires *127* • Domingo sem cachorro *129* • Vocês não viram *Iracema*? *131* • Viagem, amor e miséria *134* • Um ilustre refugiado político *137* • A borboleta louca *140* • Viagem ao interior paulista *142* • Crianças desta terra *145* • Uma vingança inconsciente *148* • Uma pintura inacabada *151* • Adeus aos quintais e à memória urbana *154* • Meu gato e os búlgaros *156* • Valores ocidentais *159* • Fantasmas de Trótski em Coyoacán *162* • Portugal em pânico *165* • Um brasileiro em Boston *168* • Estádios novos, miséria antiga *171* • Carta a uma amiga francesa *174* • Morar, não ilhar e prender *177*

ADEUS AOS CORAÇÕES QUE AGUENTARAM O TRANCO
"A parasita azul" e um professor cassado *180* • Um jovem, o Velho e um livro *184* • Filhos da pátria *188* • Adeus aos corações que aguentaram o tranco *190* • Euclides da Cunha: um iluminado *193* • Leitores de Porto Alegre e uma bailarina no ar *196* • Notícias sobre o fim do livro *199* • No primeiro dia do ano *201* • O pai e um violinista *204* • Passagem pelo Piemonte *207* • Elegia a um felino *209* • O penúltimo afrancesado *212* • Brasileiros perdidos por aí *214* • Leitor intruso na noite *216* • A personagem do fim *218*

DORMINDO EM PÉ, COM MEUS SONHOS
Um sonhador *222* • Confissões de uma manicure *224* • Confissão da mulher de um caseiro *227* • Um solitário à espreita *230* • O magistrado e um coração frágil *233* • Dormindo em pé, com meus sonhos *236* • Quando nos conhecemos, ele não vivia assim *239* • Beverly Hills e a mãe da rua Sumidouro *241* • Vidas secas, de norte a sul *244* • Mulher endividada *247* • Quer saber como estou? *250* • Um rapaz à paisana *253* • Dilema *256* • Conversa com um *clochard* *259* • O lagarto e o pastor *262* • Uma imagem da infância *264* • Quatro filhas *266* • O céu

de um pintor *269* • A barata romântica *272* • Viajantes e apaixonados em transe *274* • A senhora do sétimo andar *276* • Na
Garganta do Diabo *279*

Fontes *283*
Sobre o autor *287*

NOTA DO AUTOR

As crônicas reunidas neste volume foram publicadas em jornais e revistas nos últimos dez anos (exceto "Dilema", que saiu em 1994). Dentre os textos selecionados e divididos em quatro seções, vários têm um viés mais literário. Podem ser lidos como crônicas, contos ou breves recortes da memória. Não poucas vezes o gênero literário depende da expectativa do leitor.

No final dos anos 1970 publiquei minha primeira crônica no Folhetim, antigo suplemento literário da *Folha de S.Paulo*. Mas só comecei a escrever crônicas e artigos com regularidade na revista *EntreLivros*, que teve uma vida breve (2005-7). Publiquei várias crônicas no portal da revista eletrônica *Terra Magazine* e, desde outubro de 2008, assino uma crônica no Caderno 2, do jornal *O Estado de S. Paulo*.

Todos os textos foram reescritos para esta edição.

Agradeço aos amigos que me convidaram a exercer essa atividade disciplinada mas prazerosa de cronista tardio.

UM INSETO SENTIMENTAL

Para Luiz Schwarcz e Maria Emília Bender

A PRIMEIRA FRASE DA CRÔNICA é quase sempre a mais difícil, mas, quando as palavras aparecem no papel, a mão que segura a caneta fica mais leve e envereda para um lugar desconhecido...

No entanto, basta surgir um inseto para mudar toda a história: o movimento da mão é interrompido pelo intruso, que voa em círculos e zoa com insistência, uma picada no pescoço ou no braço pode acabar com a alegria de escrever uma crônica, mesmo sabendo que vou reescrevê-la quatro ou sete vezes; talvez seja melhor espantá-lo com uma revista, ou esperar que ele se canse de girar e zumbir como um louco neste espaço pequeno.

Pode ser uma fêmea, não sei precisar o sexo dos insetos; não é varejeira, nem abelha ou besouro comum, tem um olhar estranho, e as asas ambarinas revelam uma delicada trama geométrica, que lembra uma teia de aranha.

Deixo a caneta na mesa, pego ao acaso uma revista e tento afugentar o intruso: que ele nos deixe em paz, eu e a ideia da crônica, a mão direita e as palavras, a razão e a emoção, mas o inseto parece zombar de tudo isso e descai do teto numa investida ousada que roça minha testa. Agora está claro que ele quer me perturbar, não há mais silêncio, já me desconcentrou, apagou a ideia da crônica e me deixou como um idiota, segurando uma revista de arquitetura com belos projetos em Guarulhos e no Rio, Artigas e Reidy, os olhinhos cor de ferrugem, patas pretas e um ferrão de fogo, se esse pequeno monstro me picar, adeus à crônica e à leitura de Gógol.

Apago a lâmpada, talvez ele se acalme na penumbra, às vezes a claridade é nociva e a opacidade, necessária. Mal consigo enxergá-lo, é apenas uma serpentina escura dançando no espaço, sigo os movimentos desse voo bêbado e hostil, tento entender meu inimigo e perdoá-lo, antes que a revista o golpeie e ele caia no chão, e logo uma pisada sem piedade e um chute para o pequeno jardim.

Acho que me entendeu, pois voa em silêncio, afasta-se de mim, procura em vão a luz da lâmpada e depois ronda a porta estreita, ali perto da romãzeira florida e da liberdade.

O voo lento pode ser uma trégua, e, pensando bem, o inseto não é tão ameaçador assim; recordo o trançado do desenho das asas, agora os olhinhos perderam o brilho, o ferrão é invisível na penumbra. De repente, um voo rápido em espiral, e a três palmos do assoalho ele se equilibra no ar, helicóptero perfeito, e uns segundos depois navega na horizontal até um dos cantos do quarto, onde se refugia numa caixa de papelão.

Acendo a lâmpada, me aproximo da caixa e vejo meu ex-inimigo no centro de uma fotografia antiga. Quieto, ferrão e asas recolhidos, repousa no rosto de uma mulher ainda jovem, que sorri para a lente do fotógrafo. Pego com cuidado a foto, saio do quarto e, com um sopro, o inseto some na tarde morna. Minha mãe me abraça numa manhã de 1960: nós dois aninhados no banco da praça da Matriz, aonde me levara para ver o aviário e conversar com os pássaros. Lembro-me de que ela morreu há quatro anos, e devo essa lembrança ao inseto estranho e sentimental, que me roubou a ideia de uma crônica, mas me deu outra.

Agora, quando já escurece, é pegar a caneta e escrever a primeira frase, quase sempre a mais difícil...

DANÇA DA ESPERA

CONVERSA COM A MATRIARCA

AOS 91 ANOS MINHA AVÓ SAMARA tentou usar aparelhos auditivos. O par de geringonças lhe cobria as orelhas e dava-lhe ao rosto uma expressão de telegrafista assustada com uma péssima notícia.

Por vaidade, deixou o cabelo grisalho crescer para esconder os aparelhos. E o mais incrível é que passou a ouvir menos do que antes e a ouvir coisas que ninguém dizia.

Desconfiamos disso na tarde em que Samara ficou uns cinco minutos em silêncio durante uma reunião de família. Logo ela, que não parava de falar, alternando o árabe com o português, ou misturando-os numa algaravia que nos deixava em dúvida sobre o que queria dizer. Às vezes não queria dizer nada, e sim confundir os nove filhos com aporias ou argumentos absurdos, de modo que triunfava nas discussões sobre assuntos que desconhecia ou não lhe interessavam.

Mas nos cinco minutos de silêncio o mundo parou de existir. E, quando ela retomou a palavra, desfiou uma conversa tão desmiolada, que meus tios se entreolharam, imaginando alguma anomalia na cabeça da matriarca.

A coisa piorou num almoço de domingo. Enquanto ela comia calada, percebemos que se irritava com alguma coisa. De repente largou o garfo, mergulhou a cabeça no mormaço e bateu palma. Quando fez esse gesto pela terceira vez, um dos meus tios lhe perguntou:

"O que foi, mãe? Quem a senhora está aplaudindo?"

E ela: "Matem todos, pelo amor de Deus. Vão me devorar...".

Então ele tirou a geringonça dos ouvidos de sua mãe, aproximou-se do rosto dela e repetiu a pergunta.

"Não tem aplauso nenhum", disse Samara. "Tem é muito

mosquito por aqui, isso sim. Cadê os carapanãs? Matem todos, todos..."

Não era zumbido de mosquitos, e sim o ruído de chuvisco emitido pelos aparelhos auditivos.

Jurou nunca mais usá-los. Os seis filhos homens protestaram, minha mãe e duas tias pediram calma e meu avô se retirou da sala. Ela ignorou os protestos, o clamor pela calma e a ausência do marido: pegou as duas geringonças e jogou-as no tanque das enguias.

Meu tio Sami, que tinha comprado os aparelhos no Panamá, olhou desolado o fundo limoso do tanque e perguntou em voz alta:

"E agora, o que vamos fazer para a senhora ouvir?"

"Falem alto. Não são homens? Gritem."

Gritavam. E ela regia ao alvoroço como uma maestrina sem batuta, conduzindo o coral com gestos incisivos de suprema matriarca, atenta à voz de cada um de seus filhos e à da conversa, sobretudo quando esta resvalava perigosamente por algum idílio ou caça amorosa.

Quis o acaso que eu fosse um de seus netos queridos. Com os filhos ela era implacável, como são as mães de uma penca de marmanjos.

Quando os seis homens da casa se atracavam como gladiadores e berravam como camelôs em pânico, bastava um olhar da matriarca para que os vozeirões se rebaixassem a miados de angorá. Podiam brigar por dinheiro, futebol ou política, mas nunca por amor a uma mulher, já que a única mulher na vida deles era ela mesma.

É que Samara tinha ciúme até da sombra dos filhos, desde que fossem sombras femininas. Não de todos os "meninos", só de dois, seus eternos cativos.

Nas noites de sábado esperava-os com um faro de cão adestrado. Às dez horas ela bebia meia jarra de suco de alho, nos acordava com um copo na mão e dizia: "Faz bem para o organismo, vão viver cem anos".

Tomávamos esse purgante e nunca mais dormíamos. À meia-

15

-noite ela fazia a primeira incursão ao quarto dos dois filhos. Deixava na mesinha de cabeceira dois copos com suco de alho e molhava com querosene o pavio de uma lamparina a fim de espantar os mosquitos. No meio da madrugada, o eco de seus passos no corredor escuro acordava meu avô Elias.

"Ladrão?", o velho perguntava com a voz rouca do ronco interrompido.

"Ladras", ela respondia.

"Ladras?"

"Isso mesmo. Ladras. Querem roubar o amor dos nossos filhos."

"Para com isso e vem dormir, Samara."

Mas só Elias dormia. Ela continuava a ronda, subindo e descendo a escada, movida pelo alho e pelo desejo de ser única na vida dos dois meninos.

E quando eles chegavam, ela os acompanhava até o quarto e ralhava:

"Sou surda, mas não cega. Vocês ainda são muito jovens para o casamento."

O mais velho desses jovens tinha 52 anos incompletos, e era tão alto e forte que erguia Samara com a mão esquerda e colocava-a sentada na direita. Esse gigante era tio Boulos, o Paulo: um Apolo à luz do dia e um lobo dionisíaco quando a primeira estrela espocava na noite.

O outro, tio Fares, um garoto de 48 anos. Sem esforço, era possível contar dezoito fios de cabelo em sua calvície precoce. Não tinha a pinta de Boulos, mas a voz de barítono e a lábia inquietavam minha avó.

"Com essa voz tu vais longe, ela dizia na presença de todo mundo. Vai muito longe, mas só comigo."

Os dois chegavam juntos para evitar sermões alternados. Samara ralhava com o Apolo, depois com o careca, e eles escutavam juntos e calados na porta do quarto.

Nós ríamos quase em surdina: o bafo do alho nos impedia de abrir a boca e gargalhar. Solitário em seu leito, meu avô gritava para a mulher surda:

"Por Deus, Samara: isso é insano."
Ela concordava:
"É verdade, Elias: é só ciúme."

SEGREDOS DA MARQUESA

OUTRO DIA SOUBE QUE MORREU uma mulher querida. Tinha um nome meio pomposo, de marquesa, mas não era nobre nem frequentava os salões dos decadentes barões da borracha. Com ela morreu a memória de uma época.

A Marquesa era uma amazonense que sonhava com o Rio de Janeiro. Realizou o sonho e morou mais da metade de sua vida num pequeno apartamento de Copacabana. Quando você se dá conta —, o tempo já deu suas voltas e foi embora, veloz e matreiro como uma distração.

Era mãe de uma amiga minha, mas destoava de outras mães, tão convencionais e carolas, tão donas de casa e voltadas apenas para o marido, o lar, os filhos. A Marquesa convidava crianças humildes para brincar com sua filha: crianças que moravam em palafitas na beira dos igarapés próximos do nosso bairro. Esse gesto generoso irritava certas mães, que proibiam os "indiozinhos" de conviver com seus filhos, mas não podiam viver sem as mãos serviçais das mães desses mesmos curumins e cunhantãs.

Aos sábados, brincávamos e merendávamos no quintal da casa da Marquesa; às vezes nos levava para assistir a um filme no cine Guarany, o antigo teatro Alcazar. Éramos oito ou dez crianças na matinê de sábado, nossa noite de sonho e fantasia no meio da tarde. Depois da sessão, tomávamos tacacá na barraca de d. Vitória, ali na calçada do cine Odeon, uma das maravilhas de Manaus.

Ao meio-dia, quando eu chegava do Ginásio Pedro II, ia visitar minha amiga e encontrava a Marquesa na sala, lendo uma revista francesa, ouvindo Bach ou Villa-Lobos; às vezes ela entrava em casa para conversar sobre música com a professora de piano da minha irmã caçula. E entrava também na roda dos homens para falar de política. O marido dela, um homem rígido e poderoso, sumia quando ela falava. Não sei por que casaram, talvez por amor, mas os dois amantes pareciam inimigos, como no poema de Drummond.

Na primeira semana de abril de 1964, ela reuniu os amigos da filha e disse que o país estava nas "garras dos bárbaros". Eu tinha doze anos e não entendi; mas memorizei essas palavras: nas garras dos bárbaros. Aos poucos, ela percebeu que o marido bajulava os milicos, recebia políticos servis e interesseiros, raposas que passaram a frequentar a sala e o quintal de sua casa. Quando eles chegavam com garras afiadas e inchados de empáfia, ela saía ou se trancava no quarto para não ver essa gente.

Foi nessa época que começou a beber, e, quando bebia muito, era capaz de desafiar até o diabo, com ou sem farda. Por desamor ou indiferença — ou por *algo mais* —, ela se viu sozinha no casamento e decidiu viajar com a filha para o Rio. Calhou de conversarmos a sós em várias ocasiões; em algum dia de 1967 lhe disse que eu também queria partir.

E então, na despedida, me revelou que era amante de um homem que eu conhecia: queria viver com ele em Copacabana. Esse era o *algo mais*. Ou alguém a mais na vida da Marquesa: uma história de amor, movida por encontros esporádicos, que duraram mais de duas décadas.

Ela se confinou em Copacabana e eu dei voltas pelo Brasil, sempre pensando em visitá-la, curioso por saber o nome do amante que, segundo a Marquesa, eu conhecia. Até simulava uma conversa com ela antes desse encontro prometido e tantas vezes adiado.

Enfim, visitei-a em 1978, quando lancei no Rio um livrinho de poesia. Almocei em seu apartamento de Copacabana, depois andamos até o Forte, onde conversamos sobre sua filha, minha amiga de infância, que estava morando em Londres.

"Ela fugiu das garras dos bárbaros?"

A Marquesa deu uma risada:

"E das garras da mãe."

No fim da tarde, revelou que seu amante — o homem que eu conhecia — era um dos meus tios solteiros.

A revelação me deixou mudo por um momento. Mas não resisti e perguntei qual deles.

"O galã sonhador", disse, sem hesitar. "De vez em quando a gente namora aqui no Rio. Não piso mais em Manaus."

Revelou outras coisas de sua vida, e contou detalhes da história amorosa com o galã sonhador. Nunca os imaginei juntos, nem desconfiei do caso entre os dois. Foi uma história de amor clandestina, que resistiu ao mau olhado da província e, depois, à velhice. No fim do nosso encontro, disse que eu podia aproveitar tudo o que ela havia me contado.

"Aproveitar?"

"Se um dia tu escreveres um romance…"

Mais de vinte anos depois do nosso encontro no Forte de Copacabana, me lembrei das histórias da Marquesa e, de fato, fiz de alguns lances de sua vida uma ficção.

Quando leu o romance, me telefonou para dizer que eu havia exagerado e inventado tanta coisa que mal se reconheceu na personagem da mulher adúltera.

"Ainda bem", eu disse. "Se tivesse sido fiel à tua história, qual teria sido a reação da tua filha e do teu ex-marido?"

"Minha filha teria adorado, porque ela sabe de tudo. E meu ex-marido já virou pó. Não sabias? Morreu de infarto. Deve estar no inferno, limpando as botas dos amigos dele."

Ia lamentar a morte do pai de minha amiga, mas decidi não dizer nada. Depois de uns segundos de silêncio, a Marquesa completou: "Além disso, ele nunca gostou de literatura. Por que iria ler o teu livro?".

DANÇA DA ESPERA

NOSSA VIZINHA RARAMENTE SAÍA DE CASA; quando saía, era um acontecimento na Joaquim Nabuco, a avenida da nossa infância e juventude. Parávamos de jogar bolinhas de gude e até de empinar papagaio, desatentos às tranças no ar e atentos às tranças da mulher, que seguíamos com os olhos e, às vezes, com passos furtivos.

O nome dela era um convite ao sonho: Sálvia Belamar. E seu tipo físico parecia uma dissidência antropológica da nossa imensa tribo morena. Da minha turma de amigos, só Jason Reilly — filho de um irlandês com uma cabocla — era aloirado. Sálvia era ruiva e alta; o rosto e os braços brancos pareciam desprezar o sol do equador. Além de reclusa, era solitária. Mas sua solidão diuturna rebelava-se uma vez por semana. Não sei como ela vivia, nem de que vivia.

Do balcão do nosso sobrado era possível vê-la à noite, na sala sem cortina, vestida com um penhoar vermelho, jantando ou lendo um livro. Aprendi a palavra "penhoar" com a minha tia Tâmara, que costurava roupas femininas; enquanto costurava, ia desfiando a vida dos vizinhos. Mas tia Tâmara não sabia nada de Sálvia, cuja vida era um livro misterioso no palco escancarado da província. Não sei quantas páginas tinha esse livro, mas pude ler um ou dois capítulos. Vamos aos capítulos, que são breves, e não totalmente tristes. Em todo caso, não fazem mal a ninguém. Afinal, amanhã é sábado.

E que coincidência: justamente aos sábados começam e terminam um dos capítulos amorosos do livro de Sálvia. Aos sábados, um homem com uniforme de aviador — comandante ou copiloto ou engenheiro de bordo — entrava às oito da noite no bangalô. A porta não estava trancada. Eu, Minotauro e Jason

Reilly ficávamos no balcão da minha casa, espreitando o encontro do casal.

Jason era um varapau. Para ele, o horizonte era mais vasto. Em certas circunstâncias, um voyeur alto leva vantagem; e o diabo é que Jason era discreto demais. O silêncio e a respiração ofegante desse filho de europeu eram intraduzíveis. Vez ou outra ele era contaminado por nossa indiscrição inata e nos cochichava uma cena que eu e o Minotauro só podíamos imaginar. Mesmo assim, quando o aviador e Sálvia namoravam, víamos gestos de carícias que desconhecíamos ou de que nem suspeitávamos; víamos o aviador tirar o paletó preto e jantar com a mulher. Depois os dois dançavam ao ritmo de uma música inaudível, como um par enamorado de um filme mudo, mas colorido. Quando o par saía da sala, o filme terminava com um blecaute.

Lembro que essas sessões noturnas de voyeurismo duraram poucos meses. Nunca vi o aviador à luz do dia; não sei a que horas ele ia embora do bangalô, nem se ia ao hotel ou ao aeroporto.

Minha tia Tâmara contou ao irmão que eu e meus amigos abelhudávamos a vida da vizinha. E tio Adam, mais abelhudo do que todos nós, disse: "Conheci Sálvia nas alturas".

"Nas alturas?"

"A bordo do *Constellation*, numa viagem do Rio para Manaus", ele disse. "Tive a sorte de sentar ao lado dela. Como o voo era demorado e tedioso, puxei conversa com a moça."

Tio Adam não revelou nada dessa conversa, mas disse que, antes da aterrissagem em Manaus, a passageira levantou para ir ao toalete e não voltou mais.

"Ela sumiu", disse Adam, "e minha viagem terminou aí."

"Ela estava no banheiro quando o avião pousou?"

"Na cabine de comando, sentada numa cadeirinha atrás do comandante", esclareceu meu tio. "A continuação dessa história tu já conheces."

Mas foi o próprio Adam que me contou o fim.

Ao anoitecer de um sábado, um de seus amigos da aeronáutica telefonou da base aérea para lhe dizer que o *Constellation* havia sumido do radar quando se aproximava do aeroporto de Manaus. Meu tio desligou o telefone e ficou olhando sua irmã. Com três palavras ele nos deu a notícia terrível e entrou no seu quarto, que era também o meu.

Naquele sábado, Jason e o Minotauro chegaram antes das oito; Sálvia arrumou a mesa para o jantar e esperou. Às oito e meia saiu da sala e voltou uns minutos depois. Jason disse que ela chorou sentada no chão; ficou impressionado por tê-la visto beijar, morder e cheirar um quepe preto.

No sábado seguinte nós a vimos jantar. Enquanto comia, olhava para o fantasma do aviador, conversava com ele, servia-lhe comida. Depois ela dançou sozinha, abraçada ao quepe.

Meus dois amigos não suportaram rever esse quadro mórbido. E eu, sem a cumplicidade deles, capitulei.

Anos depois, quando eu já morava em São Paulo, recebi um convite para participar da festa do casamento de tio Adam com Sálvia Belamar. O voyeur, agora sobrinho da vizinha misteriosa, não era mais um menino.

Viveram juntos trinta e um anos e sete meses. Morreram na mesma semana, primeiro ela, e dois dias depois, meu tio.

UM ENTERRO E OUTROS CARNAVAIS

Para Osman, Lucia, Yeda e os amigos da Lobo d'Almada

RECORDEI OUTROS CARNAVAIS quando fui ao enterro de d. Faride, mãe do meu amigo Osman Nasser. Quando eu tinha uns catorze ou quinze anos de idade, Osman beirava os trinta e era uma figura lendária na pacata Manaus dos anos 1960.

Pacata? Nem tanto. A cidade não era esse polvo cujos tentáculos rasgam a floresta e atravessam o rio Negro, mas sempre foi um porto cosmopolita, lugar de esplendor e decadência cíclicos, por onde passam aventureiros de todas as latitudes do Brasil e do mundo.

No fim daquela tarde triste — sol ralo filtrado por nuvens densas e escuras —, me lembrei dos bailes carnavalescos nos clubes e dos blocos de rua. Antes do primeiro grito de Carnaval, a folia começava na tarde em que centenas de pessoas iam recepcionar a Camélia no aeroporto de Ponta Pelada, onde a multidão cantava a marchinha *Ô jardineira, por que estás tão triste, mas o que foi que te aconteceu?* e depois a caravana acompanhava a Camélia gigantesca até o Olympico Clube. Não sei se era permitido usar lança-perfume, mas a bisnaga de vidro transparente refrescava as noites carnavalescas, o éter se misturava ao suor dos corpos e ao sereno da madrugada.

Não éramos espectadores de desfiles de escolas de samba carioca; aliás, nem havia TV em Manaus: o Carnaval significava quatro dias maldormidos com suas noites em claro, entre as praças e os clubes. A Segunda-Feira Gorda, no Atlético Rio Negro Clube, era o auge da folia que terminava no Mercado Municipal Adolpho Lisboa, onde víamos ou acreditávamos ver peixes graúdos fantasiados e peixeiros mascarados. Havia também sereias roucas de tanto cantar, odaliscas quase nuas e descabeladas, princesas destronadas, foliões com roupa esfarrapada, mendigos que ganhavam um prato de mingau de banana ou jaraqui frito. Os foliões mais bêbados mergulhavam no rio Negro para mitigar a ressaca, outros discutiam com urubus na praia ou procuravam a namorada extraviada em algum momento do baile, quando ninguém era de ninguém e o Carnaval, um mistério alucinante.

Quantos homens choravam na praia, homens solitários e tristes, com o rosto manchado de confetes e o coração seco.

"Grande é o Senhor Deus", cantam parentes e amigos no enterro, enquanto eu me lembro da noite natalina em que d. Faride distribuía presentes para convidados e penetras que iam festejar o Natal na casa dos Nasser.

Ali está a árvore coberta de pacotes coloridos; na sala, a mesa cresce com a chegada de acepipes, as luzes do pátio iluminam a fonte de pedra, cercada de crianças. O velho Nasser, sentado na cadeira de balanço, fuma um charuto com a pose de um perfeito patriarca. Ouço a voz de Oum Kalsoum no disco de 78 RPM, ouço uma gritaria alegre, vejo as nove irmãs de Osman dançar para o pai; depois elas lhe oferecem tâmaras e pistaches que tinham viajado do outro lado da Terra para aquele pequeno e difuso Oriente no centro de Manaus.

Agora as mulheres cantam loas ao Senhor, rezam o Pai-Nosso e eu desvio o olhar das mangueiras quietas que sombreiam o chão, mangueiras centenárias, as poucas que restaram na cidade. Parece que só os mortos têm direito à sombra, os vivos de Manaus penam sob o sol. Olho para o alto do mausoléu e vejo a estrela e lua crescente de metal, símbolos do islã: religião do velho Nasser. É um dos mausoléus muçulmanos no cemitério São João Batista, mas a mãe que desce ao fundo da terra era católica.

Reconheço rostos de amigos, foliões de outros tempos, e ali, entre dois túmulos, ajoelhado e de cabeça baixa, vejo o vendedor de frutas que, na minha juventude, carregava um pomar na cabeça.

A cantoria cessa na quietude do crepúsculo, e a vida, quando se olha para trás e para longe, parece um sonho. Abraço meu amigo órfão, que me cochicha um ditado árabe:

Uma mãe vale um mundo.

Daqui a pouco será Carnaval...

O NOME DE UMA MULHER

Para Aurelio Michiles

HÁ POUCOS DIAS, em Salvador, me lembrei das viagens para Monte Santo, Cocorobó, La Paz, Lima e Machu Picchu. Na década de 1970 — e ainda hoje — muitos jovens peregrinavam pelo Brasil e pela América Latina; alguns buscavam o prazer da natureza e da vida comunitária em Trancoso, Ilha Bela, Mauá ou outro lugar, onde sonhavam acordados com viagens imaginárias num céu artificial; outros buscavam a beleza das paisagens latino-americanas, com seus altiplanos, desertos, cerrados e florestas. Muitos viajantes deparavam com algo tenebroso: a própria terra desta América, povoada de vilarejos e cidades miseráveis.

Havia algo mais.

O condor não era a ave gigantesca da cordilheira dos Andes, e sim o codinome de uma tenebrosa operação repressora das ditaduras do Cone Sul. Mas quem sabia disso? A ingenuidade era irmã siamesa do desatino e dos sonhos utópicos da juventude. Quantas paisagens belas e também desoladas! Quantos cadernos perdidos ou esquecidos em acampamentos e pousadas, diários com desenhos e anotações sobre El Cuzco, ou sobre Mitu, na selva colombiana próxima da fronteira com o Brasil, ou sobre Iquitos, de onde telefonei para minha mãe, que me perguntou o que eu estava vendo na cidade peruana.

"Palafitas, mãe. Casarões arruinados, com paredes descascadas; vejo também um homem idoso sentado numa cadeira de rodas, uma cadeira improvisada: pneus murchos de bicicleta, assento e encosto de madeira tosca. O homem parece uma estátua do passado, acho que é um velho 'cauchero'; vejo também índios e cholos no porto, todos carregando caixas de frutas; na praia do rio as crianças brincam de esconde-esconde ao redor de uma canoa velha, meio emborcada."

E logo a voz perguntou:

"Tem água encanada no hotel? Cuidado com a hepatite..."

Olhei para as crianças, ia responder, mas a ligação foi interrompida, como se alguém cortasse o fio de uma conversa entre mãe e filho. Tentei ligar várias vezes, não consegui. Na manhã do dia seguinte desci o rio num barco de linha e vi Iquitos como se fosse um bairro pobre de Manaus, ou um bairro que lembrava a Vila da Barca, em Belém.

Viajar cansa, pensei, enquanto voltava da Bahia, com a lembrança dos meus amigos de Salvador, dos estudantes universitários, da Baixa dos Sapateiros e de Itaparica. Recordei a mulher que trabalhava no restaurante do hotel, ela só folgava um domingo por mês e mal podia ver o filho pequeno porque saía às seis da manhã e quando voltava para casa a criança já estava dormindo.

"Meu filho me diz: minha mãe, a gente se vê tão pouco. Por quê? E eu ia responder: sua mãe trabalha o dia todo e nem tem carteira assinada, mas um menino de seis anos ia entender isso?"

Há pouco tempo li que catorze brasileiros foram libertados, eles "trabalhavam" em regime de escravidão numa fazenda em Correntina. Pensei nesse capitalismo tão brasileiro e latino--americano, cuja fachada de sociedade avançada esconde formas contemporâneas de escravidão. Pensei nessa modernidade manca, talvez incompleta para sempre, na barbárie tão arraigada na nossa "civilização", na nossa triste República, cujo Senado é um dos símbolos máximos da desfaçatez nacional. Pensei na canção de Caetano: o Haiti é aqui. E me lembrei do celular que eu havia esquecido na esteira de fiscalização do aeroporto de São Paulo.

Encontrei a maquininha no depósito de objetos perdidos e extraviados, mostrei um documento ao funcionário, que me fez algumas perguntas; disse a ele que nem usava o celular, aliás, mal sabia ligá-lo, mas ele quis verificar se o aparelho era meu mesmo; apertou um botão e apareceu o nome de uma mulher. Ele perguntou quem era.

"Minha mãe", respondi, com voz seca.

"Você pode ligar para ela?"

"Posso", respondi. "Mas é inútil, ela não vai atender."

Ele me olhou desconcertado e me devolveu o aparelho desligado.

UM *PERROQUET AMAZONE*

Para Eliete Negreiros e Arrigo Barnabé

NESTE INVERNO DO ANO DA FRANÇA NO BRASIL me lembrei do papagaio Bonpland, parente ancestral de Loulou, o famoso *perroquet amazone* do conto "Um coração simples", de Flaubert.

Antes do último sopro de vida, Félicité, a protagonista desse conto, "acreditou ver nos céus entreabertos um papagaio gigantesco, planando acima de sua cabeça". Essa visão alucinante transforma o papagaio empalhado na imagem do Espírito Santo. É um momento de "sensualidade mística", de pacificação depois de meio século de vida sofrida da pobre Félicité.

Bonpland não teve o dom de virar nenhuma divindade, ele foi apenas um amigo conterrâneo. Eu o trouxe de Brasília, onde ele reclamava do ar seco e do excesso de verde da capital. Não o verde da vegetação, que ainda era coberta de poeira vermelha, e sim o verde-oliva, uma cor onipresente e assustadora, para mim e para o jovem Bonpland.

Mas lembro que o louro gostou de São Paulo, comia caqui e banana com um apetite voraz, e, quando me via triste e cansado nas noites que eu estudava para o vestibular, ele gritava: *"Alors, mon copain, on chante quelque chose?"*.

Isso mesmo, leitor. Era um papagaio afrancesado, porque pertencera à minha avó, que se comunicava com ele em francês nas manhãs manauaras. Quando a matriarca soube que eu gostava de Bonpland, me disse: "Então leva esse bicho para Brasília. Tenho mais dois no quintal".

Não se adaptou a Brasília, passava o dia calado, bicava sem vontade uma fruta, franzia a testa quando eu saía de casa e dormia tanto que parecia uma ave deprimida. Quando perguntei se ele queria voltar para o Amazonas, respondeu com ar indeciso: *"Pas encore"*. A mesma pergunta lhe fiz em São Paulo, e sua resposta foi: *"Pas de tout"*.

Eu o levava para passear na praça da República e no Jardim da Aclimação. Na manhã de um sábado, quando nós dois andávamos — ele sempre no meu ombro — na Barão de Itapetininga, entramos na Livraria Francesa. Bonpland deu um show para os livreiros. Disse aos gritos as frases em francês que ele sabia de cor, frases curtas que lembravam a escrita de Camus, e não frases caudalosas, sinuosas e labirínticas, à la Proust. Bonpland preferia a concisão ao jorro verbal e à hipérbole, preferia a brevidade à ênfase, e isso foi, para mim, uma lição de estilo. No fim do verão, foi uma lição de vida. Eu ainda não conhecia ninguém, falava pouco, era um vestibulando sem vocação profissional, um provinciano meio perdido numa cidade desconhecida, que, naquela época, me parecia hostil.

Bonpland era uma espécie de cão fiel, minúsculo, tagarela. Um cãozinho verde, alado. Quando eu me preparava para sair do quarto, ele protestava com alaridos agressivos. Meus vizinhos da pensão se assustavam com a histeria da ave, os outros vestibulandos reclamavam do estardalhaço, então eu repreendia o bichinho, dizia com firmeza em francês: "Fica quieto, Bonpland". E ele calava. Mas, na rua, me arrependia de ter ralhado com ele e, quando voltava para o quarto, Bonpland se fazia de difícil, dava as costas para mim, dormia ou fingia dormir mais cedo. Por vingança, me acordava às cinco da manhã, gritando: *"Putain, il fait beau, il fait beau"*. E nem tinha amanhecido. Eu o chamava de crápula, papagaio besta, que me deixasse dormir. Mas não adiantava, a ladainha persistia, e eu ia tomar café. Vivemos meses assim, entre birras e carinhos, e quando a primeira rajada de frio chegou, Bonpland curvou a cabeça, as penas eriçadas, os olhinhos tristes. Era uma ave solar, o frio o deprimia, talvez o fizesse sofrer.

Duas vezes fugiu do quarto, com a esperança de sentir o calor do Amazonas. Na primeira fuga foi encontrado por um velho nissei, que apareceu na pensão com a ave numa gaiola de bambu.

"Papagaio triste, né?"

Concordei. E agradeci àquele homem generoso.

A segunda escapada me deu trabalho: ele subiu até o alto de uma sibipiruna numa pracinha da Liberdade e ficou empoleirado por várias horas. Juntou gente para vê-lo. Algumas pessoas me julgaram louco, porque eu gritava em francês com a cabeça erguida para o céu; tive que explicar que meu papagaio era bilíngue e esnobe, e fora acostumado a ouvir carões em francês. Uma francesa ouviu perplexa a conversa em sua língua materna, quis comprar o papagaio e levá-lo para Marselha. Neguei com veemência. E quando ela desatou a falar em francês, tentando seduzir a ave, eis que Bonpland saltitou de galho em galho até cair no meu ombro. Pôs o bico no meu pescoço e fez uns dengos exagerados.

A francesa entendeu que era um caso de amor.

O frio da última semana de junho foi fatal. No dia 24, ele amanheceu sem apetite, e do bico escorria um líquido viscoso. Não comeu nada e andava de banda, arrastando-se com esforço. Tentei conversar com ele, mas ficou totalmente mudo, com os olhinhos fechados. Ia levá-lo ao veterinário, mas morreu no dia 26 de junho, há exatos 39 anos.

Felizmente eu já tinha bons amigos. Dois deles, Arrigo e Eliete, lamentaram a morte desse papagaio bilíngue e até entoaram uma balada quando ele foi enterrado ao pé de uma jabuticabeira do quintal da pensão. Não é uma árvore do Amazonas, mas todas as árvores são belas. Além disso, Bonpland bem que gostava de bicar jabuticabas.

TANTOS ANOS DEPOIS,
PARIS PARECE TÃO DISTANTE...

QUE DISTRAÇÃO: em abril de 1989 publiquei meu primeiro romance, cujo esboço inicial foi feito em dezembro de 1980 e nos primeiros meses de 1981. O relato seria um conto, mas foi crescendo com o calor da viagem sinuosa e atropelada da escrita.

Às vezes, quando essa viagem é interrompida, você diz a si mesmo que é uma pausa provisória, mas há textos que ficam no meio do caminho e são abandonados ou esquecidos: assuntos que não dão certo, temas ou questões que não se desdobram e morrem nas primeiras páginas. Na verdade não é o tema que morre, e sim a forma, a arquitetura, o projeto que não vinga. Mas aquele conto expandiu-se, uma voz puxava outra, vozes tão intrometidas que nem sei de onde vinham. Quando me dei conta, já tinha escrito mais de cem páginas no quarto parisiense que eu havia alugado por uma bagatela, um quartinho pouco arejado cuja única vantagem era situar-se no Marais.

O mais belo bairro de Paris compensava o espaço exíguo do quarto de empregada, com uma janela inclinada que dava para o pátio interno do edifício. Mesmo no inverno, três crianças brincavam ao redor de uma fonte no centro do pátio. Isso me bastava e até me contentava. Mas tinha de suportar meus senhorios, um casal francês da província, talvez de Brest. O marido era discreto, lacônico, deixava a mulher falar e agir por ele.

Lembro que no terceiro mês a mulher decidiu que a prateleira mais baixa da geladeira seria a minha, as outras seriam dela e do marido; a divisão se estendia à porta, às gavetas e ao congelador, de modo que a garrafa de leite, a carne, os legumes e os ovos do casal proprietário ficavam separados. Um dia decidi desocupar a geladeira e tornar-me independente.

Talvez por se sentir culpada, a mulher de Brest bateu na porta do meu quarto numa noite de inverno e perguntou se eu queria tomar o resto da sopa de cenoura. Se a minha querida avó escutasse essa oferta tão generosa, não sei o que diria. Quer dizer, sei, mas é melhor não mencionar. Eu disse um "*Non, merci, madame*" com uma voz cavernosa, fechei a porta e continuei a escrever, pensando que nunca ia terminar aquele texto, pensando no poema "O lutador", de Carlos Drummond de Andrade: lutar com as palavras é a luta mais vã.

"O lutador" — uma das melhores definições do trabalho com a linguagem — evoca o esforço do narrador na batalha com as palavras e termina com a certeza de que "o inútil duelo jamais se resolve".

Um poema deve ser perfeito, ou quase perfeito, mas um romance é, com frequência, uma obra imperfeita, um calhamaço com vários deslizes ou momentos de frouxidão. Nessa batalha de fôlego longo, cada página é uma batalha, uma tentativa de pôr de pé alguns personagens, de ir até o fundo de uma questão, de transferir aos personagens todo o ódio, paixão, frustração e ressentimento do narrador.

No fim, quando o livro é publicado, os personagens vivem nas páginas do romance e passam a existir na imaginação do leitor; mas o narrador está seco, exaurido na noite sem lua, sem sopa de cenoura, apenas com uma baguete adormecida e fatias murchas de presunto espalhadas sobre a escrivaninha.

De manhã uma mulher ou um casal te olha como se você fosse um demente ou um inútil. Demente, ainda não. Inútil, talvez: a utilidade e o afã missionário fazem mal à literatura, que não deve explicar nem convencer, apenas insinuar e interrogar.

Enquanto escrevia meu primeiro romance, eu e uma amiga traduzíamos ensaios sobre o crescimento da economia sul--americana, o milagre das ditaduras do Cone Sul. Essas traduções tediosas garantiam pão, queijo e vinho, e também livros de bolso, um bom filme e o aluguel do quarto, e assim podia recusar sopa morna de cenoura nas noites geladas de janeiro. Sem sopa, mas com Marcel Schwob, Baudelaire e Stendhal, anotando versos e frases que depois eu escrevia nas paredes do quarto.

Tantos anos depois, Paris parece tão distante, e agora surge sem nostalgia na minha memória. Nunca mais vi o casal de Brest. Eu e minha amiga perdemos o fio da conversa e os laços de amizade se afrouxaram. A distância é essa hidra terrível que nos afasta das pessoas, e só uma década depois — em 1991 ou 92 — eu tive notícias da minha amiga e do Marais, onde ela mora. O bairro, que era calmo — mas não bucólico —, tornou-se chique e presunçoso, sem os artesãos, chapeleiros e pequenos atacadistas de acessórios de couro, sem Les Halles, tão evocado na prosa francesa do século XIX.

Nada disso restou? Mas alguma coisa sempre sobrevive na memória.

NA CADEIRA DO DENTISTA

ADMIRO OS DENTISTAS, profissionais que usam em seu trabalho instrumentos pontiagudos e afiados; no entanto, o fazem com extrema paciência. Alguns esbanjam delicadeza e tato. Claro que a anestesia ajuda muito; mesmo assim, os gestos meticulosos das mãos do dentista, a inclinação da broca ou da pinça, a própria agulhada da anestesia, tudo isso depende de uma habilidade ímpar.

Dentistas são seres solitários diante do sofrimento do paciente, por isso exercitam um monólogo demorado, a fim de exorcizar a solidão. Um paciente de boca aberta, mas incapaz de pronunciar uma palavra parece uma estátua viva, anestesiada. Não pode falar nem sorrir. Rir, nem pensar. Talvez concorde ou discorde com um som gutural, patético, que vez ou outra se confunde com um esgar de sofrimento.

Há mais de dez anos um dentista começou a contar por que era infeliz com a esposa, e quando tive vontade de dizer algo — ou pude de fato falar — ele já contava as delícias do terceiro casamento.

Já nem sei quantas histórias de vida ouvi enquanto o dentista fazia o tratamento de um canal. E basta uma limpeza de dentes para que o paciente escute — entre tártaros retirados com uma pinça inclemente — um episódio picante, um lance venturoso ou desconcertante da vida do profissional ou da vida alheia.

Gosto de dentistas indiscretos e dos que inventam histórias durante a consulta. É um momento raro em que o paciente sentado ou quase deitado assume ares de psicanalista. Enquanto a broca zune, a voz do dentista narra cenas extraordinárias ou viagens insólitas; no fim, com a gengiva inchada e a boca insensível pela anestesia capaz de derrubar um cavalo, sinto-me revigorado por ter escutado tantas histórias.

Na minha relação com os dentistas ou com a odontologia, lembro-me de dois episódios marcantes. O primeiro, traumático, me remete ao dentista da minha adolescência. Era um homem pouco sutil, cujo olhar penetrante e a cabeça careca e reluzente lembravam o ator russo Yul Brynner. A decoração do consultório parecia o cenário de um romance gótico. Tudo era tétrico e sombrio, e quando Yul Brynner acendia o foco, eu sabia que ia sofrer.

Talvez ele tenha sido o penúltimo boticário da minha cidade. Mas isso era o de menos. Certa vez, enquanto arrancava um dente, cantava uma ária com uma voz tão cortante e desafinada que meus ouvidos doíam mais que a boca. Esse solista romântico e fora do tom quase me enlouqueceu. Quando saí do consultório, procurei um dentista mudo, mas nenhum dentista do mundo é totalmente mudo.

Minha segunda lembrança não aconteceu na cadeira do paciente, e sim na sala de aula. Eu lecionava literatura francesa e, pouco antes do começo do semestre letivo, o chefe do departamento me escalou para dar aula de francês instrumental para finalistas do curso de odontologia. Em poucos dias, tive que ler artigos em francês sobre gengivite, periodontite, formação de bolsas peridentais, cirurgia maxilofacial, implantes; tive que aprender o nome de dezenas de tipos de brocas e pinças, e essa terminologia técnica me causou pesadelos, como se eu fosse um paciente de pé na sala cheia de estudantes ávidos de aprender palavras e frases de odontologia na língua de Maupassant.

No fim do curso, fui convidado a assistir a algumas aulas práticas, em que os finalistas exibiam sua habilidade de quase dentistas na boca dos pobres e humildes da minha cidade. Um aluno que atendia a uma mulher idosa quis explicar a causa de um sangramento na gengiva da paciente. Fechei os olhos e murmurei alguma coisa, concordando com a explicação. Depois ele disse: "Esta senhora nunca tratou dos dentes, por isso ela perdeu quase todos". E então soube que de cada dez pacientes, três eram desdentados. Também essa palavra — desdentados — os alunos conheciam em francês. Mas será necessário aos alunos de odontologia um curso de francês instrumental se milhões de brasileiros pobres não podem escovar os dentes nem tratá-los?

HISTÓRIA DE DOIS ENCONTROS

Para Samuel Titan Jr.

NA DÉCADA DE 1960, os jovenzinhos de famílias ricas de Manaus gostavam de frequentar aos domingos o "mingau dançante". Reuniam-se na praça da Saúde, onde tomavam sorvete antes de entrar no clube mais grã-fino da cidade.

Rumores insinuavam que nessas noites domingueiras, enquanto a moçada dançava, os adultos jogavam carteado numa sala decorada com poltronas forradas de brocado suíço, cortinas de veludo alemão e tapetes persas. Nunca vi essa sala luxuosa, tão adaptada ao clima do equador. Os rumores também se referiam a perdas enormes durante a jogatina: homens e mulheres que entregavam ao ganhador anéis com brilhantes e relógios com pulseira de ouro. Não era raro um jogador perder uma propriedade. Consta que um dos perdedores teve que morar numa pensão perto do porto.

Numa dessas noites eu estava com um amigo do Ginásio Pedro II e convidei-o para assistir à apresentação da nossa banda, que ia dar uma canja antes do encerramento do mingau dançante. Os outros músicos já estavam no clube e me esperavam. Na porta, me apresentei como um dos membros da banda. O porteiro fez um gesto: podíamos entrar. Mas um homem de uns quarenta anos, talvez um dos diretores do clube, barrou meu amigo:

"Só o músico", ele disse. "O acompanhante, não."

"Por quê?", perguntei. "Ele é meu amigo."

"Preto não entra aqui."

Meu amigo me disse que era assim mesmo, já estava acostumado com essas coisas: que eu voltasse para o clube e participasse do show. Ele se afastou e desceu a avenida, calado.

Estudávamos na mesma sala do Pedro II, onde concluímos

o curso ginasial. Depois eu saí de Manaus e passei muito tempo sem vê-lo.

Em abril, quando visitava a cidade, encontrei-o por acaso na praça da Saudade. Na tarde dessa quinta-feira nublada e úmida ele se dirigia para o tribunal. Quase não o reconheci: parecia um atleta, nem de perto aparentava um cinquentão. Usava paletó e gravata; reparei também nas abotoaduras pretas, nos sapatos de cromo, no guarda-chuva cinza, de ponta finíssima. Quando me abraçou, perguntou se eu ainda cantava. Ou se cantava enquanto escrevia. Mais de quarenta anos, ele acrescentou, com um vozeirão alegre, que contrariava o menino tímido e humilhado da nossa juventude. Depois disse que era sócio de um escritório de advocacia: havia cursado doutorado em direito empresarial na Universidade de Chicago.

"Mas devo minha carreira à escola pública", ele prosseguiu. "Aliás, nós dois devemos, não é mesmo?"

Concordei. E continuamos a conversar enquanto atravessávamos a praça da Saudade; depois paramos num bar da praça da Saúde, onde ele se lembrou daquele episódio, "na época em que tu tinhas pretensões musicais e eu era um negrinho, filho de uma lavadeira com um estivador".

Agora me lembrava.

O clube não era mais o mesmo. A velha elite de Manaus — grandes comerciantes e herdeiros dos barões da borracha — era irrelevante ou desaparecera por completo. Quase toda a economia da cidade e do estado dependia das centenas de fábricas do polo industrial.

Tomamos um suco de graviola, contei um pouco da minha vida, saltando anos e cidades. Disse que a impressão de uma vida inteira só encontramos nos romances.

"Nos bons romances", observou, apressando-se para pagar a conta.

Ele parecia o penúltimo cavalheiro de uma cidade caótica e feroz. Saímos da praça da Saúde e, em frente ao clube grã-fino, vimos um velho sentado numa cadeirinha bem no meio da calçada. Braços caídos, as mãos roçavam a calçada, o olhar baço no céu escuro. Meu amigo parou e estendeu o cabo do guarda-chuva para o velho, que o apertou como se fosse a mão de um homem. Meu amigo riu:

"Toda quinta-feira ele cumprimenta o meu guarda-chuva. A primeira vez que joguei uma nota de dez reais no chão, ele se ofendeu e disse que não era mendigo. Mas depois vi que apanhou a nota e pôs no bolso. Outro dia me pediu vinte e eu dei."

"Mas é um mendigo?"

"É o cara que me barrou", disse o advogado. "Não se lembra de mim."

Enquanto descíamos a avenida, notei que o advogado estava com pressa. Na calçada do tribunal, pôs a mão no meu ombro e disse:

"Hoje à noite tenho que terminar de redigir um processo. Massa falida. Uma coisa chata e triste. Mas que tal amanhã? Vamos comer uma peixada?"

SOB O CÉU DE BRASÍLIA

NUMA TARDE DISTANTE vi o rosto de uma moça na janela de um ônibus cinza, empoeirado, um dos ônibus feios e velhos de Brasília. Esqueci a feiura do ônibus, por uns minutos esqueci que eu era um dos passageiros de outro ônibus cinza e feio. Mas não esqueci que eu devia saltar na avenida W3-Sul.

Enquanto os dois ônibus andavam lado a lado, eu olhava os olhos claros de um rosto que me olhava, um rosto moreno e sério, mais bonito que sério. E o céu de Brasília, azul sem manchas, brilhava naquela tarde nervosa.

Meu ônibus ficou para trás, vi que o outro ia parar na rodoviária e então interrompi meu itinerário, saltei no setor hoteleiro e caminhei até a estação.

Procurei na plataforma de desembarque o rosto moreno de olhos verdes. Havia mais soldados que passageiros na tarde de ar seco. Brasília era uma cidade policiada dia e noite, e assustadora naquela tarde em que procurava uma moça mais velha do que eu, ou menos jovem, porque eu tinha dezesseis anos e nunca soube a idade dela. Ainda a vi na fila de passageiros, mais alta que os homens e mulheres humildes que mourejavam na capital faraônica. Usava um vestido branco e não totalmente opaco. Quando andei para alcançá-la, ela entrou num ônibus que ia para Sobradinho. Ou seria Planaltina? Não recordo o destino exato, mas tenho certeza de que nos despedimos com um olhar, depois com um aceno tímido, e não vi tristeza no rosto que viajava para uma cidade-satélite.

Fiquei parado na plataforma, pensando como tinha sido covarde. Eu devia ter entrado naquele ônibus, mas alguns amigos me esperavam na W3. Minha ausência nesse encontro não seria um ato covarde? Decidi caminhar até a calçada da loja

Comfort, nosso ponto de encontro. Dois amigos me esperavam dentro da loja, daqui a pouco chegariam outros, talvez um ou dois inimigos, dedos-duros disfarçados de estudantes, jovens cooptados pela repressão.

O gerente da Comfort pediu que saíssemos, a loja seria fechada por causa da baderna, e a baderna significava: uma passeata. Antes de atravessarmos a W3-Sul, um amigo me entregou um pacote de panfletos e murmurou o lugar da panfletagem, que seria feita antes do discurso do presidente da UNE. Em seguida nos dispersamos, sabendo que não nos encontraríamos mais naquela tarde.

As viaturas apareceram e bloquearam a avenida, e enquanto eu deixava panfletos na porta das casas, recordava o rosto da moça, o aceno demorado com a mão direita, o sorriso, e quando estalaram os primeiros estampidos de bombas de gás, percebi que o cerco policial se completava e que a passeata seria um fiasco.

De longe, vi pessoas correndo e sendo espancadas: alunos do Elefante Branco, do colégio de aplicação e da Universidade de Brasília, professores, funcionários, talvez alguns políticos. Na correria os panfletos escaparam de minhas mãos e, quando parei para apanhar as folhas de papel, escutei uma voz dizer:

"É melhor você largar isso e entrar em casa. A polícia vai chegar logo."

Reconheci o homem: tinha sido meu senhorio quando desembarquei na capital. Entramos na casa dele, vi os mesmos objetos na sala pequena, onde dois meninos brincavam com um bebê sentado no chão.

"Fez oito meses", disse o homem, apontando para o bebê. "Você pode jantar e dormir aqui."

Eu disse que ia esperar uma ou duas horas e depois iria embora.

"Vão te pegar", ele advertiu. "E vão descobrir que você estava aqui. Tenho três filhos, não quero encrenca com a polícia."

Conversamos pouco: naquela época todos desconfiavam de todos. Pensei em ir embora depois do jantar, mas a W3 estava cercada por viaturas da polícia; da janela da sala eu podia ver caminhões e capacetes verdes, dali a pouco seria noite e não me lembro de crepúsculo nem de céu com estrelas.

Jantei com o homem e a mulher dele. Não me perguntaram nada sobre política nem movimento estudantil. Ele era funcionário da Novacap, e a mulher cuidava da casa e dos filhos. Disse a eles que morava na Asa Norte e estudava no colégio de aplicação da UnB.

Entrei no quarto onde havia dormido em 1968. Pensei nos meus amigos, não consegui dormir. Os únicos livros da sala eram os volumes de uma enciclopédia. Li ao acaso alguns verbetes, conheci animais e plantas estranhos, saltei do Distrito Federal para a África, depois procurei a palavra Brasília, mas não a encontrei. A Capital ainda não existia naquela enciclopédia, mas isso não me alegrou nem me entristeceu. Antes de amanhecer, passei da África para a Ásia, escrevi um poema sobre a guerra do Vietnã, lembro que esse texto foi publicado no *Correio Braziliense* e logo esquecido. Depois pensei no rosto anguloso, moreno, pensei nos olhos verdes, no corpo que o vestido branco moldava. Um corpo e um olhar que mereciam um poema, mas só agora me dei conta disso.

Nunca mais vi aquela moça, nem a reconheceria se olhasse para mim da janela de um ônibus em qualquer cidade do Brasil. Tampouco ela me reconheceria: seríamos dois estranhos pensando em coisas diferentes, em milhares de coisas diferentes, porque a vida não parou naquela tarde ensolarada de 1969.

PAPAI NOEL NO NORTE

À memória do tio Samir

QUANDO NÃO HAVIA NADA DEBAIXO DA CAMA ou nas proximidades da rede, eu procurava os pacotes no quintal e os encontrava num galho do jambeiro, o papel colorido umedecido pelo sereno.

Aos seis anos ganhei uma baladeira; aos oito ele me trouxe uma espingarda de ar comprimido, que eu usava para balear calangos e camaleões e cobras nos balneários da Vila Municipal ou da estrada da Ponte da Bolívia. Poupava os beija-flores, diante de qualquer pássaro eu me acovardava, baixava o cano da espingarda, mas depois mirava o corpo de uma cobra e disparava um chumbinho que lhe fazia cócegas, esses répteis são resistentes, cobra só morre a pauladas ou com golpes de terçado.

A infância não é infinita: sumiram os trenós iluminados cruzando a noite amazonense e Papai Noel deixou de ser uma personagem lendária. Descobri que as armas e os livros não vinham do céu, e sim das mãos dos meus pais. O fim da lenda coincidiu com as risadas dos meus tios que contavam histórias natalinas.

Era uma penca de tios, a diferença de idade entre os dois mais velhos era de um ano e pouco. Um deles, Sami, contou que meu avô não tinha dinheiro para comprar presentes para a filharada. No começo da década de 1940, Papai Noel parava na casa dos meus avós e deixava espingardas de madeira só para esses dois tios: uma azul, outra vermelha.

Em outubro do ano seguinte as espingardas sumiam misteriosamente, mas elas reapareciam na manhã do dia 25 de dezembro com outras cores, o cano duplo mais curto, uma rolha em cada cano e o nome de cada menino gravado no cabo.

"Quando completei oito anos", disse tio Sami, "Papai Noel

me deu uma pistola de madeira amarela, com cano duplo. Meu irmão também ganhou uma pistola parecida, de cor verde."

Meu avô levava as espingardas a uma marcenaria e as transformava em novas armas, diminuídas pela serra manual. No último ano em que meus tios acreditaram no velho barbudo, ganharam revólveres de madeira, ambos pretos, mas com cabo de espingarda.

"Uma arma desengonçada", disse meu tio Sami. "Não servia nem pra brincar de bangue-bangue."

Esses revólveres ainda foram presenteados para os meus tios mais jovens, nenhum deles sabia o que fazer com um objeto que não disparava nada, não fazia barulho nem se iluminava, era apenas um pedaço de pau que acabava sendo usado nas brigas entre os irmãos. Até que meu avô aboliu de vez as armas de madeiras e disse que esses velhos vermelhos e gordos com barba de algodão haviam sumido de Manaus. Foi um modo de dizer que ele não tinha dinheiro para comprar brinquedos caros.

Os filhos mais jovens se contentaram com bolas de futebol com enchimento de sumaúma e também doces que minha avó preparava. Na manhã do dia 25 de dezembro, a matriarca dizia que Papai Noel tinha deixado bandejas de doces na geladeira para os filhos. Doces feitos com semolina e amêndoas, ou folheados com recheio de pistache e tâmara. Eram presentes mais prazerosos que os revólveres e espingardas, e por alguns anos a geladeira de querosene foi mais cobiçada que a árvore de Natal, que raramente se iluminava por causa dos blecautes prolongados.

Esse Papai Noel doceiro não se esqueceu de mim. As crianças corriam de manhã cedo e ficavam sentadas diante da geladeira como um bando de curumins ansiosos, até que minha avó chegava e distribuía as guloseimas para os netos.

Penso que o velho — meu avô — tinha razão. Porque dá um pouco de dó ver esses velhinhos de vermelho na Amazônia. Balofos e lerdos, com um sorriso resignado no rosto, eles tocam sininho para crianças que desconhecem o frio, suas vestes vermelhas ficam ensopadas, até do capuz goteja suor, como se estivessem numa sauna ou estufa, e não na neve da Escandinávia.

Ainda hoje, quando os vejo banhados de suor na carroceria de um caminhão ou na porta de uma loja, resignados a entreter crianças e oferecer-lhes um sonho efêmero, penso que Papai Noel poderia usar uma roupa mais adaptada ao clima quente e úmido do Amazonas.

Um gorducho de bermuda e camiseta vermelha talvez seja mais verossímil nas cidades do equador e do Nordeste, ou mesmo nas do Sul e Sudeste, onde o verão tem sido cada vez mais africano ou amazônico.

Em São Paulo, com as chuvas e enchentes nessa época natalina, penso que seria melhor trocar os trenós por canoas e botes. Assim seríamos mais realistas. Os desvalidos da periferia teriam mais assistência, e a garotada, ao ver esses canoeiros de vermelho navegando em ruas inundadas, diriam a seus pais e avós que Papai Noel, com chuva ou sol, não tinha se esquecido das crianças.

UM ARTISTA DE SHANGHAI

Para May Zarif

"**MUITA GENTE SONHA EM CONHECER PARIS,** Roma, Barcelona, Londres, Cairo", disse minha amiga. "Eu, desde criança, sonhava em conhecer Shanghai."

Minha mãe falava muito de um artista chinês que encantou a cidade com seus desenhos e aquarelas. Ele morou uns anos em Manaus e ganhava a vida com sua arte de aquarelista. Perguntava a uma pessoa o nome de um parente morto, pedia que lhe contasse alguma coisa sobre o finado, depois pintava com aquarela manchas coloridas e dessas manchas surgia um rosto. O rosto do parente. Minha mãe dizia que esse chinês, além de ser um artista, era um bruxo. Por isso ficou conhecido como "O bruxo de Shanghai".

Eu tinha nove anos quando vi o desenho do rosto da minha finada avó, uma aquarela do artista chinês. Minha mãe me mostrou fotografias dessa avó que não conheci, eu fiquei impressionada com a semelhança entre as fotos e a aquarela.

Quando eu ia completar treze anos, aconteceu uma tragédia. Minha mãe foi me apanhar na Escola Normal. Quando atravessávamos a praça São Sebastião, paramos no lugar onde o chinês trabalhava.

"Ele ficava aqui, ao lado desse barco de bronze onde está escrito Ásia", disse minha mãe.

Observei o monumento, o barco, imaginei o artista com seus pincéis, tintas, folhas brancas, e perguntei por onde ele andava.

"Não sei", ela disse. "Morou aqui nos anos 1950. Ainda estava em Manaus quando tu nasceste, mas um dia ele sumiu. Era um artista muito querido."

Entramos em casa depois de meio-dia, minha mãe murmurou

que não queria almoçar, estava indisposta e foi deitar na rede. Almocei com meu pai, conversamos sobre a Escola Normal e sobre um navio inglês que estava atracado no porto. Antes de fazer a sesta, meu pai perguntou à minha mãe se ela se sentia melhor. Ela não respondeu. Estava morta. Morreu deitada, dormindo.

Sim, uma coisa terrível... Quando me lembrava dela, recordava também do pintor de Shanghai, porque as últimas palavras que ouvi de minha mãe falavam do artista e do lugar onde costumava trabalhar. Aí passei anos com a ideia de visitar a China, ou melhor, Shanghai.

Meu pai dizia que isso era besteira, ou loucura. Não insisti, mas também não desisti de visitar Shanghai. Meu pai morreu muito velho, em 1996, quando eu já estudava mandarim com um chinês que trabalhava numa fábrica em Manaus. Quando meu professor envelheceu, eu já falava mandarim, mas não conhecia o dialeto falado na região de Shanghai. Há dois anos viajei à Ásia.

Shanghai, como tu sabes, é o maior porto do mundo, a cidade é enorme, mas essa metrópole tentacular não me intimidou. Visitei o museu de Belas-Artes, o Centro de Escultura de Shanghai, o maravilhoso Lu Xun; saía sozinha, sem intérprete: o nome e endereço do hotel bastavam. Mas fui com um guia até as ilhas Yangshan. Para quem conhece a China, o Ocidente é um diminutivo.

Dois dias antes de voltar para o Brasil, escrevi o nome do artista e perguntei ao guia se ele conhecia alguém com esse nome. Ele me levou a um bairro distante do centro, um bairro situado no coração de Puxi, a oeste do rio Huangpu. Paramos diante de um pequeno sobrado em estilo art déco, resquício da colonização francesa.

"Esta é a casa do artista", disse o guia. "Morreu em Shanghai, em 1978. Sei por que você se interessou por ele."

"Por quê?"

"Porque ele morou nove anos na Amazônia."

Entramos na casa. As paredes das salas estavam cobertas por desenhos e aquarelas de rios, igapós, furos, sementes, frutas, uma enorme variedade de plantas e árvores. E também aquarelas de horizontes, em que a floresta e o céu eram desenhados em vários momentos do dia. Não vi nenhum desenho de pessoas, nem de animais, peixes, inse-

tos. Lembrei a aquarela do rosto da minha avó e pensei: ele desenhava o rosto dos mortos para sobreviver. Era um artista apaixonado pela natureza.

Perguntei ao guia quanto tempo o artista tinha morado naquela casa.

"Quase vinte anos", respondeu. "Mas ele só ocupava um quartinho do andar superior. Quando ele morreu, os outros moradores tiveram que sair daqui. A prefeitura fez esse pequeno museu."

Quis visitar o quarto. Era de fato pequeno, mal cabiam uma cama, uma cadeira e uma mesinha. Reparei nos pincéis de vários tamanhos e formas, nos delicados estojos de tintas, na roupa dobrada, arrumada sobre o assento da cadeira. Um quartinho modesto, ou mesmo pobre, que contrastava com a riqueza e o luxo que eu tinha visto em Pudong. Mas não senti pena do artista. Por que sentiria pena de um artista talentoso e corajoso?

Quando observei a mesinha, vi uma fotografia ao lado de um caderno. Na capa, estava escrito em mandarim: 'Passagem por Manaus'. Depois, quando observei a foto, vi o artista ainda jovem abraçado a uma moça. Reconheci o rosto de minha mãe. Não sei se a foto era anterior ou posterior ao meu nascimento. Sei que minha mãe parecia feliz. O sorriso no rosto dela foi a melhor lembrança de Shanghai.

LEMBRANÇA DO PRIMEIRO MEDO

ADMIRO A CORAGEM DOS ATORES. Alguns são tímidos, estremecem antes de interiorizar outro caráter e já não são eles mesmos quando representam uma personagem que em nada lhes assemelham.

Quando morava na França, fiz um teste para trabalhar num filme amador e, por azar, fui selecionado. Eu era pouco mais que um figurante, devia participar de duas cenas que duravam uns três minutos. A filmagem foi um calvário: fiquei gago, esqueci trechos do texto que havia decorado e ensaiado, como se as palavras tivessem sido apagadas da minha memória; não sei se foi uma falha da memória ou medo diante da câmera.

O fato é que eu jamais poderia ser ator, nem mesmo um ator mudo, encenando apenas com gestos e com o olhar. Naquela época comecei a sondar de onde vinha minha aversão a uma lente dirigida para mim. Não era aversão, e sim medo.

O medo é uma das lembranças mais fortes da infância. Eu ouvia histórias de crianças que tinham se afogado no rio Negro ou no Amazonas, crianças que saltavam do galho alto de uma árvore, mergulhavam num rio e nunca mais apareciam. Diziam que elas tinham sido devoradas por bichos gigantescos, peixes fantásticos que abocanhavam suas pequenas vítimas e as arrastavam para um lugar profundo e escuro. Essas histórias eram contadas em casa, e aos cinco anos de idade você acredita em tudo.

Lembro o domingo em que fui com meus pais a um dos balneários de Manaus, um clube de campo banhado por um rio de águas limpas e pretas. Um tronco comprido unia as extremidades do igarapé, e minha mãe teimou em tirar uma foto do filho sentado no meio dessa ponte estreita e precária. Meu pai me conduziu ao lugar indicado pela fotógrafa. Sentei no centro da ponte, meus pés nem roçavam a água. Quando meu pai se afastou, tive a impressão de que as margens do rio estavam muito longe de mim. Não conseguia olhar para baixo, o rio era um abismo tenebroso. Então ouvi minha mãe gritar: "Ri, filho. Ri e olha para cá".

Não ri, e quando olhei na direção da voz, vi o cabelo da fotógrafa, o rosto tapado por uma câmera enorme. O olho de vidro era também enorme, tudo era enorme naquela manhã de sol, inclusive meu medo. Eu não sabia nadar. E, no momento em que estava sendo fotografado, recordei as histórias de crianças afogadas e depois engolidas por um bestiário fluvial. Em poucos segundos, senti mais medo do que sentiria nas futuras brigas de rua, nas batalhas bárbaras, violentíssimas entre estudantes de escolas rivais durante o desfile de Sete de Setembro; senti muito mais medo do que sentiria nas passeatas e pichações na época da ditadura. Talvez por que o medo na infância seja definitivo, profundo, único. Talvez por isso, o mais traumático.

Quando a fotografia foi revelada e ampliada, minha expressão de pavor frustrou minha mãe, que desejava mostrar às amigas a imagem do filho corajoso, rindo à beira de um abismo. A vaidade materna pode gerar traumas no filho.

Aprendi a nadar nas margens daquele igarapé, mas sem a presença de um olho vigilante. Com o passar do tempo, percebi que não havia feras fantásticas no fundo das águas, que a escuridão aquática era um atributo da natureza e que era possível atravessar a nado aquele rio que, na infância, tinha sido perigoso e ameaçador.

Um dia percebi que o rio não era um abismo, mas então eu já não era uma criança, nem acreditava em todas as palavras dos mais velhos.

EXÍLIO

M.A.C. DECIDIU IR A PÉ ATÉ A RODOVIÁRIA: comeria um pastel e seguiria para a W3-Sul. Numa tarde assim, seca e ensolarada, dava vontade de caminhar, mas preferi pegar o ônibus uma hora antes do combinado: saltaria perto do hotel Nacional e desceria a avenida contornando as casas geminadas.

A cidade ainda era estranha para mim: espaço grandioso demais para um ser humano, a superfície de barro e grama rala se perdia no horizonte do cerrado. A Asa Norte estava quase deserta, era sexta-feira, e só às três da tarde alguns estudantes saíram dos edifícios malconservados. Do campus vinham os mais velhos: universitários, professores, funcionários, a turma escaldada. A liderança era invisível, os mais perseguidos não tinham nome: surgiam no momento propício, discursavam, sumiam.

Valmor não quis ir: medo, só isso, ele disse.

Zombavam do Valmor, escarneciam do M.A.C., medroso como um rato, mas agora até o M.A.C. sairia da toca e quem sabe se na próxima vez Valmor...

A revolta se irmanava ao medo, mas a multidão nos protegia e naquela tarde éramos milhares. Os militares esperaram o tumulto crescer na W3, depois se formou o cerco quase perfeito: nas extremidades e laterais da avenida, nos dois Eixos e nos pontos de fuga da capital. Às cinco ouvimos os discursos-relâmpago, urramos as palavras de ordem, pichamos paredes e distribuímos panfletos. A dispersão começou antes de escurecer.

Ninguém iria ao Beirute, um bar visado pela polícia, nem ao Eixo Rodoviário, uma praça de guerra. Durante o corre--corre saí da W3, passei pelos fundos de lojas e bares do setor comercial, tentando caminhar sem alarde, assobiando, e o céu ainda azulado era a paisagem possível. Nunca olhar para trás nem para os lados, nunca se juntar aos outros manifestantes, fingir que todos os outros são estranhos: instruções para evitar gestos e atitudes suspeitos. Até então nenhum rosto conhecido, e a catedral inacabada e o Teatro Nacional não estavam tão longe. Ficaria por ali à espera da noite, anunciada pela torre iluminada.

A dispersão e a correria continuavam: o mais prudente era ficar sentado no gramado da 302 ou da 307 e assistir ao bate-bola das crianças. Amanhã um passeio de bote com Liana no lago Paranoá, domingo a releitura de *Huis Clos* para o ensaio da peça. Se viver fosse apenas isso e se a minha voz (e não a de outro) gritasse meu próprio nome, duas, três vezes... Assustado, reconheci a voz de M.A.C., o corpo cambaleando em minha direção. A rua e a quadra comercial foram cercadas como num pesadelo, tentar fugir ou reagir seria igualmente desastroso. Depois de chutes e empurrões, eu e o meu colega rumamos para o desconhecido. M.A.C. quis saber para onde íamos, uma voz sem rosto ameaçou: "Calado, mãos para trás e cabeça entre as pernas".

O trajeto sinuoso, as curvas para despistar o destino da viatura, manobras num labirinto que apenas imaginávamos e agora estava acontecendo. Pobre M.A.C., era o mais retraído da segunda série, misterioso como um bicho esquisito. Tremia ao meu lado, parecia chorar e continuou a tremer quando saltamos da viatura e escutei sua voz fraca: "Sou menor de idade", e logo uma bofetada, a escolta, o interrogatório. Ainda virou a cabeça, o rosto pedindo socorro...

Não o vi mais na noite longa. Eu também era menor de idade e escutei gritos de dor no outro lado de uma porta que nunca foi aberta. Em algum lugar perto de mim, alguém podia estar morrendo, e essa conjetura dissipou um pouco meu medo. Na noite do dia seguinte me largaram na estrada Parque Taguatinga-Guará. A inocência, a ingenuidade e a ilusão, quase todas as fantasias da juventude tinham sido enterradas...

Na segunda-feira M.A.C. não foi ao colégio nem compareceu aos exames. Mais um desaparecido naquele dezembro em que deixei a cidade.

Durante muito tempo a memória dos gritos de dor trazia de volta o rosto assustado do colega.

Trinta e dois anos depois, na primeira viagem de volta à capital, encontrei um amigo de 1969 e perguntei sobre M.A.C.

"Está morando em São Paulo", ele disse. "Talvez seja teu vizinho."

"Pensei que tivesse morrido."

"De alguma forma ele morreu. Sumiu do colégio e da cidade, depois ressuscitou e foi anistiado."

"Exílio", murmurei.

"Delação", corrigiu Carlos Marcelo. "M.A.C. era um dedo-duro. Entregou muita gente e caiu fora."

UMA FÁBULA

Para Sérgio Augusto

EM 1956, quando completei quatro anos de idade, nossa família deixou um sobrado antigo na Joaquim Nabuco e se mudou para uma casa com traços modernistas na avenida Getúlio Vargas, também no centro de Manaus.

Do nome da avenida à imagem foi apenas um salto no tempo: em 1959 vi o retrato de Vargas pendurado numa sala do grupo escolar Barão do Rio Branco: o rosto quase sério, o busto estufado dividido pela faixa presidencial, a cabeçorra enquadrada por hastes douradas. O retrato do presidente suicida sobrevivera numa sala de aula ensolarada da capital do Amazonas, como uma imagem descorada que parecia vir de outro tempo.

Na década de 1970, um retrato semelhante reapareceu nas paredes de escolas e repartições públicas dos povoados isolados e paupérrimos do rio Negro. Alguns ribeirinhos diziam que Vargas não cometera suicídio, insinuando que fora assassinado. Poucos sabiam quem era Médici ou Geisel, generais que presidiam o país naquela década. Outros juravam que Vargas ainda vivia: o "Pai dos pobres" era imortal.

Nas conversas domingueiras, quando todos se reuniam na casa de minha avó, Vargas era ao mesmo tempo venerado e odiado por dois parentes próximos. Toda vez que o suicida entrava na discussão da dupla, minha avó fechava portas e janelas e mandava as crianças jogarem futebol no quintal. Mesmo assim, o bate-boca na sala prevalecia sobre a algazarra do jogo. No fim, a matriarca intrometia-se na discussão:

"Chega!", ela berrava. "Esse Vargas não era santo nem demônio. Era político, e isso diz tudo."

Um desses parentes foi um adepto fervoroso do trabalhismo e suas "conquistas sociais". O outro era ácido com Getúlio: um caudilho anão, um populista vulgar que tinha banido o Partido Comunista e perseguido intelectuais, artistas e sindicalistas...

No dia do suicídio, o primeiro estava morando no Rio. Escutou a notícia trágica quando almoçava com uma namorada no Saara. Parou de mastigar, largou os talheres, chorou; em seguida, largou a moça e foi engrossar a massa de enlutados.

Muitos anos depois ele mesmo confessou que perdera uma namorada linda por causa de um suicida.

O outro morava e estudava em São Paulo. Por volta das dez da manhã, saiu da pensão e se dirigiu ao antigo hotel Esplanada, atrás do Teatro Municipal. Garoava, e o Viaduto do Chá estava quase deserto. No saguão do hotel, um grupo de homens e mulheres conversava em francês. Então ele soube que no Esplanada haveria uma reunião da Sociedade dos Americanistas de Paris. Reconheceu e cumprimentou o antropólogo Paulo Duarte, que fora exilado durante a ditadura Vargas. Mal a notícia do suicídio chegou ao Esplanada, um cochicho bilíngue ecoou no saguão do hotel. Alguém abriu uma garrafa de Bordeaux, duas ou três vozes tentaram explicar a razão do suicídio.

Meu parente se surpreendeu com outro fato, não menos estranho: a ausência de comoção popular no centro de São Paulo.

Quando ele nos contou esse detalhe, não sei se foi traído pela memória ou pelo ódio a Vargas. Sei que ele e mais dois amigos permaneceram ali, esperando horas a fio um hóspede, até o fim da tarde fria de 24 de agosto.

Mas William Faulkner não desceu para dar autógrafos nem entrevistas: preferiu ficar bebendo e talvez escrevendo em seu quarto do Esplanada. Naquele ano, 1954, o grande escritor norte-americano publicou *Uma fábula*.

ELEGIA PARA TODAS AS AVÓS

Para João e Gabriel

UMA DAS AVÓS MAIS TERRÍVEIS DO MUNDO é também uma das mais populares e continua viva no conto *A incrível e triste história da Cândida Erêndira e sua avó desalmada*. Nenhuma avó é mais vingativa e punitiva do que a personagem desse relato de Gabriel García Márquez.

Os leitores das memórias do escritor colombiano sabem que sua avó verdadeira não inspirou *la abuela* diabólica da ficção. Ao contrário: d. Tranquilina contava histórias e anedotas mirabolantes para o neto. Muito tempo depois, García Márquez transformou essas histórias em literatura.

Avós são seres inesquecíveis. Raramente são frágeis ou indiferentes, quase sempre são poderosas, ativas, afetuosas além da conta e dispostas a dar tudo pelos netos.

"Tua avó prepara esse prato melhor do que eu." "Só a tua avó tem paciência contigo", diz a mãe ao filho pequeno.

E quando essa mãe ralha com a criança, esta responde: "Minha avó não me trata assim".

Claro, avós geralmente não impõem limites, sua tolerância tende ao infinito, seus netos já nascem anjos, que são seres perfeitos. Às vezes, o mimo e a tolerância excessivos de uma avó transtornam os pais do anjo, mas cada família resolve isso a seu modo.

Um dos legados de uma avó-matriarca é a memória do clã. Outro dia, uma índia uanano, do alto rio Negro, me disse que sua avó quase centenária reunia os netos para contar histórias de sua tribo.

"Ela nos ensinou os mitos de origem", disse a neta. "Mitos da origem dos uananos, esquecidos pelos mais jovens. Agora quero pôr tudo o que ela me contou num livro."

As palavras de uma avó terminam nas páginas de um livro, pensei.

Até mesmo uma criança que não conheceu sua avó, constrói aos poucos uma imagem dessa mulher ausente, evocada com saudade nas conversas domingueiras e admirada nas fotografias dos álbuns de família. Ela acaba por se tornar um ente mitológico, um ser sublime que habita a imaginação da infância. Tenho a impressão de que, mesmo ausentes, nossas avós e bisavós existem.

Por exemplo: Salma, minha bisavó paterna, que eu não conheci. Meu pai contava que ela fazia uma armadilha para os passarinhos que frequentavam o pomar da casa da infância, em Beirute; de manhãzinha, os netos viam as tamareiras cheias de pássaros, os pés presos ao galho pela resina de uma fruta.

Salma deixava a turma de crianças soltar as aves, brincar com elas, engaiolá-las, fazer o diabo com os bichinhos. No almoço, os netos comiam outros pássaros, temperados com alho e limão; as crianças sequer suspeitavam da relação entre o cativeiro noturno das aves e o cardápio do almoço.

Salma chorou quando meu pai, ainda jovem, migrou para o Brasil, onde viveu mais de meio século. Ele era órfão desde os quatro anos de idade, de modo que Salma reunia os atributos de avó e mãe numa só mulher. Ele nunca mais a viu. Mas dela ficaram fotos antigas e histórias que lampejam na minha memória.

Avós também têm alguma influência na economia de um país. Quando vivas, ninguém troca a comida que elas preparam por um almoço num restaurante. Duas amigas, donas de ótimos restaurantes (um italiano e outro árabe), me afirmaram que suas grandes concorrentes são as avós dos clientes. Com frequência, essas amigas ouvem frases como: "Minha avó fazia melhor essa lasanha... Só minha avó sabia preparar kafta e tabule".

"Os netos, já marmanjos, afirmam isso na bucha, sem o menor constrangimento", dizem minhas amigas.

Bem-aventurados os que ainda têm duas avós. Eu, que só tive uma, sinto saudades dela nessa época natalina, quando a mesa era para lá de farta; e fartos também eram o carinho e a devoção que ela dedicava aos netos.

Há pouco tempo, um amigo que perdeu sua mãe me contou como o filho dele reagiu à notícia da morte da avó:

"Ela está sonhando para sempre", murmurou entristecido o neto de cinco anos.

Que o leitor perdoe o tom nostálgico desta crônica. Afinal, a nostalgia é também humana.

MARGENS SECAS DA CIDADE

ERA UM CANTO MATINAL, não sei se antes ou depois dos galos, já nem sei quando, porque a infância é um mundo distante, transformado pelo tempo.

O homem era uma surpresa na luz da manhã, e a manhã, sim, era infância: terra nua, rio de horizonte sem fim. Carregava um tabuleiro pesado, o rosto dele mal aparecia no meio de frutas e galhos, frutas arrancadas das árvores de algum quintal ou terreno baldio, ou da floresta que nos cercava. Um homem-árvore, um ser da floresta.

Como era distante e tão próxima de nós, a floresta. Na minha memória, esse vendedor ambulante era um fauno de Manaus. Hoje eu o imagino como uma das figuras fantásticas de Arcimboldo: um caboclo equilibrando-se na rua de pedras, um pomar suspenso oscilando sobre a cabeça invisível, a voz trinando sons tremidos pelo vento que vinha do rio Negro. Os sons das palavras encantavam, me atraíam como a serpente que ergue a cabeça ao som de uma flauta. Na voz, nenhum travo de raiva ou desespero, apenas a melodia de um homem humilde que deseja viver e depende da voz para sobreviver. Eu ia até a sacada do sobrado da infância, vizinho ao armazém de secos e molhados Renascença, nossos vizinhos portugueses, e avistava o arbusto humano carregado de frutas e ouvia as palavras taperebá, ingá, sorva, tucumã, graviola, jatobá, cupuaçu, bacaba: palavras (sons) que nunca mais deixei de ouvir por onde andei e morei. Lembro que certa vez em Lima ele apareceu com o pomar no tabuleiro, e pensei nas voltas que havia dado para chegar à capital do Peru, talvez por Iquitos, e quando estendi a mão para apanhar uma fruta ele riu ou deve ter rido e curvou o corpo e me ofereceu o pomar inteiro. Então acordei. Fiquei pensando no homem-floresta em Lima. Vá saber o significado de um sonho.

Na realidade, na vida que chamamos realidade, o homem sempre aparecia quando eu regressava para Manaus, não sei se mais velho, mais acabado, ou mais corcunda, sei que a voz flauteava nomes de frutas e a mesma voz dizia "E aí, mano", me oferecendo cachos de pitombas, sem mesmo receber dinheiro, como se eu ainda fosse aquela criança na janela da casa da avenida Joaquim Nabuco 457, e ele um avô da natureza.

"Obrigado, seu..." Não sabia o nome dele, nada. A árvore móvel atravessava a cidade e creio que atravessou minha vida e o tempo, teimando em sobreviver com a cabeça vegetal e os pés de raízes aéreas, o corpo invisível, a cabeça escondida, as frutas caindo dos galhos e das folhas verdes, frutas que cheiravam a léguas de distância e davam água na boca aos astros, como se um punhado da Amazônia estivesse ali, concentrado com a força da umidade, a alegria solar e a beleza das formas e cores, passando, passeando entre carros, caminhões e ônibus até o dia em que ele, o homem-árvore, era a única natureza viva na cidade que se destruía ou se deixava destruir pela sanha imobiliária, pelo progresso que é apenas caricatura sinistra do progresso.

Como é possível perder a razão de ser?

Você não ouve mais o som flauteado, não vê mais a árvore da vida, não encontra o desejo nem os indícios da primeira manhã. Aquela árvore e seu tronco foram se atrofiando, a aspereza da cidade usurpou o indivíduo do nosso convívio, tudo se tornou enorme e disforme. O tempo nos consome com lentidão. O homem-árvore foi desfolhando, perdendo galhos, sua força vegetal arrefeceu, as frutas, antes polidas, perderam o brilho, alguma praga roeu o arbusto aéreo. O sol incendiou as manhãs frescas, ruas e calçadas, a floresta que nos cercava tornou-se um caos de casebres e palafitas, os pequenos caminhos de água secaram. Há dois anos vi o homem-árvore e agora o perdi de vista.

Por onde andam seus pés descalços, seu turbante de pano barato, sua voz de flauta doce? É inútil procurá-lo, pensei. Já não sinto o cheiro perfumado do sapoti, o sabor do jambo arroxeado, cuja semente algum português do Algarve trouxe da Índia e plantou no Amazonas. E, sem querer, um ato involuntário nos conduz ao coração da realidade. Fui me despedir do igarapé agora aterrado, as palafitas pobres substituídas por casas feias, fechadas, sem varanda, janelas pequenas. Andava por vielas de terra quando vi um tabuleiro no chão. Frutas miúdas, pálidas, espalhadas na madeira desgastada. Ele estava sentado ao lado de sua árvore desfolhada. O homem era só tronco, esquálido, sem voz, com um olhar resignado voltado para o chão. Escolhi uns tucumãs, peguei dois cachos de pitomba e dessa vez paguei.

Ainda se lembrava do menino que o olhava como quem olha um mágico? Recebeu o dinheiro, dobrou as notas e pôs no bolso da camisa. Esperei um aceno, um cumprimento qualquer, mas no olhar dele não havia nada. Triste e sem voz, parado no mormaço, sobrevivente que a morte espreita nas margens secas da minha cidade.

CAPÍTULO DAS ÁGUAS

QUANDO VOLTAVA DE POÇOS DE CALDAS para São Paulo, dei uma parada em Águas da Prata e acabei fazendo uma breve viagem ao passado.

Não fazia frio, como naquele inverno paulista de 1961, quando fiquei impressionado com as serras que cercam a estância hidromineral. Era uma paisagem exótica demais para um menino de Manaus. O rio que atravessava a pequena cidade, paralelo aos trilhos da estrada de ferro — o mesmo rio que agora vejo com outro olhar —, era, para mim, um córrego, ou um simples igarapé. Mas as serras, sim, eram colossais, em contraste com as colinas suaves de Manaus. O Planalto das Guianas e o Pico da Neblina ainda estavam longe do meu horizonte de curumim.

Mal desembarcamos em Águas da Prata, perguntei à minha mãe o que íamos fazer ali.

"Vamos beber água e respirar o ar da serra", ela disse.

"Viajamos cinco horas de avião e mais quatro de ônibus para beber água?"

"É uma água milagrosa, rica em magnésio e bicarbonato. Vai fazer bem para o teu fígado. Tu sabes o que o médico disse."

Dr. Almada... Grande desalmado, isso sim. Depois de apalpar minha barriga, disse que meu fígado era desproporcional à minha idade; aconselhou que passássemos uma semana naquela estância hidromineral.

Águas da Prata: um nome gracioso de uma cidadezinha povoada de pessoas tristes e bem mais velhas que minha mãe, então uma jovem de trinta e poucos anos. Eram seres de um século de idade, que faziam fila para beber água em copos de plástico.

O hotel São Paulo era vistoso; os quartos, espaçosos, mobiliados com móveis antigos. Havia um salão enorme, iluminado por lustres de cristal pendurados no teto; num dos cantos do salão um piano preto prometia acordes nas noites silenciosas que, na minha lembrança, são fúnebres. Ao andar pelo hotel, vi um pátio interno com uma fonte: a boca aberta de um anjo de pedra que expelia água milagrosa. Quando catei umas moedas no fundo da fonte, levei uma bronca de minha mãe: "Tu sabes que as moedas são trocadas por promessas?".

Tanto não sabia que troquei o dinheiro por um sorvete de morango, uma raridade na Manaus daquela época.

Passamos sete dias bebendo água e comendo pratos inesquecíveis, verdadeiras iguarias, só comparadas ao requinte da culinária hospitalar. Íamos de manhã cedo até uma fonte no outro lado da estação de trem, eu era a única criança na fila dos bebedores, a água que eu engolia em jejum tinha gosto de purgante. Não pensava no meu fígado de gigante Piaimã, e sim na crueldade do dr. Almada, que me privara das brincadeiras nas ruas e praças da cidade distante.

Nas férias de julho todo mundo empinava papagaio, as tranças no ar eram batalhas comoventes. Os navios estrangeiros, que em julho e agosto atracavam no Manaus Harbour, me fascinavam porque pareciam cidades flutuantes que nos traziam novidades do outro lado da Terra. Meu avô, que me levava para conhecê-los, dizia: "Esse aí veio de Gênova, aquele ali de Marselha, amanhã vai chegar um cruzeiro do Caribe".

E, enquanto engolia o purgante prescrito por Almada, sonhava com os transatlânticos e com os balneários de Manaus. Para tentar antecipar nosso regresso ao Norte, bebia água além da conta, dizia à minha mãe que o meu fígado havia diminuído, já era tempo de voltarmos à nossa cidade. Mas ela era uma idólatra do dr. Almada, cumpriu à risca a orientação desse desmancha-prazeres, e desde então eu o odiei como um político deve odiar seus pares: um ódio figadal, como se diz.

Na manhã do dia 14 de julho, véspera da nossa volta para São Paulo, eu e minha mãe ouvimos uns gritos. Era um homem que corria como um louco, tentando alcançar uma charrete. Careca, e só de cueca no frio matinal, ele corria e gritava: "Volta aqui, mulher! Volta aqui...".

Não havia mulher na charrete, apenas o cocheiro, que chicoteava o lombo do animal para se livrar do perseguidor. Foi uma cena que divertiu os hóspedes do hotel São Paulo. Mas nem todos: uma senhora se benzeu e tapou o rosto para não ver o sujeito quase nu.

Disse à minha mãe que aquele homem lembrava o Bombalá, um dos doidos mais públicos e notáveis de Manaus. Careca, descalço e só de calção, Bombalá marchava à frente da banda da polícia militar e era aplaudido pela multidão que agitava bandeirinhas do Brasil. Não gritava por uma mulher, mas era o mais patriota dos nossos maestros, pois regia uma banda no dia Sete de Setembro.

Minha mãe concordou: aquele homem de cueca devia ser doido mesmo. Depois ela acrescentou: "Mas andam dizendo por aí que até nosso presidente é doido, filho".

"Jânio é doido?", perguntei.

"Dizem..."

"É doido porque é presidente? Ou é presidente porque é doido?"

Minha mãe me olhou com severidade:

"Cuida do teu fígado, isso sim. Vamos já beber água. É o nosso último dia neste paraíso."

UM MÉDICO VISIONÁRIO

À memória de Heitor Dourado

EM AGOSTO DE 1967, tive de interromper as aulas de judô e as incursões aos clubes noturnos de Manaus. Aliás, tudo foi interrompido quando o médico da nossa família viu meus exames de sangue, diagnosticou hepatite (tipo A), uma virose nada atípica no Amazonas, onde a água, além de maltratada, era temível. Depois de tomar os medicamentos, continuei deitado e enfermo, sem saber se as três cruzes do hemograma eram uma falha laboratorial.

Prostrado e pálido, lamentava as noites perdidas, as últimas noites da minha juventude manauara, pois sabia que em dezembro daquele ano iria embora da cidade. Estava perdido nesse devaneio, quando um homem de branco entrou no quarto, acompanhado por um dos meus tios. Era alto como um gigante, mas depois percebi — toda a cidade percebeu — que Heitor Dourado não era apenas um homem alto, mas também um grande médico. Desprezou o hemograma, apalpou meu corpo — as axilas, a virilha, o baço — e disse: "Doença do beijo".

Minha mãe perguntou: "Beijo? De quem?".

"Só o teu filho pode dizer", disse o jovem médico.

Depois ele deu o diagnóstico científico, nada sentimental: mononucleose infecciosa.

Esse jovem paraense adotou Manaus como sua cidade amazônica e em 1970, já professor de infectologia da recém-criada Faculdade de Medicina, fundou com o professor e também médico Carlos Borborema a Clínica de Doenças Tropicais. Com apenas oito leitos, essa clínica ocupou um anexo que seria destinado à lavanderia do hospital universitário Getúlio Vargas.

Há médicos que transformam uma lavanderia num hospital de referência. A modesta Clínica de Doenças Tropicais — atual

Fundação de Medicina Tropical do Amazonas — tornou-se um grande complexo hospitalar, onde também funcionam consultórios médicos, laboratório de análises clínicas, serviços de hemoterapia, radiodiagnóstico e ultrassonografia. É também um dos maiores centros de ensino e pesquisa na área de infectologia do Norte. Sem esse hospital, a população amazonense estaria ainda mais desamparada, muito mais vulnerável a malária, leishmaniose, hepatite e tantas outras doenças que proliferam na capital e em cidades do interior.

Heitor Dourado foi um visionário. Em 1970 ele percebeu que a cidade de 300 mil habitantes teria, em menos de três décadas, algo em torno de 1,5 milhão de pessoas, a maioria vivendo em barracos construídos em áreas desmatadas e invadidas. Esse desmatamento descontrolado nos arredores de Manaus é nocivo para a saúde pública, além de ser desastroso para o meio ambiente. São bairros paupérrimos, habitados por brasileiros de todos os cantos que migram para Manaus em busca de um emprego no polo industrial.

O jovem médico teve estômago, tato e paciência para lidar com militares e interventores da ditadura e depois com políticos da nossa democracia nada exemplar. Formou gerações de médicos que, hoje, são pesquisadores e trabalham na área de saúde pública. Enfim, Heitor Dourado foi um dos tantos brasileiros sonhadores, um idealista que encarava sua profissão como um sacerdócio, ou como uma missão social inadiável, urgente. Tinha um humor na ponta da língua, conversava com as mãos no ar, com gestos de maestro, nunca cobrou por uma consulta, era um médico compassivo, alarmado pela humilhação a que são submetidos os pobres deste país, apesar da euforia econômica, uma euforia que ofusca a péssima, vergonhosa qualidade de vida de inúmeros brasileiros.

Por uma infeliz coincidência, no mês de agosto eu estava em Manaus quando meu tio Adib — o mesmo que em 1967 entrara no meu quarto com o jovem médico — recebeu um telefonema de Fortaleza.

O corpo de Heitor foi transportado para Manaus e velado

no hospital que ele fundou. Foi enterrado no jazigo da minha família, como se ele fosse um irmão mais velho, um desses amigos que são mais próximos e queridos que certos parentes. E enquanto olhava com tristeza para sua esposa e suas três filhas em prantos, me lembrei de um personagem do meu primeiro romance: o médico Hector Dorado.

Depois de ler o livro, ele comentou, rindo: "Parece que nasci em Buenos Aires, e não em Belém".

Em todo caso, as personagens contam pouco. O que vale mesmo é a grandeza de um ser humano.

CARTÕES DE VISITA

A BIOGRAFIA MAIS BREVE DO MUNDO talvez não seja uma carteira de identidade, e sim um cartão de visita. Nesse diminuto retângulo de papel reconhecemos o nome de um amigo que sumiu. Ou de um gatuno que nos deu um golpe e anda escondido por aí...

Encontrei o cartão de Gwen P.W. quando eu fazia uma limpeza geral no baú do passado. Eu a conheci em 1994 no campus de Berkeley, onde fomos colegas de departamento. Não sei onde está Gwen, talvez em alguma universidade na costa leste dos Estados Unidos, pois naquele ano ela me disse que queria mudar de ares e morar na outra extremidade de seu país.

Gwen era simpática e tinha um riso solto; conhecia muita coisa sobre literatura colonial da América hispânica, falava um pouco de quéchua e gostava de conversar sobre Sam Cooke, autor da música "A Change Is Gonna Come", inspirada por "Blowin' in the Wind", de Bob Dylan. Quando li o ótimo livro *Like a Rolling Stone*, de Greil Marcus (Companhia das Letras), me lembrei de um encontro com Gwen.

"Ah, quando penso em Berkeley nos anos sessenta...", disse minha amiga, numa tarde em que ela saiu do campus para fumar.

Gwen me perguntou como era o Brasil nas décadas de 1960 e 1970. Eu disse que não queria falar desse tempo. Não agora.

"Reagan e Thatcher enterraram muitas das nossas conquistas", disse Gwen, enquanto fumava. "Agora o politicamente correto chegou para valer. É mais uma variante do puritanismo americano."

Em 1994, quando morei em Berkeley, já era proibido encarar uma aluna por mais de cinco segundos; eu lecionava com os olhos no teto ou na parede do fundo da sala: o olhar fixo em algum ponto em que eu imaginava uma aranha tecendo sua teia. Num átimo de devaneio, podia admirar o céu maravilhoso da Califórnia. Mas nada de olhar com insistência para alguém, isso nem pensar. No começo do semestre letivo caí na besteira de fechar a porta do meu escritório quando atendia aos alunos. Fui advertido pelo chefe do departamento: a porta devia ficar aberta, para que todos vissem que eu e a aluna (ou aluno) estávamos conversando sobre questões da matéria ensinada ou sobre a avaliação. Quando contei esse episódio para Gwen, ela me disse: "Se o chefe não tivesse agido assim, ele seria delatado por algum aluno ou professor. Depois seria advertido".

Nunca mais vi Gwen, rasguei o velho cartão da UC Berkeley e dezenas de cartões de pessoas de quem não recordava o nome nem o rosto. Fiz uma pausa para observar um cartão tosco e amarelado, em que estava escrito: "Adamastor — o marceneiro pontual".

Em janeiro de 1992, ele me prometeu entregar uma estante no prazo de três semanas ou 22 dias. Lembro isso porque Adamastor era obcecado por prazos de entrega, o que lhe dava notoriedade entre os seus pares. Esperei 22 dias, esperei dois meses, e nada. Telefonei para o marceneiro pontual, ninguém atendeu. Um vizinho de Adamastor me disse que ele tinha vendido sua marcenaria e fugido pra Belém com a namorada de um empregado.

E com a minha grana, pensei, insultando esse marceneiro pontualíssimo.

Depois soube que ele tinha dado trambique em vários clientes, que até hoje sonham com mesas, estantes e guarda-roupas. Estará em Belém com sua amada?

Voltei à pilha de cartões, rasguei outras dezenas, nomes e profissões passavam pelos meus olhos como caravanas anônimas no deserto da vida. Quem terá sido Celeste P.? Rosário L.? Chiang Hu...? Nomes de escritores que encontrei em congressos, colóquios, simpósios, feiras de livros... Esqueci o rosto de todos os participantes, procuro nomes de amigos e só encontro desconhecidos, nomes de espectros, fantasmas que vi ou pensei ter visto em viagens tediosas, inúteis. Melhor viajar sem sair do seu lugar.

Sophie Le Goff. Nenhum parentesco com Jacques, o historiador. De Sophie eu recordo bem: uma estudiosa da obra de Quevedo, falava espanhol com sotaque de Castilla, pronunciando *"las eses y las zetas"* como se fossem zumbidos de uma varejeira encurralada. Só de brincadeira, eu pedia à minha amiga que pronunciasse *"zarzarrosa"*, uma palavra que saía da boca de Sophie como um assobio da selva obscura. Ao contrário de Gwen, Sophie era séria, o rosto quase sempre tenso. Traduzíamos a quatro mãos. Quer dizer: quatro olhos no mesmo texto chatíssimo e duas mãos em cada máquina Smith Corona. Não se incomodou nem sorriu quando lhe dei um apelido carinhoso: Sophie Le Gouffre.

Tampouco tive notícias dessa amiga. Traduzíamos juntos — mas separados — no outono e inverno de uma Europa que vivia seu delicado crepúsculo. Quem sabe se o destino dessa sábia Sophie não era mesmo o abismo? Mas isso faz três décadas...

Como o tempo passa... E quantos cartões são jogados impiedosamente no lixo! Sobram poucos. Tomei um susto quando li, num dos últimos, o meu nome e endereço. O nome continua o mesmo, mas agora é um nome sem profissão, com outro endereço. Eu mesmo não sei se ainda sou aquele sujeito de 1997, que vivia sozinho com um gato melancólico, bebia vinho barato e lia todas as noites o poema "Gazal em louvor de Hafiz".

Talvez para isso sirva uma faxina: reencontrar um poema que diz muito sobre o nosso passado.

TIO ADAM EM NOITES DISTANTES

ANTES DO AMANHECER de um 25 de dezembro procurei ansioso pelos pacotes coloridos deixados por um trenó de outro mundo, e os encontrei pendurados nos galhos do jambeiro. Gostava dessa árvore porque em sua folhagem espessa piscavam luzes coloridas e os jambos, de um vermelho vivo, pareciam corações de veludo.

De manhã cedo perguntei à minha mãe por que Papai Noel se esquecera de deixar alguns presentes. Ela disse que era assim mesmo: com tantas crianças por aí, como é que o velho ia dar conta de todos os presentes? Quem sabe se no próximo ano…?

Mas no ano seguinte alguém na escola espalhou que Papai Noel só existia para crianças ingênuas. Dei adeus à ânsia e ao jambeiro iluminado, jantei com os adultos e fiquei acordado, ouvindo tio Adam, que provocava risos em todos, menos em tio Ghodor.

Adam era ansioso para enriquecer, mas um ansioso distraído nos negócios. Recordo as frases que ele disse na noite natalina de 1961: "Vocês vão ver: no próximo Natal, este que vos fala será um magnata".

Um ano depois, quando ele estacionou sua lambreta velha na calçada da nossa casa, tio Ghodor disse: "Chegou o magnata no seu conversível de duas rodas".

Conversaram sobre o recente empreendimento de Adam, um fiasco que deixara o infeliz empreendedor endividado e Ghodor, tenso, porque este pagava as dívidas do irmão. Pagou por dois anos seguidos. Na noite de Natal do terceiro ano, Ghodor disse: "Nessa família, eu sou o Papai Noel e o Adam é a única criança, um meninão de trinta e cinco anos. Chega de aventuras, Adam".

"Mas tive uma ideia incrível, Ghodor."

Tio Ghodor pôs as mãos na nuca, ergueu a cabeça para as estrelas e disse ao irmão: "Guarda essa tua ideia, pelo amor de Deus. O Papai Noel aqui está no vermelho".

"Mas é uma ideia luminosa", disse Adam. "Queres ser meu sócio?"

"Nem morto", disse o irmão. "Por que eu seria sócio de mais um dos teus fracassos?"

Então Adam, perseverante e iluminado, pediu empréstimo a um banco e abriu uma sorveteria em abril do ano seguinte. No começo foi um estrondo. Era como se Adam tivesse encontrado seu destino de magnata. Ria sozinho, mas eu e meus amigos também ríamos, porque tomávamos sorvetes de graça. Ah, o perfume ácido do cupuaçu, o sabor singular do tucumã na massa cremosa... Adam dizia que era uma receita italiana adaptada às frutas do Amazonas. E quanto movimento! A sorveteria vivia cheia; meu tio, aspirante a magnata, era magnânimo com os empregados e com os amigos. E Adam tinha mais amigos que clientes. Até Ghodor pagava os sorvetes, mas a multidão de amigos de Adam comprava fiado.

"Adam é muito querido na cidade", disse minha mãe, no auge da sorveteria.

"Queridíssimo", concordou meu pai. "E muito mais ingênuo do que querido. Não dou seis meses para essa sorveteria derreter..."

O tio generoso e amoroso, mas moroso no comércio, pensou tarde demais num dos entraves para qualquer negócio em Manaus: o apagão. Os blecautes ocorriam sem aviso prévio: nossa única certeza é que eram infalíveis e duradouros. Adam comprou um gerador que ficava desligado durante a madrugada. Os inúmeros amigos e poucos clientes da sorveteria não queriam tomar suco amornado, e sim sorvete.

Em novembro a sorveteria fechou. Ghodor socorreu o irmão, mas este teve de vender sua casa, sua lambreta velha e os anéis que iam brilhar nas mãos de sua recente namorada, uma beleza cabocla muito mais vaidosa que idosa. Até os copinhos de papel foram a leilão.

Na noite de Natal meu tio falido chegou à nossa casa depois da ceia. Esse Adam dos becos e igarapés de Manaus entrou na sala sem sua Eva cabocla. Por comiseração ou cansaço, ninguém zombou dele.

Meu tio envelheceu com sonhos de magnata, sempre inspirado por ideias luminosas, nas quais só ele acreditava. Falia e fracassava com a nobreza de um perdedor que desconhece a amargura e o ressentimento. Mas esse perdedor me dava romances, e também moedas para que eu visse filmes no Éden e em outras salas escuras, onde as aventuras eróticas nem sempre aconteciam na tela. Ele foi o Noel da minha primeira e última juventude. Um Noel magro, moreno, elegante e altaneiro, péssimo jogador e bom bebedor nas horas vagas, que não eram poucas. E um compassivo contumaz, capaz de esvaziar os bolsos quando via crianças descalças, de pés esfolados, oferecendo serviços de engraxate sob o sol pecaminoso de Manaus.

Não há noite natalina em que a figura de Adam não surja viva diante de mim, mesmo sabendo que ele e os outros estão todos deitados, dormindo, profundamente, como no belo poema de Manuel Bandeira.

NO JARDIM DE DELÍCIAS

JÁ SE SABE: nos trópicos — talvez em toda a América Latina — os olhares são menos sutis. No Caribe, um *mirón* é alguém que olha sem ser visto. A essência do olhar é a mesma: olhar amoroso e erótico, de um amor e eros nem sempre possíveis.

Não foi outra a história do meu primeiro amor platônico, quando eu era jovem demais para viver amores carnais. Naquela época eu olhava com insistência para uma moça de origem estrangeira numa Manaus que me era mais que familiar. Ao meio-dia, mal chegava da escola, tirava a gravata e o cinturão do uniforme de calouro, arregaçava as mangas, pegava o binóculo poderoso do meu pai e trazia para perto de mim a imagem de uma loura.

No equador da minha primeira juventude, quase todas as louras eram de origem inglesa ou alemã. Podiam ser também caboclas: louras perfeitamente falsas.

Com a imagem dessa moça viajei para muitos lugares distantes, como se eu fosse um globe-trotter do amor sempre irreal, nunca carnal. Às vezes a imagem se aproximava tanto do meu rosto que meus olhos quase podiam tocá-la. E um dia, um domingo nublado, de sol escondido, isso de fato aconteceu: vi a moça usando um biquíni vermelho, esse ousado traje de banho, verdadeiro ultraje ao moralismo de 1964: ano nefasto. O corpo jiboiava sobre uma toalha estendida num pátio distante, bem na fronteira com o jardim da minha morada: o lugar do pecado original, onde o cheiro de jambo sabia a maçã.

A toalha era irrelevante; o binóculo, cúmplice secreto de viagens sentimentais de um jovem voyeur, trouxe ao alcance das minhas mãos um par de pernas perfeitas, ombros dourados, seios arredondados e firmes, que eu só tinha visto em filmes no Éden, que era o outro lugar do pecado.

Estava imerso nesse sonho de verão em dia nublado, suando frio como se o coração fosse saltar pelos olhos, quando dois tentáculos enlaçaram minha cintura, apertando-a com gana de jiboia ávida para engolir sua presa. Assustado, saí do sonho visual, real. Eram os braços e as mãos de minha mãe, cuja voz exclamou: "Mas eu não estou dizendo?! Essa é boa!".

Ela poderia ter dito: "Essa é gostosa!". Mas não seria a voz de minha mãe, e sim minha voz interior, pois a outra, sonora, estava entalada.

"Já para o banheiro", ela ordenou. "Vai tirar esse suor fedorento do teu corpo."

O furor da voz materna, que soava como ciúme eterno, exortava o filho a purificar seu corpo. Quando eu ia trancar a porta do banheiro, ela me perguntou, em tom inquisidor: "O que tu estavas olhando com o binóculo do teu pai?".

"Os jambos maduros, mãe. Estou louco pra comer jambos."

Ela sabia que eu gostava dessa fruta inocente, doce e carnuda: a mais suculenta do nosso jardim de tantas delícias.

PERTO DAS PALMEIRAS SELVAGENS

QUANDO UMA AMIGA NORTE-AMERICANA me disse que eu ia penar no frio de Iowa, dei de ombros e respondi que os amazonenses têm pele de sucuri. Mas ela estava certa.

A terceira semana de outubro daquele ano já distante foi suportável; em novembro os escritores dos trópicos adquiriram um ar triste, de palmeiras transplantadas para um mundo gelado. Nossos refúgios em Iowa City eram o cineclube, a maravilhosa livraria Prairie Lights e os bares. A complicação começou na madrugada de 18 de novembro, quando o alarme contra incêndio disparou no nosso alojamento, onde moravam estudantes da Universidade de Iowa. Os 26 escritores de quatro continentes ocupavam o sétimo e último andar, e eu só tive tempo de pegar meu casaco e descer as escadas aos tropeços, empurrado por uma turba de poetas e narradores desesperados, ouvindo vozes em espanhol, alemão, russo, polonês, árabe, hebraico, suaíli e, suponho, em urdu e hindi. Essas vozes de Babel abandonavam as alturas para vencer a distância entre o céu da cama morna e o inferno do gelo exterior.

Em novembro eu já era amigo da espanhola Anatxu e do argentino Rodrigo. Um russo, cujo nome não recordo, nos acompanhava aos bares e ao cineclube. No outro lado da rua, nós quatro olhávamos para o edifício, esperando sinais de fumaça, enquanto os bombeiros verificavam se era alarme falso ou fogo de verdade. O russo tirou uma garrafinha de vodca do bolso e nos ofereceu um gole. Ele era o único que, além de não sentir frio, ria dos friorentos. Depois de esvaziarmos a garrafinha, o russo, como um mágico da estepe, sacou outra do bolso e abriu-a. Quando Rodrigo perguntou se essa garrafa era para nós, o russo disse: *"Egg Zactl"*, com a mesma pronúncia de

Pnin, a personagem patética do romance de Nabokov. Rodrigo deu uma gargalhada, e logo depois os bombeiros deram a boa notícia de que se tratava de um alarme falso. Subimos de elevador até o sétimo andar e, no dia seguinte, voltamos à Prairie Lights, ao cineclube, ao mesmo bar onde nós quatro bebíamos e conversávamos sobre cinema e literatura. Lá pelas tantas, quando falávamos em espanhol, o russo boiava, e só lhe restava beber e ouvir, com ar perplexo.

Na madrugada do dia 29 o alarme disparou de novo, e dessa vez decidi que era preferível morrer asfixiado ou queimado a suportar o frio siberiano de Iowa. Permaneci quieto, encasulado no cobertor, ouvindo o tropel e as vozes em pânico. Depois ouvimos a mesma versão dos bombeiros: travessura de algum estudante que disparara o alarme.

Em dezembro era impossível sair do quarto aquecido. Da janela eu via uma paisagem branca com árvores desfolhadas. Uma tarde só tive ânimo de correr até a Prairie Lights e pegar um romance que eu encomendara. Anatxu, nossa amiga espanhola, quis ficar em Iowa; o russo e suas garrafinhas haviam sumido; eu e Rodrigo decidimos ir embora: ele foi para Nova York, eu fugi do frio e de alarmes falsos e viajei para o sul, onde vi o rio Mississippi e as extensas plantações de milho e algodão. Depois desci até New Orleans e naveguei no grande rio, um dos meus sonhos antigos.

Em New Orleans algumas coisas me fizeram lembrar Belém e o Norte do Brasil: a culinária picante, herança das culturas indígena, africana e europeia; o clima quente e úmido; uma indolência sem culpa; pequenas casas de madeira onde morava a pobreza. No Vieux Carré da cidade, entre a Jackson Square e a Royal Street, procurei e encontrei ruas estreitas com casas avarandadas. Não senti o cheiro de jasmim, nem de açúcar, bananas ou maconha. O ar parecia parado: o ar do porto, úmido e morno. Tampouco ouvi acordes de piano de alguma composição de Gershwin. Mas, diante de uma casa avarandada no Bairro Francês, uma palmeira estranhamente agitada projetava sombras também estranhas na calçada.

O romance que eu acabara de ler na viagem ainda estava vivo na minha memória. Atrás de um muro de tijolos imaginei a casa onde, numa festa de artistas, o jovem médico e nada sedutor Harry Wilbourne apaixona-se por Charlotte Rittenmeyer: uma mulher casada, mãe de duas filhas. Possuídos por um idealismo teimoso e louco, esses dois ingênuos vivem onze meses siderados por um amor romântico, cujo desfecho será trágico, dignamente trágico.

Eu estava longe de Iowa City e agora seguia de perto uma das histórias narradas no romance que eu havia lido. Depois fui ao Mississippi e visitei Pascagoula, que ainda mantinha resquícios do antigo vilarejo de pescadores da década de 1930. Lá, me deparei com o cenário da tragédia romanesca e conheci um escritor de Utah. Quando ele soube que eu era brasileiro, me perguntou o que eu estava fazendo naquele fim de mundo.

"O mesmo que você", eu disse, apontando o livro que ele segurava.

Era a primeira edição do romance *Palmeiras selvagens*, de William Faulkner.

LIÇÕES DE UMA INGLESA

Para Davi Arrigucci Jr.

NA MINHA JUVENTUDE, dois viajantes britânicos eram escolhidos como tema de discussão pelo professor de história. Nessa escolha havia um pressuposto moral. O primeiro viajante era o naturalista, biólogo e geógrafo Alfred Russel Wallace, que fez pesquisas científicas na Amazônia, entre 1848 e 1852. Charles Darwin era amigo de Wallace, e ambos elaboraram ao mesmo tempo a teoria da evolução das espécies, mas Wallace nunca alcançou a fama de Darwin. Nosso professor do ginásio amazonense queria reparar uma injustiça da história da ciência e sempre falava de Wallace com admiração. Mas o outro viajante, dizia o mestre, foi um dos maiores ladrões do século XIX.

De fato, o fracassado botânico Henry Wickham foi um famoso impostor, que bem podia constar na *História universal da infâmia*, de Jorge Luis Borges. Em 1876, Wickham contrabandeou 70 mil sementes da *Hevea brasiliensis* para o Reino Unido; as sementes roubadas foram colocadas em estufas num jardim botânico de Londres e, meses depois, as mudas das seringueiras brasileiras foram plantadas na Malásia. Em menos de quarenta anos, esse ato patriótico de um súdito da rainha Vitória aniquilou a economia da Amazônia.

Há britânicos e britânicos que passaram pela região amazônica. Na minha memória há, sobretudo, uma inglesa, que não foi uma cientista ilustre, muito menos uma contrabandista. Foi apenas minha professora, mas isso teve algum significado para um moleque de treze anos.

Refiro-me a uma ruiva inesquecível: Jane C. Hern. Às 16h40 das quartas e sextas-feiras eu caminhava por uma rua sombreada por acácias e mangueiras, parava na calçada de uma mansão

81

amarela e avistava a mulher ruiva aguando as delicadas flores de seu jardim inglês, um jardim que se revoltava durante as chuvas torrenciais até readquirir a aparência de um exuberante quintal amazônico. Jane fechava a torneira, enrolava a mangueira e vinha me receber com um sorriso aberto e iluminado, e não um simples ricto.

Hoje, penso que a estreita convivência com os amazonenses mudara o sorriso e os trejeitos de Jane. Acho que mudara também outras coisas, mais íntimas. Mas, em 1965, a reflexão sobre essa mudança moral nem passava pela minha cabeça.

A professora me convidava para entrar na sala, e os minutos que antecediam a aula eram a minha glória. Podia observá-la da cabeça aos pés e imaginá-la na piscina da mansão, sem o marido, que eu vi de longe uma única vez. Ele era gerente de um banco britânico que existia desde a época do pirata H. Wickham, e até mesmo do injustamente esquecido A. R. Wallace. Quando Jane ficava de costas para mim, fingindo consultar um livro na estante, eu contava as pintas na pele rosada e sem rugas, quase um milagre no clima do equador. Ou não era milagre, e sim o olhar turvo de um curumim encantado pela beleza ruiva. Enquanto o tempo passava, *mrs.* Hern, indiferente à pontualidade britânica, continuava a exibir as costas e os ombros nus. Ela era uma vítima feliz de outro tempo, lerdo e arrastado, tão amazônico. Em algum momento, bem depois das quatro, Jane se sentava à mesa, colocava a mão no meu braço e perguntava em inglês se eu havia lido um dos capítulos do romance. Referia-se a *Treasure island*, que eu lia em casa e depois relia durante a aula. Esse romance me fascinava, mas eu não buscava exatamente o tesouro escondido por Flint, e sim outro: a própria Jane de corpo e alma, mais corpo que alma, pois meu ser, naquelas tardes mornas, era mais carnívoro que platônico.

Mesmo assim, li com prazer o romance de Stevenson, esse arquiteto de tramas fantásticas que encontrou seu paraíso em Samoa, bem longe de Londres e de sua Escócia natal. Agora, ao reler *A ilha do tesouro*, recordo meus encontros com uma mulher de 43 anos, que Manaus ia transformando lentamente numa cabocla inglesa.

Não sei em qual hemisfério ela vive; talvez já nem esteja neste mundo. De qualquer modo, Jane Constable Hern está viva na minha memória, esse vasto rio sem margens.

LIBERDADE EM CAIENA

POR DISTRAÇÃO, ou incapacidade de lidar com tantas informações, passo semanas sem consultar meu correio eletrônico. Agora, ao fazer uma faxina na caixa de entrada, notei que havia 122 mensagens não lidas. Percebi, com culpa, que não enviei a um amigo um exemplar do livro *Norte*, de Marcel Gautherot; certamente ele teria apreciado o olhar do fotógrafo franco-brasileiro sobre a Amazônia. Mas, ao ler as mensagens seguintes, a culpa cresceu de forma exponencial, pois os encontros com outros amigos não passaram de promessas vãs.

Também me dei conta de que não respondi a convites para ir a cidades do outro hemisfério, só de pensar em fazer viagens longas me dá uma preguiça macunaímica, hoje em dia até crianças e idosos são revistados com rudeza nos aeroportos; prefiro viajar para o interior do Brasil, ou para dentro de mim mesmo, lendo livros que me levam para outro tempo e outra paisagem.

Apaguei 27 títulos com anúncios publicitários e, movido pela impaciência, dezenas de mensagens iniciaram uma corrida vertiginosa rumo à lixeira. Quando ia apagar tudo, eis que leio: Cayenne. Era um convite datado de setembro de 2009! Passou batido. E dessa vez lamentei...

Quando criança, ouvia do meu avô materno descrições de Caiena, onde, há quase um século, o navio italiano em que ele viajava fez uma escala demorada antes de seguir para Recife.

Caiena era uma palavra tão fantasiosa que em setembro de 1990 fui conhecê-la. Mesmo sem entender o *créole*, me senti em casa: reconheci peixes e frutas da Amazônia; o clima era quase o mesmo, a água cor de fígado do rio Amazonas chegava até o litoral da Guiana Francesa e misturava-se com a do Atlântico,

84

formando uma insólita paisagem oceânica e fluvial. Lembro que visitei os lugares descritos por meu avô. Alguns, como La Crique e a Place des Palmistes, ainda eram reconhecíveis; outros tinham sido destruídos ou pertenciam à imaginação de um contador de histórias.

Num bazar do bairro chinês vi uma urna funerária indígena, com desenhos que lembravam os da cerâmica marajoara. Perguntei em francês quanto custava, uma mulher respondeu: 65 francos.

O sotaque nos unia: ela era brasileira, de Macapá.

"Vim para Caiena em 1979", disse Edenilza. "Já tinha muito brasileiro na Guyane. Aprendi umas palavras em francês lavando e passando roupa na casa de uma família."

Esticou o beiço para um homem sentado num banquinho e acrescentou: "Dois anos depois me casei com Charles Hung".

Quando ele ficou de pé, o espaço do bazar encolheu. Era um mulato altíssimo e corpulento, cujo olhar revelava altivez; apertou minha mão e, talvez por cortesia, pronunciou umas poucas palavras na minha língua. Depois, quando conversamos em francês, Hung disse que era filho de um vietnamita que fora detido e enviado para a Guiana Francesa. Em 1933, seu pai e centenas de vietnamitas de Annam que lutavam contra os franceses na Indochina foram transportados para Caiena e encarcerados no Bagne des Annamites. Quando foi solto, casou com uma senegalesa, filha de um dos carcereiros dessa mesma prisão.

Os olhos levemente puxados de Edileuza assemelhavam-se aos de Charles. O colonialismo, em tempos e regiões distintos, havia selado o destino desse casal. Lembro que no mesmo dia consultei um mapa-múndi só para ver o itinerário desses degredados políticos: a longa e infernal travessia do Golfo de Tonquim até Caiena.

Na manhã seguinte voltei ao bazar e pedi para que Hung me acompanhasse até o Bagne, situado em Tonnégrande. Era uma tarde nublada e abafada, tipicamente amazônica. Ao avistarmos a cadeia, disse a Hung que eu estava surpreendido com a modesta dimensão do edifício, que eu julgava enorme.

85

"Há coisas mais surpreendentes", disse Hung. "Meu pai mofou nesse *bagne* e foi submetido a trabalhos forçados por ter lutado contra os franceses no Vietnã. Eu, em qualquer lugar do mundo, sou considerado asiático ou africano, mas sou francês, minha língua materna é a francesa. Casei com uma brasileira e meus três filhos são bilíngues. Um dia quero levá-los ao Brasil e ao Vietnã."

Apontou a cela onde o pai dele penou por nove anos. Era a última de uma das duas fileiras separadas por uma passagem coberta de cascalho e pedras. Parecia uma jaula, como se os detentos fossem animais. Ou animais políticos. Notei que Hung queria voltar ao bairro de Caiena que seu pai ajudara a construir em 1945. No fundo de uma cela li com dificuldade uma palavra que um prisioneiro escrevera provavelmente com a ponta de uma pedra: *liberté*. As letras, quase apagadas pelo tempo, eram retorcidas e desiguais.

Talvez essa palavra ainda esteja lá, à espera de um visitante nesse lugar arruinado da história.

NOVE SEGUNDOS

Para Marly, Luciana, Juliana e Filipe

NAQUELA NOITE DE **1982,** quando fui com uma amiga franco-brasileira assistir ao filme *Fitzcarraldo*, quase nada conhecia da vida desse barão da borracha peruano.

As referências a esse mestiço ambicioso vinham de um ensaio amazônico de Euclides da Cunha, que, em 1905, navegou até as cabeceiras do Purus. Euclides, que era obcecado pela ideia do progresso e da civilização, entendeu ou intuiu que a barbárie troca de lado sem fazer cerimônia.

Agora, ao ler um ensaio de Benjamin Abdala (*Fluxos comunitários: Jangadas, margens e travessias*), conheci outras facetas de Carlos Fermín Fitzcarraldo. Filho de um marinheiro norte--americano com uma mestiça peruana, Fitzcarraldo morreu num naufrágio em 1897, quando tinha 35 anos. Mas essa vida breve não o impediu de construir um império econômico e descobrir um varadouro de nove quilômetros que liga o rio Urubamba ao Madre de Diós. Esse istmo, que recebeu o nome de seu descobridor, foi importante para a circulação de pessoas e o fluxo de mercadorias. O jovem magnata tentou transportar para sua propriedade em Madre de Diós um casarão com estrutura metálica construído por Eiffel. Mas, como essa tentativa malogrou, a obra foi erguida em Iquitos.

À semelhança de outros barões do "caucho" que enriqueceram em pouco tempo, Fitzcarraldo foi um predador da floresta e um implacável caçador de índios. Euclides narra, de um modo tragicômico, o primeiro contato do jovem Fitzcarraldo com os "primitivos" machcos; depois afirma que dezenas de índios foram dizimados por armas de fogo do "notável explorador" e seus capangas.

Lembro que naquela noite de inverno parisiense, eu e minha amiga Évelyne paramos de traduzir textos maçantes e fomos ver o filme de Werner Herzog. Os artigos na imprensa diziam que nesse filme havia cenas de Manaus e de seu maior símbolo arquitetônico: o Teatro Amazonas, palco de tantas óperas e operetas durante o fausto da borracha. Mas nesse filme Fitzcarraldo não é o ambicioso seringalista que executou a sangue-frio centenas de índios da Amazônia. O sonho grandioso de Brian Sweeney Fitzgerald, vulgo Fitzcarraldo, é construir um teatro em Iquitos. O subtítulo do filme é *O preço de um sonho*. Uma tradução mais livre e não menos fiel seria: *O preço de uma loucura*.

Há várias cenas épicas, de deslumbrante efeito visual, como o barco içado montanha acima por centenas de índios; ou um concerto de ópera a bordo desse mesmo barco, que navega diante do porto de Iquitos, cuja população assiste a esse espetáculo inusitado.

O filme fala da obsessão de Fitzcarraldo pelo canto lírico, que serve de mediação entre a cultura do "civilizado" e a dos "primitivos". Mas não foram as sequências bombásticas e ousadas as que mais me emocionaram, muito menos a expressão amalucada de Klaus Kinski.

Logo no começo do filme, quando Fitzcarraldo chega a Manaus, vi uma das praças da minha infância e disse isso à minha amiga.

"São cenas externas ou foram filmadas num estúdio?", ela perguntou.

"Externas", eu disse. "É Manaus mesmo."

Pouco minutos depois, quando a plateia ovacionava a filmagem da ópera *Ernani*, interpretada por Caruso e Sarah Bernhardt, uma cena de nove segundos me emocionou. No cinema do Boulevard Saint-Germain, reconheci meus pais no centro da tela. E, como minha mãe olhava e ria para a tela, era como se estivesse olhando e rindo para mim.

Voltei várias vezes ao cinema para rever esse par de figurantes felizes, e em cada sessão a saudade que sentia deles só aumentava. Quando telefonei para Manaus, minha mãe perguntou se ela estava bem no filme. Disse que ela era a melhor atriz dentre os seiscentos figurantes.

"E o teu pai?"

"Sério como sempre", eu disse. "E bem mais careca. Mas não olhava para a câmera, e sim para ti."

Ela riu com vontade. O riso, que partiu da margem esquerda do rio Negro e chegou ao orelhão gelado na *rive gauche* do Sena, era o riso que não pude ouvir no filme.

Nunca mais vi *Fitzcarraldo*. Faz algum tempo meus pais saíram deste mundo, mas permaneceram na tela, anônimos para os espectadores. Mesmo assim, ainda posso imaginá-los no outro lado do espelho: essa sala eternamente escura e silenciosa, visitada pela memória dos vivos.

SAUDADES DO DIVÃ

À memória de Alexandre Vannuchi Leme

FORAM APENAS SETE SESSÕES DE ANÁLISE. E isso há décadas, mas até hoje me lembro dos longos minutos de silêncio nas tardes de sexta-feira (os insuportáveis momentos de mudez) e da fala lacônica, lacaniana da minha analista paulistana.

Era bela, alta, chique, tinha ombros largos, mãos delicadas e olhos de coruja. E um tique estranho: erguia a sobrancelha esquerda, como fazem certos atores, um tique que me parecia sedutor, mas isso podia ser apenas uma percepção apressada do meu olhar narcisista. Ou seria uma mensagem enigmática da minha querida lacaniana? Nunca decifrei esse tique, que eu apelidei "farolete" porque o olho esquerdo, em relevo, iluminava tenuemente o leito das lembranças e confissões. Também desse olho solitário sinto saudades.

Durante as sessões desconfortáveis (o divã era duro e estreito, quase uma cama de faquir) eu falava dos romances e poemas que havia lido, da descoberta de grandes livros, das fugas da faculdade de arquitetura para assistir às aulas de literatura de Davi Arrigucci Jr. (quem não tinha lido *O escorpião encalacrado?*). Falava de amigos perdidos, de amigos em via de perdição, discorria sobre o nosso sonho de justiça social, sobre a nossa sexualidade promíscua e inocente que buscava a felicidade, sobre o nosso rancor à caretice e a todo tipo de repressão e dogma. Só não falava de mim, do meu id, do meu passado, da minha fase do espelho: nenhuma frase sobre a infância e seus lances sombrios, mágicos ou iluminados. Tudo isso permaneceu trancado a sete chaves, e essa porta blindada só seria aberta mais tarde. Não que eu não tivesse traumas, neuroses, frustrações. Quem não os tem? Em meados da década de 1970, os estudantes da USP ou de qualquer outra universidade brasileira tinham tudo isso de sobra. Talvez por ser resistente à sondagem da minha psique, preferia comentar o conto "A terceira margem do rio", que era um modo oblíquo de falar do silêncio do meu pai ou do meu autoexílio em São Paulo, que me faria uma espécie de órfão ainda jovem.

Ela apenas me escutava, o olho esquerdo saliente, ambarino, terrível. Quando eu me calava, podia escutar o batimento grave do coração, como se eu estivesse sozinho num cemitério de uma cidade-fantasma, ou num deserto noturno, sem vento, congelado.

Numa dessas sessões silenciosas ouvi um zumbido, que em poucos segundos se tornou pavoroso; quando acordei, por pouco não caí no tapete. Era o toque do despertador, que marcava o fim da sessão. Foi um trauma e tanto. Minha analista, lacaniana radical, sequer anunciava o fim do meu monólogo. Mas dessa vez o despertador interrompeu um sonho, que eu anotei sem demora, sentado à mesa de um boteco. Na sétima sessão deitei no divã e contei esse sonho.

Eu estava no porão da gráfica da Faculdade de Arquitetura e Urbanismo. Eu e outros estudantes ouvíamos o discurso de Alex. Lembro que reconheci líderes de diversos grupos políticos: da esquerda católica à maoísta, dos rígidos trotskistas a seus inimigos comunistas e social-democratas. Os anarquistas eram pouquíssimos e ocupavam uma pequena ilha no porão do sonho: uma ilha banida do continente. Em seu discurso, Alex nos alertava sobre os riscos e perigos da traição. Olhei de soslaio em meu redor, procurando o rosto de um suposto traidor; alguém me olhou com a mesma desconfiança. Mas Alex não se referia a um delator, e sim a um traidor de ideias e ideais. "Daqui a trinta anos", ele disse, "quantos de nós teremos traído nossos sonhos?"

Disse à minha analista que nesse momento escutei murmúrios e protestos, e logo em seguida me assustei com o trinado do maldito despertador. Ela sorriu. Foi um sorriso aberto, oceânico, de lábios enormes. E histórico: o primeiro em quase dois meses de divã. Também pela primeira vez ela me fez uma pergunta frontal: "Quem é Alex?".

"Um estudante do curso de geologia", eu disse. "Foi assassinado por agentes da repressão em março de 1973. Pude reconhecê-lo no sonho."

Nessa tarde troquei algumas palavras com a analista, uma conversa que durou uns quatro ou seis minutos, e essa eloquência mútua me surpreendeu. Enfim, palavras, eu disse. E quase elogiei a voz dela, uma voz que, na minha memória de paciente, era sinônimo de assombração.

Abandonei o divã naquela tarde chuvosa e prometi: um dia voltaria à sala branca. Busquei refúgio na leitura de ficção e poesia, e assim tentava espantar fantasmas e neuroses.

Poucos anos depois, longe do Brasil e de seus generais, censores e torturadores, comecei a escrever meu primeiro romance e descobri um modo de ser menos infeliz, de mitigar o sofrimento e evitar o abismo da depressão. A promessa de voltar à sala branca foi vã. Mas tentei preencher as lacunas de silêncio com a linguagem escrita, essa autoanálise compulsiva, prazerosa e fantasiosa, que alguns chamam ficção.

ESCORPIÕES, SUICIDAS E POLÍTICOS

FLORES SECAS DO CERRADO

> *como sair*: *a cidade não tem saída*
> *nem entrada*
> *é labirinto*
> Nicolas Behr, *brasilíada*

HÁ PESSOAS SILENCIOSAS OU DE POUCAS PALAVRAS, mas em Brasília até as paredes emitem sons suspeitos. Silêncio, mesmo, só na lonjura, no cerrado original.

Na parede do quarto do hotel observo um origami com dobras geométricas; da janela vejo árvores desfolhadas com galhos retorcidos, o gramado marrom, o horizonte queimado pela seca de setembro. No centro da paisagem calcinada, a praça dos Três Poderes... Dizem que a nova Biblioteca de Brasília foi inaugurada sem livros. Será uma metáfora da cabeça de muitos políticos? Ou do tempo em que vivemos?

A arrumadeira do hotel é uma mulher de Minas; o recepcionista é um rapaz pernambucano, e um dos ajudantes do chef de cozinha, baiano. O Brasil todo está aqui, e esse Brasil de verdade parece ausente nas esculturas côncava e convexa do Congresso Nacional. Cada vez que entro no elevador ouço sons de pássaros. Cantam e não aparecem: onde estão? Não há pássaros nas imagens do Pantanal e da Amazônia coladas em duas paredes de vidro do elevador panorâmico. Mas quando subo ou desço dezessete andares, sou obrigado a ouvir trinados metálicos na caixa de vidro e aço. Recordo o conto "Paolo Uccello", de Marcel Schwob. O genial artista florentino do *Quattrocento* era obcecado por pássaros, e também pela geometria e perspectiva. Uccello queria entender o mundo (o espaço) em profundidade. Ele pintava pássaros nas paredes de seu ateliê, daí o apelido Uccello e o título do conto de Schwob. Mas a vida não é imaginária, nem sempre é, sobretudo quando o elevador para no térreo e o cronista se senta à mesa do café da manhã e escuta pedaços de conversas indiscretas:

"Volto na próxima semana por causa do resultado da licitação..."

"Acertei com o senador, só falta..."

"Consegui marcar uma audiência, agora vai ser mais fácil..."

A mulher de Minas ganha menos de dois salários mínimos e mora em Samambaia, uma das favelas do Distrito Federal. Na época em que morei em Brasília ninguém dizia favela, e sim cidade-satélite. Esse eufemismo urbano ainda persiste, mas o tempo também apaga os eufemismos. O Plano Piloto da nova capital foi construído sob o signo da miséria brasileira: os candangos pobres, operários, artesãos e desempregados migraram de todos os quadrantes e foram morar na periferia da cidade-monumento.

Como seriam o Brasil e Brasília se não houvesse existido o toque militar de recolher e sua noite longa e infame?

O ajudante do chef de cozinha ganha mais do que a mulher de Minas e mora em Sobradinho.

"Se eu não comesse no hotel, passaria fome. Meus dois meninos são filhos da Capital."

Gêmeos da era Collor, vieram ao mundo durante um pesadelo político. Sobradinho. Nunca me esqueci das cidades-satélites, aonde íamos pichar muros com slogans contra a censura e a brutalidade do regime militar. Por onde andam meus amigos daquela época? Zé Wilson, o Cuca, viajou ainda jovem para o outro lado do espelho, nem me deu adeus. Ainda me lembro do entusiasmo com que comentava os clássicos; lia tudo e nos olhava por trás de lentes grossas no rosto de criança. Chico dos Anjos, filho do escritor Cyro dos Anjos, também partiu antes do tempo. Disse ao Chico: "*O amanuense Belmiro* é um belo romance. E como os mineiros escrevem bem, de dar inveja".

Percebi uma ponta de orgulho no olhar do meu amigo. Depois deu uma gargalhada. O Chico ria quando todos ficavam sérios, não era tempo de risadas, mas ele tinha humor, e um astral na lua.

Em 1968 nada era muito asséptico em Brasília, uma cidade embrionária, capital pequena. E vigiada. Alguns homens do poder usavam terno e gravata, muitos ostentavam farda e metais, eram ferozes com suas armas, mas também tinham medo, porque o medo, a violência e o barro estavam nas entranhas de Brasília. A poeira vermelha cobria as superquadras, manchava as fachadas dos ministérios e as garras curvilíneas da Catedral, então inacabada. A poeira barrenta borrava o Palácio do Planalto; o outro, da Alvorada, também avermelhava. "Barro subversivo, barro maldito", diziam. Até o barro primordial do cerrado era comunista. O setor hoteleiro era acanhado, lembro as duas noites em que dormi no Hotel das Nações, noites de angústia, meu coração moído de saudades do Norte. Depois fui morar num quarto de uma casa na avenida W3-Sul: aluguel barato de uma pensão informal. Uma família de negros: o pai era um mestre de obras baiano, candango de primeira mão, que trabalhara na construção do Hotel das Nações, inaugurado em 1962. Essas casas da W3-Sul tinham um pátio nos fundos, que podia ser um quintal, mas agora estão desfiguradas. Duas crianças brincavam de cabra-cega ao redor da pitangueira. Um dia elas me ofereceram um punhado de frutas e comecei a gostar de Brasília. Agora os pátios foram cobertos por puxadinhos, ocupados por quartos pequenos e contíguos, promessa de cortiço. As famílias cresceram, a renda caiu, os proprietários alugam os fundos da casa.

Nem Brasília, planejada com uma racionalidade extrema e desumana, resistiu ao caos urbano-arquitetônico. A miséria e suas favelas cercam os três poderes da República, o medo e a violência do passado voltaram com outra feição. Chico dos Anjos, Cuca, vocês não viram isso. João Luiz Lafetá, um crítico fino que morou em Brasília nos anos 1960, também partiu sem ver o país subtraído de uma esperança teimosa, tão brasileira. João Alexandre Barbosa, outro amigo, crítico literário dos mais eruditos, também nos deixou. Ele e centenas de professores da UnB foram exonerados dessa instituição na década de 1960. Mas a Universidade de Brasília resistiu, sobreviveu.

Penso em vocês enquanto escuto trinados metálicos de pássaros ausentes. Dezessete andares em trinta segundos. Melhor caminhar a esmo, rever Brasília no escuro da madrugada, à espera do amanhecer. Saio da jaula de aço e vidro e vejo na recepção duas mulheres falsamente louras conversando com lobistas. Estão sentadas em poltronas forradas de couro e bebem uísque, talvez faturem por noite o que a mulher de Minas ganha por mês, e seus parceiros lobistas ganharão mais do que todas as putas e outras mulheres trabalhadoras ganhariam em dez anos de labuta.

O origami na parede não me diz nada, é mais um ornato no quarto de um hotel que poderia estar nas Filipinas, na Holanda ou na África do Sul. Faço uma viagem à deriva pelo cerrado, quero encontrar um lugar do passado, o Poço Azul, onde me refugiava do medo e dos homens.

Viagem no tempo: o visível, o invisível na opacidade da memória. Aqui, há pássaros de verdade: sanhaços e saíras e saís-azuis pousam nas sombras de jatobás e bicam a polpa carnosa dos pequis. Corpos nus deitados nas pedras do Poço Azul e a mata úmida que se debruça sobre o riacho. Não vejo árvores anãs com galhos retorcidos, nem braços tortos de seres vegetais, trágicos. Aqui, o passado não lanha meu corpo nem minha alma, posso colher flores secas do cerrado e escrever esta crônica de amor a uma cidade que não sai de mim.

TARDE DE DEZEMBRO SEM NOSTALGIA

ALÉM DO RIO PINHEIROS é possível avistar uma haste cinza no campus da USP: será a torre do relógio? Mais adiante, a Faculdade de Arquitetura e Urbanismo... Não consigo ver o edifício da FAU, mas ele está lá, com suas rampas e ateliês e oficinas de maquete, formando e diplomando arquitetos e urbanistas. O laguinho onde os calouros eram batizados ainda existe? E o salão Caramelo? Vários professores — Flavio Império, Renina Katz, Flavio Motta, Gabriel Bolaffi, Luis Carlos Daher — desintoxicavam a mente dos calouros: cabeças viciadas em dar respostas a questões e fórmulas de múltipla escolha dos cursinhos e do vestibular.

Mesmo de longe, a visão do campus me remete sem nostalgia ao tempo em que fui arquiteto, uma profissão temporária, circunstancial. Ainda sonhávamos com projetos dignos de habitação popular e abominávamos os projetos de canis e pombais para o povo. Por que os arquitetos talentosos foram excluídos dos projetos de São Paulo e de outras cidades brasileiras?

Nas ruas e calçadas deste bairro há um movimento alucinado de pessoas que saem dos escritórios e caminham para restaurantes, bares, padarias; operários comem sentados no canteiro de obras. A sirene da viatura policial emite um som estridente; em poucos segundos o som agudo torna-se grave e apaga-se aos poucos, deve ser o efeito Doppler, que aprendi nas aulas de física da FAU. Outra viatura policial passa a mil, a terceira ignora o sinal vermelho e por pouco não atropela uma mulher idosa que segura a mão de uma menininha. A mulher, talvez uma avó, esbraveja. Pobre avó, acuada entre o meio-fio e a entrada de uma garagem onde um carro buzina e em seguida o motorista sai do carro e gesticula. Agora a avó está indecisa: não sabe se esbraveja contra o motorista do carro ou o da viatura policial, que já sumiu.

Esta cidade não é mais para vovós nem para netinhos, pensei. Os motoristas não imaginam que um dia vão envelhecer e outra viatura policial e outro carro vão acuá-los, humilhá-los, jogá-los no meio-fio como se fossem bichos. Então a mulher idosa acomoda a criança nos braços e se afasta para deixar o carro passar. Primeiro os carros, depois os pedestres: assim somos mais civilizados. Não sei se a menina está chorando, mas deve estar assustada. Um homem se aproxima delas, a solidariedade chega tarde demais.

Escuto também o barulho infernal de buzinas, freadas, motocicletas que serpenteiam por uma avenida larga. Os apressados sabem que a buzina é inútil. Então por que buzinam? Por mero exibicionismo, talvez. Ou por hábito, um tipo de hábito irracional que parece loucura. Com tanta buzina, parece que estamos em Lagos, Calcutá ou no Cairo. A Lei do Silêncio foi esquecida? Quando olho para outra direção, entre o rio e este apartamento, vejo uma praça no alto de uma colina, uma das muitas praças de um bairro arborizado, ocupado por mansões. Muitas estão à venda: é caro conservá-las, ou é mais seguro morar em apartamento.

Agora o vento dissipou as nuvens, o sol do verão ilumina as colinas que, ao longe, formam um dos limites extremos da metrópole. Mas nem o sol anima o Pinheiros: um canal de água pestilenta, rio morto da metrópole.

Por outra janela vejo uma muralha de edifícios recém-construídos. Eles se aproximam do lugar em que escrevo; alguns, próximos da fachada leste, ameaçam sequestrar a luz do sol matinal e lançar uma sombra fria nesta mesa. São torres cada vez mais altas, a cem metros do solo, um dia elas vão ocupar o lugar das mansões, das praças, das nuvens, do céu que já não mais nos protege. Quando tudo isso acontecer, quando todas as janelas deste quarto estiverem vedadas, ainda assim será possível imaginar fábulas distantes no tempo e no espaço.

Agora mesmo, enquanto o olhar passeia pelo rio morto ou

se estende até o campus, as colinas e a muralha de concreto, sou fisgado pela memória, que viaja para o Norte e perde-se nas margens do Negro, o rio da infância. Este é um dos lugares da ficção: o lugar a que se destina o viajante imóvel numa tarde barulhenta de dezembro.

ESCORPIÕES, SUICIDAS E POLÍTICOS

RANULFO NÃO ERA NOSSO TIO, mas os meninos do largo São Sebastião passaram a chamá-lo tio Ran quando ele se mudou para o centro de Manaus. Ele tinha um sobrinho que era nosso amigo, um curumim órfão que estudava canto no conservatório de Tarazibula Steinway e era agarrado ao tio. O fato é que Ranulfo não se importava de ser chamado tio, mano ou velho Ran. Velho para nós, que tínhamos onze, doze anos, mas velho, jovem ou tio, tanto fazia para Ranulfo, que escarnecia de tudo e de todos.

"Vocês não sabem nada da vida", ele dizia. "Por exemplo, os escorpiões. Querem conhecer esse artrópode? É um bicho fantástico."

Uma tarde ele nos levou ao Seringal Mirim, onde havia uma mata de seringueiras, jatobás e palmeiras. Hoje o Seringal é um trecho de uma avenida larga e barulhenta por onde circulam milhares de carros.

No Seringal ele traçou sete círculos pequenos na terra, cercou-os com gravetos e derramou álcool em cada cerca. Vimos sete argolas de fogo. Depois Ranulfo procurou escorpiões, não sei como ele conseguia enxergar os bichinhos esconsos e fisgá-los no meio de folhas secas, frutas podres e pedaços de pau. Com um galho encheu uma cuia com sete escorpiões e pôs um no meio de cada círculo de fogo. Eram acinzentados, graúdos, terríveis.

"Agora observem o maior espetáculo da terra", ele disse. "Uma picada pode matar um homem. Pode matar um animal mais forte que um homem."

O fogo se aproximava dos bichinhos. Tio Ran se regozijava, os olhos arregalados iam de um círculo a outro. Sete. E quando as chamas cresciam, Ranulfo sentia mais júbilo:

"Vejam como eles estão acuados, vejam a inutilidade do fer-

101

rão, da picada venenosa no ar, da dor que essa picada poderia causar num ser humano."

Erguiam o ferrão, agoniados, girando no espaço exíguo da terra calcinada; avançavam um centímetro e logo recuavam, pareciam perdidos, doidos, desesperados.

"Agora vamos torcer, porque o jogo vai começar", disse Ran, exaltado.

"Qual jogo?"

"Vida contra morte... Eles não têm saída. Ou morrem queimados ou se suicidam. E preferem o suicídio à imolação."

Lembro que Josias, o mais sensível da turma, caiu fora antes do primeiro suicídio. Os outros meninos queriam ver o círculo de fogo devorar os escorpiões. Corríamos o olhar pelos sete círculos, víamos as pinças e os corpos contorcidos, como se fossem pontos de interrogação. Ainda havia claridade lá fora, mas o Seringal Mirim escurecia, as copas das árvores altas antecipavam a noite do espetáculo.

Tio Ran ria, esfregando as mãos, torcendo pelos mais corajosos. Até quando resistiriam? Um e outro cravavam o ferrão no próprio corpo. Uma ferroada mortal, uma paralisia instantânea, a lacraia inerte na arena iluminada, a crepitação que não revelava mais desespero nem agonia, e sim um ruído seco, vegetal.

"Como admiro esses rabos-tortos", disse Ran, depois do último suicídio. "Eles são mais corajosos que os nossos políticos corruptos. Nenhum desses políticos se suicida; aliás, roubam e dançam, sem medo de tropeçar. Mas são venenosos, vis, perigosíssimos. Se ao menos fôssemos governados por escorpiões..."

Foi uma das poucas vezes que nós vimos o velho Ran abalado, prestes a chorar.

Não lembro se essa excursão ao Seringal Mirim ocorreu antes ou depois de 1964. Agora que todos eles se foram — os escorpiões, os militares, aqueles políticos — fico pensando na relação entre as lacraias suicidas e os políticos execrados pelo incendiário Ran.

Não concluí nada, mas quero distância de ambos: escorpiões e políticos.

UM AMIGO EXCÊNTRICO

QUEM NÃO TEM PELO MENOS UM AMIGO EXCÊNTRICO ou meio lunático? Eu tenho três, mas nenhum é perigoso nem ameaçador. Jeremias A.M. é um deles. Jam ou Jam Balaya para os íntimos.

Nós nos conhecemos em meados da década de 1970, quando eu morava no Jabaquara. Eu tinha 23 anos, ele, 25, e nosso primeiro encontro foi num ônibus velho e cinza da antiga CMTC. Voltávamos para casa depois de uma missa de sétimo dia de uma das vítimas da ditadura. O culto religioso terminou com um protesto. Um censor daquela época diria: degenerou em um ato subversivo.

Mas vamos voltar ao ônibus cinza e deixar que o hipotético censor fale sozinho. Eu e Jam estávamos no mesmo banco da última fileira; quando nos olhamos, pensei que ele era um dedo-duro e ele deve ter pensado a mesma coisa. Isso também era loucura, uma loucura circunstancial e quase coletiva, e das mais nocivas. Saltamos do ônibus num ponto próximo à praça da Árvore e caminhamos quase lado a lado, os dois assobiando, disfarçando, um querendo saber se o outro era da polícia secreta. O medo nos unia. Quando paramos diante do edifício onde eu morava, pensei em três hipóteses:

a) não somos vizinhos e esse cara não é policial;
b) somos vizinhos e esse cara é da polícia;
c) não somos vizinhos e esse cara é da polícia.

Pensava nessa múltipla escolha quando Jam disse:

"A missa foi linda, mas o padre podia ter feito o sermão em latim. Você viu quantos agentes estavam ajoelhados? Se o pa-

103

dre tivesse rezado em latim, nenhum agente entenderia a mensagem."

Então Jam começou a citar poetas latinos, em latim. E eu pensei: nenhum agente do Dops sabe latim.

Continuamos a conversa num boteco do Jabaquara e nos tornamos amigos. Ainda participamos de várias passeatas. Uma das diversões lunáticas de Jam era devolver com chutes poderosos as bombas de gás lacrimogêneo que policiais da PM lançavam contra os manifestantes. Ele gritava "Pra trás, vilões" e chutava a bomba como se fosse um zagueiro desesperado de um time que está a um minuto de um título mundial.

Depois dessa passeata, descobri que Jam não tinha medo da polícia ou que era muito menos medroso do que eu. Na noite de 22 de setembro de 1977, quando os policiais invadiram o campus da PUC, lembro que Jam olhou para mim e disse: "Sei que você está com medo, então vamos cantar". O coral da universidade ensaiava numa sala ainda serena. Quando a cavalgadura se aproximou, o regente pediu que o coral cantasse "Bésame mucho"; e lá estava Jam infiltrado no coral, cantando o bolero mexicano. Entre duas frases de amor, ele dizia: "*No tengo corazón de mantequilla*". Foi um dos que conseguiram escapar, escondendo-se no vão entre o forro e o telhado, onde passou uma noite insone espantando morcegos e evitando ratos e baratas.

Jam estudou direito no Largo São Francisco e começou a trabalhar numa comissão de direitos humanos. Em 1989 nós nos vimos brevemente; ainda tínhamos alguma esperança, mas em seguida Collor foi eleito...

Há poucas semanas, nos reencontramos num restaurante próximo à praça da Árvore. Quase duas décadas sem ver um amigo é uma temeridade. Mas felizmente o tempo é equânime: ambos tínhamos envelhecido sem desvantagem aparente para nenhum dos dois.

"Grande Jeremias, grande Jam Balaya", eu disse, brincando.

Recitou epigramas de Marcial e depois contou que participava de comissões de justiça e direitos humanos. Disse que não queria ouvir falar de um membro da alta magistratura, que considera terroristas os homens e mulheres que combateram o regime militar:

"Quer dizer que os milicos deram um golpe, torturaram, mataram, e os que resistiram aos tiranos são terroristas? Que história é essa, Nortista? Que história da carochinha é essa?"

Velho Jam Balaya de guerra. Continua irascível e irônico, pensei.

Pedi uma garrafa de vinho; depois pedi para que ele recitasse poemas latinos. A memória dele estava acesa, não esquecera nada. Conversamos sobre a vida, sobre as bem-amadas gratas e ingratas e, no fim, perguntei o que estava fazendo além do trabalho.

"Estudo hipnotismo", ele disse, sério.

"Hipnotismo?"

"Isso mesmo", respondeu. "Quer ver? Olhe bem para mim. Olhe nos meus olhos, sem piscar."

"O que é isso, Jam?"

"Quer ou não quer ser hipnotizado?"

"Agora não. Agora estamos conversando. Mas por que está estudando hipnotismo?"

"Ah, quer saber mesmo? Hoje não tenho muito tempo para explicar meu plano, mas posso adiantar uma coisa: só o hipnotismo é capaz de acabar com a corrupção no país."

O INFERNO DOS FUMANTES

PARA UM SOLITÁRIO OU DESESPERADO, um cigarro na boca é uma válvula de escape. Para qualquer fumante, uma tragada o conduz a um paraíso efêmero: um momento de prazer em que as ideias e a conversa fluem.

Um suicida fuma o último cigarro antes do ato fatal? Prisioneiros e namorados costumam fumar. Quantos amantes não dão uma pitada depois de uma noite de amor?

Em certos países, um fumante é considerado um ser inferior. Lembro que na década de 1990, quando passei uma temporada na Califórnia e enrolava cigarros com tabaco holandês, tinha que sair do campus para dar umas pitadas. Eu e a chefe do departamento fumávamos quase escondidos, como se fôssemos meliantes, conspiradores ou membros de uma seita secreta. Minha amiga me disse que isso era injusto, pois milhares de americanos cheiravam cocaína, estimulando o tráfico de drogas. Algo semelhante foi dito recentemente no México por Hillary Clinton, que apenas repetiu o que García Márquez havia declarado numa entrevista: "A Colômbia fabrica cocaína, mas muitos executivos de Wall Street devem fechar as narinas".

A campanha e as leis contra o fumo são tão drásticas que até os personagens de ficção fumam menos. Alguns param de fumar no segundo capítulo. A maioria nem fuma mais. Se o fumo fosse proibido na ficção, os personagens atormentados de Juan Carlos Onetti não existiriam. Nos romances e contos do grande escritor uruguaio — traduzidos com esmero por Josely Vianna Baptista — o tabaco e a bebida formam um par perfeito com a sordidez, a solidão e a desilusão. No inferno tão temido — mas quase sempre inevitável — da obra de

Onetti, o fumo é um ritual recorrente e até mesmo necessário para a meditação dos personagens ou para a conversa entre eles.

"Acendeu e tragou com força, aquecendo-se na fumada áspera" é uma das tantas frases em que o ato de fumar não é apenas um gesto diletante ou um mero passatempo, mas também o preâmbulo de um momento tenso, antes ou depois de uma decisão em que a face da desgraça se revela ao leitor.

A única vez que vi Onetti foi numa conferência em Madri, uma conferência insólita, pois ele não falou nada, ou não conseguiu dizer nada, exceto quatro palavras: "Boa noite, muito obrigado". Fumou e bebeu o tempo todo e deixou que os outros falassem por ele. Para a plateia ficou claro que Onetti não queria aborrecer ninguém. E que também um fumante silencioso é preferível a um fumante falastrão.

No romance *A consciência de Zeno*, de Italo Svevo, o fumo, além de ser um vício, lida com uma dúvida moral. Apesar de ser um fumante compulsivo, a doença do burguês mulherengo Zeno Cosini é, antes de tudo, moral. A certa altura, o narrador, ao refletir sobre a relação entre o vício e a culpa durante a juventude, escreve:

Agora que estou a analisar-me, assalta-me uma dúvida: não me teria apegado tanto ao cigarro para poder atribuir-lhe a culpa de minha incapacidade? Será que, deixando de fumar, eu conseguiria de fato chegar ao homem forte e ideal que eu me supunha? Talvez tenha sido essa mesma dúvida que me escravizou ao vício, já que é bastante cômodo podermos acreditar em nossa grandeza latente. Avento esta hipótese para explicar minha fraqueza juvenil, embora sem convicção definida. Agora que sou velho e que ninguém exige nada de mim, passo com frequência dos cigarros aos bons propósitos e destes novamente aos cigarros. Que significam hoje tais propósitos? Como aquele velho hipocondríaco, descrito por Goldoni, será que desejo morrer são depois de ter passado toda a vida doente?*

Claro que a leitura do romance de Svevo não ajuda um fumante a largar o vício. Mas como ex-fumante posso garantir que essa frase do escritor italiano é totalmente verossímil:
"Creio que o cigarro, quando se trata do último, revela muito mais sabor".

---

* *A consciência de Zeno*, de Italo Svevo. Rio de Janeiro: Nova Fronteira, 2006. Tradução de Ivo Barroso.

NUNCA É TARDE PARA DANÇAR

FUI VISITAR UMA PRIMA que mora em Maringá e na volta para São Paulo uma passageira, sentada ao meu lado, perguntou se eu era paranaense. Hoje em dia as pessoas têm medo de puxar conversa, ou não têm paciência para isso. Ou todo mundo desconfia de todo mundo. Vai ver que estamos perdendo um pouco da informalidade de que tanto nos orgulhamos. Desconfio que nós, brasileiros, estamos mais impacientes, carrancudos, indóceis.

Mas vamos ao voo e à passageira que me conquistou. Era uma mulher de uns oitenta anos, cujo rosto desconhecia a cirurgia plástica e o silicone. Tinha três filhos: dois homens e uma mulher.

Perguntei se ela morava em Maringá.

"Moro, mas viajo uma vez por mês para São Paulo."

"Gosta de São Paulo?"

"Adoro. São Paulo é uma cidade tão, tão..."

Procurou palavras para terminar a frase, hesitou, enfim disse:

"São Paulo me liberta."

"É mesmo? O que a senhora quer dizer com isso?"

"Sou viúva, meu filho mais velho mora em São Paulo, os outros, em Maringá. Se eu pudesse, também moraria em São Paulo. Porque gosto muito de dançar. Em Maringá é mais difícil. Não sabe como é uma cidade pequena? Vão me chamar de velha sirigaita, ou de viúva assanhada. Eu não ligo para nada disso, mas meus filhos, sim."

"Sentem ciúme da senhora?"

"Sentem outra coisa. São crentes. Um é pastor, a outra virou carola, não sei de qual igreja, nem me interessa. Sei que os dois não dançam, não vão a festa nem ao cinema, não se divertem, vivem rezando, pregando: Jesus pra cá, o Senhor pra lá, aleluia e amém. Minha filha linda e vaidosa... Agora usa um vestido que cobre os joelhos, não depila as pernas, nem corta o cabelo. Era elegante como uma gazela, agora parece uma aranha. Fiz de tudo para que os dois voltassem a ser o que eram, mas parece que foram hipnotizados. Dão muita coisa do que ganham para a igreja. Eu não quero dinheiro, meu finado marido me deixou bem. Queria que me levassem para dançar, só isso. Mas não me acompanham, não. E eu fico mofando em casa, sonhando com a dança, esperando um telefonema..."

Parou de falar, olhou pela janelinha do avião e sorriu.

"Não vejo a hora de pôr os pés no chão. Quando meu filho telefona para dizer que está me esperando, só falto pular de alegria. Mas disfarço, porque senão os dois carolas vão pensar mil coisas... Passo a semana arrumando a mala, escolhendo os vestidos, os sapatos. E quando chego em São Paulo, ainda ganho presentes do meu filho. Um amor de menino. É dono de uma fábrica de grinaldas e luvas. Sempre gostou disso: grinaldas, luvas, tiaras. É engraçado, um solteiro que ganha dinheiro vendendo acessórios para vestido de noiva. E ganha bem. Em maio, então, nem se fala. As noivas adoram esse mês. Em maio as noivas desabrocham. Chove casamento. É verdade. Nesse mês o meu menino trabalha doze horas por dia, não tem crise econômica coisa nenhuma. Com crise ou sem crise tem muita moça que quer casar de véu e grinalda e luva. Elas se preparam para o casamento, e eu, para o baile. Vou com meu filho. Como ele dança bem, o danado. Parece que está patinando no gelo. Quanta leveza, quanta agilidade. Como ele domina o ritmo. Mas eu sou melhor. Ele sabe disso. Todos os dançarinos do clube Homs e do Piratininga me conhecem. A viúva de Maringá. Os homens fazem fila para dançar comigo, e todos se cansam. Danço três, quatro horas, volto para casa às duas da manhã, espero meu filho dormir, depois coloco um disco com minhas músicas preferidas, me deito no sofá da sala e continuo a dançar, sonhando. Danço um sábado por mês e domingo

110

volto para Maringá. Compro tecidos lindos na Vinte e Cinco de Março e minha costureira faz dois ou três vestidos para mim. Assim posso experimentar a roupa nova e dançar com a fotografia do meu marido. Na véspera da viagem escolho o vestido que vou usar no próximo baile. Já estamos descendo? Que maravilha. Meu filho está me esperando. Quer conhecer meu menino? Você dança?"

CELEBRIDADES, PERSONAGENS
E BANANAS

Para Luis Fernando Verissimo

UM LEITOR ME PERGUNTOU se era possível transformar uma celebridade em personagem de ficção.

Claro que sim. Quando se trata de ficção, tudo é possível. Depende menos da celebridade e muito mais do talento do escritor. Há celebridades extraordinárias: artistas, poetas, cantores, escritores, empresários, dançarinos, jornalistas. E, por que não dizer, políticos, mas estes são celebridades cada vez menos extraordinárias. Ou mais ordinárias.

Vários romancistas e cineastas se inspiraram em celebridades para compor uma obra. *Cidadão Kane*, o clássico dirigido por Orson Welles, é um grande filme sobre esse tema. Mas o leitor referia-se a outro tipo de celebridade, a mais vulgar e efêmera de todas, do tipo *Big Brother*. Aí desconfio quando alguém afirma: "Tal celebridade parece uma personagem". No máximo, personagens bufos, caricatos: figuras planas e chapadas dotadas de um pensamento rasteiro, de uma felicidade ou infelicidade que nunca convence. Pessoas, enfim, que mascaram seus próprios sentimentos e apenas representam uma vida superficial, ou representam superficialmente um modo de viver. Mas como tudo o que é vulgar é humano, podem muito bem ser personagens. De algum modo, já são diante da câmera. A passagem para a ficção é outra história.

Mas não queria falar dessas celebridades, que lembram frutas da estação. Algumas apodrecem antes do tempo; ou, mastigadas ainda verdes, são um convite à indigestão. Muitas desaparecem no outono, ressurgem no verão e são esquecidas no inverno. Daqui a algum tempo, todas se tornam casca de banana.

Passei da celebridade vulgar à casca de uma fruta. Então vamos à fruta, que é saborosa, milagrosa para a saúde e custa uma mixaria. Sim, leitor. Banana é coisa séria. Li em algum lugar que os mortais viciados em bananas livram-se da depressão. A banana tornou-se uma verdadeira celebridade nas Filipinas. Dizem até que já não há mais asiáticos deprimidos. Isso porque um estudo de laboratório revelou uma alta dose de um antidepressivo natural nesta fruta cuja casca tem duas cores da bandeira do Brasil. Duas? Com um pouco de imaginação, todas as cores, pois há bananas azuladas e embranquecidas. E não geram apenas bom humor. A fruta é rica em vitaminas K, C, A e B6, reduz o risco de lesão cardíaca e aumenta a massa muscular de adultos e crianças.

Mal acabei de ler o artigo científico, corri até a quitanda mais próxima e comprei uma dúzia de bananas. Tracei três antes de dormir. Eu, que sofro de insônia mórbida, dormi como um anjo. O dia amanheceu nublado em São Paulo, mas acordei saltitante, sem sinal de irritação. Depois folheei os jornais e li de relance um bate-boca entre políticos. Era tanto insulto, tanta agressão verbal, que pensei: Por que eles não comem bananas? Falta-lhes uma bananinha na boca, no estômago. Ou na vida. Só uma banana? Um cacho, uma bananada a cada hora do dia com sua noite. É claro que lhes faltam também um naco de compostura, mas seria pedir muito a celebridades tão ordinárias.

Depois li as coisas mais absurdas do mundo, deste mundo insano que nos tocou viver. Mas não me descabelei. Fui às bananas, reli uns poemas de Drummond e escrevi esta crônica sobre uma fruta célebre.

CRÔNICA FEBRIL DE
UMA GUERRA ESQUECIDA

NÃO SEI SE FOI A GRIPE SUÍNA, quem sabe a bovina ou mesmo a equina, o fato é que acordei meio leso, com o corpo moído, e fiquei ouvindo o ruído monótono da chuva nesta manhã campestre. Depois senti calafrio; não encontrei o termômetro e, resignado, imaginei uma temperatura não muito alta. O resto é tremedeira e desejo de me encasular neste domingo que mal começou, ou começou mal.

Agora que o calafrio parece uma coisa horrível e convulsiva, me lembro das tremedeiras do meu pai encasulado na rede, e da voz da criança (minha voz) perguntando à minha mãe o que estava acontecendo com ele.

"Malária, filho."

Então soube que meu pai contraíra malária quando viveu no Acre durante a Segunda Guerra. Navegava em rios de águas barrentas, vendendo tudo para seringueiros e ribeirinhos, ou trocando borracha por pano, café e açúcar, repetindo o que meu avô fizera na mesma região em 1903, quando parou de regatear no rio Acre e se uniu aos seringueiros-soldados comandados pelo gaúcho Plácido de Castro e combateu contra os bolivianos numa guerra quase esquecida.

Vi a fotografia borrada do rosto do meu avô: o bigode escondia a boca, o nariz tão grande que talvez desequilibrasse o corpo, o olhar assustado de combatente improvisado, um combatente que ainda nem falava português, e na parte superior da foto essas palavras em arco: O Acre é nosso.

No mesmo álbum vi o rosto de outros soldados, quase todos nordestinos, alguns pareciam ter ressuscitado depois do massacre de Canudos, sertanejos paupérrimos que haviam fugido da seca e da miséria e agora elegiam sua nova pátria naqueles confins da Amazônia.

Com febre alta a memória se anima. Lembro a voz do meu pai narrando episódios de guerra que ele ouvira do meu avô: o assalto e a tomada de Puerto Alonso, os soldados que saltavam dos barcos e mergulhavam no rio e depois subiam o barranco como loucos, a retirada dos bolivianos, os tiroteios noturnos no meio da floresta, onde os combatentes comiam carne de macaco, comiam até cérebro e olhos de macaco. Eram tantas façanhas que eu pensei: meu pai exagera, ou meu avô era um fabulador de primeira. Mas não. A conquista do Acre foi assim mesmo, disse meu pai.

Ele me mostrou alguns objetos que meu avô lhe dera: cinco cápsulas de uma Winchester, o uniforme de combate com um rasgo na ombreira, uma bandeirinha com o símbolo do novo território nacional, o brasão da república bordado num pedaço de brim, objetos que ganhei do meu pai depois de um de seus surtos de malária, uma das recaídas que mais me impressionaram, porque eu pensei que ele ia morrer de tanta tremedeira.

"Mas isso é o de menos", ele disse, tremendo na rede. "Teu avô pegou malária sete vezes. Quando contraiu tifo, pensou que ia enlouquecer, porque sonhava com combates ferozes na floresta, com homens degolados por golpes de terçado, com urros de guaribas nas noites de trevas. Uma tarde ele sonhou que subia uma montanha próxima de Beirute; na mesma tarde sonhou que Beirute inteira estava dentro dele. Quando acordou, estava deitado numa maca, no corredor de um ambulatório improvisado de Beirute. Só que Beirute era um bairro de Rio Branco onde viviam dezenas de famílias sírias e libanesas."

Noite de febre alta. Alguém me adverte que pode ser a gripe suína. Nenhum analgésico por aqui. A farmácia mais próxima está a doze quilômetros desse sítio. Lembro de minha avó e tomo um chá de alho com limão. O chá milagroso, sabor de purgante. Um riacho de suor quente nasce na minha testa e escorre por todo o corpo. Cabeça pesada, mal consigo segurar a caneta. Melhor deixar a mão começar sozinha esta crônica febril, movida pela memória dos que já se foram.

115

UMA CARTA VIRTUAL DA CATALUNHA

OUTRO DIA UMA VIZINHA MINEIRA me disse que ia à Catedral da Sé para rezar pelos carteiros. Pensei que ela ia rezar pelo aumento do salário dos carteiros, que estavam em greve. Mas a razão da reza era mais grave.

"Meu pai foi carteiro em Belo Horizonte", ela disse. "Daqui a cinco anos os carteiros vão perder o emprego para a internet."

"Ainda recebo postais", eu disse. "Recebi um de Cruzeiro do Sul, outro de Zurique, um de Fez, dois de Belém. E vou receber um envelope..."

"Seus postais e envelopes estão com os dias contados", interrompeu minha vizinha. "Daqui a cinco anos você só vai receber extrato bancário. Ou nem isso. Vão entupir seu computador com postais eletrônicos. Por isso vou rezar por esses mensageiros andarilhos em extinção."

Mensageiros andarilhos em extinção...

Agora, ao ver um carteiro na calçada, a frase da minha vizinha piedosa me vem à mente. Não sei se os postais, as cartas e os carteiros vão sumir. Sei que a amizade está ficando virtual demais. Temo que os amigos desapareçam, já nem ouço a voz de alguns deles, nem ao telefone. Porque ver e abraçar um amigo tornou-se uma coisa complicada, quase uma façanha numa cidade cujos moradores só se deslocam com rapidez por baixo da terra. E há poucas estações de metrô numa metrópole do tamanho de São Paulo. Uma mensagem eletrônica é um contato muito mais rápido, quase instantâneo. Mas será mais humano?

E o diabo é que os bloqueadores dos provedores são driblados o tempo todo. Não há bloqueador infalível, de modo que as mensagens indesejáveis proliferam que nem atos secretos.

Por que eu me interessaria em comprar um apartamento em Cingapura ou em ter um emprego em Dubai, Bangcoc ou na Costa do Marfim? E esses malucos que oferecem um elixir que garante uma potência sexual até os 96 anos de idade? Sem contar as fotografias de gatas assanhadas, que mais parecem quadros de um museu pornô-kitsch eletrônico.

Essa invasão é o lado bárbaro da internet: a propaganda desenfreada, amalucada e nociva (para não dizer ofensiva), que vai do comércio sexual à oferta de trabalho semiescravo. Em 1867, depois de visitar a Exposição Universal de Paris, Gustave Flaubert escreveu: "o ser humano não foi criado para devorar o infinito".

Mas devo à internet o contato com uma amiga espanhola, que não via desde o século passado. Ela me enviou uma mensagem em catalão e recordou a brincadeira que eu fazia sobre sua língua materna: muitas palavras catalãs hesitavam em terminar ou não terminavam totalmente, palavras que parecem desprezar o som final, nasalizado, tão forte em outras línguas românicas.

Reatamos pela internet uma amizade interrompida há quase trinta anos, e na longa carta virtual lembrou passagens da nossa vida no bairro de Gracia, onde dividíamos um apartamento em frente ao pequeno teatro Lliure, que encenava as melhores peças de Barcelona.

"Ou você aprende um pouco de catalão ou vai ficar mudo em Gracia", ela dizia, referindo-se aos moradores do bairro, quase todos catalães da gema, que se recusavam a falar espanhol, uma recusa obstinada, corajosa, mesmo durante a época nada memorável do ditador Franco.

"Nossa língua faz parte da nossa identidade, é a essência da nossa cultura", ela escreveu, evocando também a visita ao apartamento de Gracia de amigos brasileiros que moravam em Paris e Londres.

"Que memória, Carmen! Reinaldo Moraes vai bem e publicou há pouco tempo um épico erótico, um romance divertidíssimo que só os desalmados não dão gargalhadas durante a leitura." Carmen lembrava-se de Reinaldo, Denio, Daisy, Maria

Emília, Betania, Eliete e outros brasileiros que passaram pela rua Montseny. Perguntou por uma moça calada, uma poetisa e tradutora que morava na Inglaterra.

"Nem todas as notícias são boas, Carmen. Essa moça talentosa se suicidou em 1983."

E por fim ela revelou que havia encontrado um caderno branco, manchado pelo tempo: meu diário catalão, onde registrara minhas andanças por vários lugares da Espanha, poemas *callejeros*, trabalhos de freelancer e tantas coisas que havia esquecido.

Já dava esse diário por perdido, que é o destino das palavras de muitos diários: pura perdição. Agora esse achado da minha amiga voará de Barcelona até São Paulo num envelope que um mensageiro andarilho me entregará antes de perder seu emprego para a internet. Às vezes um mero acaso pode extraviar envelopes, mas espero que dessa vez o correio não seja *el correo del azar.*

TARDE DELIRANTE NO PACAEMBU

NADA PARECE INCRÍVEL quando o assunto é política ou religião. Faz algum tempo, li no *Estado de S. Paulo* uma reportagem sobre um crente mineiro que havia comprado por 15 mil reais um diploma assinado por Jesus Cristo. A fotografia do diploma ilustrava o texto da reportagem.

Incrédulo, vi a assinatura do filho de Deus. Consta que não tinha firma reconhecida num cartório de Minas.

Não sei o que diriam o Santo Pontífice e seu enorme rebanho sobre essa ignominiosa blasfêmia. Sei, pela reportagem, o que disse a mãe do comprador do diploma: "Vou processar o pastor e sua igreja".

O filho diplomado (e ludibriado) levou um carão de sua mãe. Crente ou agnóstica, a verdade é que essa senhora ficou endividada até a medula. Ela, que não era uma mulher rica, agora é mais uma mãe mineira à beira da pobreza.

Minas Gerais de assombros e blasfêmias... Certa vez, ao entrar numa igrejinha de São João del-Rey vi, lado a lado, uma prostituta e um travesti, ambos ajoelhados, orando por algum santo ou por Deus e seu filho, que não desprezam os desvalidos deste mundo.

Uma devoção verdadeira, uma cena que emanava uma aura sublime e que podia ter acontecido em outra igreja católica do planeta. Mas aconteceu no fim de uma tarde de 2003, numa cidade de Minas.

Os dois fiéis saíram juntos da igreja, talvez penitenciados. Tive vontade de perguntar a eles o que tinham rezado, ou o que tinham pedido a Deus ou a algum santo. Não perguntei nada: a noite de São João os esperava.

E agora me lembro de uma das primeiras reportagens que

escrevi para uma revista de São Paulo. Foi uma prova de fogo. O editor Nirlando Beirão (só podia ser um mineiro) pediu para que eu cobrisse um evento no estádio do Pacaembu. Imaginei um jogo de futebol, numa época em que não perdia clássicos disputados por Santos e Flamengo.

"Não é futebol", disse Nirlando. "É um jogo mais perigoso."

Então em 1978, ou 79, assisti a um espetáculo inesquecível: o grande culto de uma igreja pentecostal, presidida por um grão-pastor, um bispo que se dirigia a milhares de fiéis magnetizados pelo dom do orador, cujo discurso em tom apocalíptico era enfatizado por gestos teatrais. Mais que teatrais: tétricos. Foi um delírio, caro leitor. Nenhuma assembleia de estudantes ou operários era comparável ao espetáculo a que assisti.

Vi uma multidão de pobres e miseráveis brasileiros jogar moedas e cédulas em sacos de plástico pretos; vi pessoas quase cegas lançarem no gramado os óculos que até então usavam; vi enfermos que se consideravam curados com as palavras do bispo; vi crianças agitadas, gritando com seus pais louvações a Jesus, todas em uníssono, como se estivessem preparadas para uma guerra, ou para uma cruzada, e me lembrei de um livrinho que marcaria minha vida de leitor: *A cruzada das crianças*.

Todas aquelas crianças brasileiras, paupérrimas, repetiam as palavras de seus pais, que, por sua vez, repetiam as palavras do grão-pastor. Naquele ano não era muito comum ouvir gritos de uma multidão que quer exorcizar as artimanhas do demônio.

Que voz poderosa, a do grão-pastor! Voz máscula, ameaçadora... E patética em sua contundência enganadora.

Alguma coisa estava surgindo durante o crepúsculo no Pacaembu, algo terrível e inexorável, uma catarse coletiva da miséria, da loucura. Talvez seja mais correto dizer: da nossa miséria ancestral, histórica, irremediável. Naquela tarde, pensei que o estádio tivesse se transformado no maior manicômio do mundo, uma metonímia do Brasil e desta pobre América.

Saí deprimido do Pacaembu, nem sei como consegui escrever a reportagem, sei que a escrevi com um pouco de humor, que não nos redime, mas nos ajuda a viver. O humor como gesto de defesa, o humor como uma forma de sobrevivência em tempos obscuros.

Trinta anos depois, um humilde zelador mineiro compra um diploma assinado por Jesus Cristo. Não sei quando tudo isso terminará. Talvez não termine nunca e seja apenas o começo de um tempo ainda mais sombrio.

POEMA GRAVADO NA PELE

DIZEM QUE A TATUAGEM DATA DO PALEOLÍTICO, quando era usada por povos nativos da Ásia. Além da beleza das formas e cores, há algo de simbólico nesses desenhos corporais. Os índios pintam o corpo em cerimônias, festas e rituais de guerra. Os marinheiros, cujas pátrias são os portos e os oceanos, ostentam em sua pele símbolos que evocam a breve permanência em terra firme e a longa travessia marítima: âncoras, ilhas, mapas, peixes, pássaros, bússolas.

Antes de ser uma febre no Brasil, a tatuagem inspirou uma música de Chico Buarque e Ruy Guerra. *Quero ficar no teu corpo feito tatuagem*, diz a letra dessa belíssima canção.

Para um observador parado à beira-mar, um observador que teme o sol forte e protege a cabeça com um chapéu, a tatuagem é uma descoberta, uma viagem do olhar.

Jovens e velhos exibem tatuagens; uso o verbo exibir porque talvez haja uma ponta de exibicionismo nessa arte antiga de fazer da pele uma pintura para toda a vida. Deve haver também uma dose de coragem, quem já foi tatuado sabe como são terríveis as agulhadas na carne. A dor, sendo humana e universal, não é menos terrível para uma bailarina, um soldado ou um nadador.

Numa única manhã ensolarada vi tatuagens de vários tipos e tamanhos, li nomes próprios, adjetivos, bilhetes e até mesmo uma mensagem cifrada, cuja revelação será sempre adiada: *Amanhã saberás o segredo...*

Nas costas de um jovem nada modesto, li: *Eu sou o máximo*, uma frase escrita com uma caligrafia tosca. Em ombros morenos, brancos e pretos vi estrelas, flores e borboletas — muitas borboletas —, e também âncoras, caracóis, tigres, dragões, cavalos-marinhos, espirais, flechas, corações, um trecho de uma partitura (parecia uma sequência de notas de uma Serenata de Schubert, não tenho certeza), uma rosa amarela, serpentes, rostos de roqueiros e de dois grandes líderes políticos: Gandhi e Malcolm X. E também rostos anônimos. Anônimos para mim, não para o corpo tatuado.

Pensei: todos os desenhos do mundo cabem num corpo. Ou cabem nesses corpos que caminham, desfilam, praticam esportes, ou apenas se exibem sob o sol do verão.

Vi nas costas de um homem uma mensagem desesperada, clamando por justiça: *Prisão para os políticos ladrões*. Muito mais sofisticadas foram as palavras que li no corpo de uma moça alta, de corpo cheio, uma moça que chamava a atenção por sua altivez, e talvez por seu rosto anguloso, cujos traços germânicos eram suavizados pelos olhos amendoados, rasgados. Olhos indígenas. Ela me atraiu também pela tatuagem gravada nas costas. Quando passou diante de mim, usando uma camiseta regata vermelha, pude ler na parte nua das costas esses versos gravados em preto na pele branca: *Não aprofundes o teu tédio. Não te entregues à mágoa vã.*

Segui com os olhos os passos da moça, que se dirigia sorridente e sem pressa para a extremidade da praia, como se caminhasse para o Nirvana. Fiquei curioso para ler a continuação do poema, matutei quem o tinha escrito, minha memória tentou fisgar em vão uma leitura do passado. Eu repetia os versos, mas não encontrava o poema inteiro nem o nome do poeta.

Outros corpos passaram perto de mim, quase todos tatuados com formas e cores que variavam ou se repetiam, a maioria tinha graça, mas não poesia. E eu tentava adivinhar os versos ocultos pela camiseta daquela moça mestiça, estava a ponto de desistir quando a vi aproximar-se, a caminho da outra extremidade da praia. Passou a uns dois passos de mim, dessa vez mais apressada e só de biquíni, a camiseta regata na mão direita. Agora eu podia ler tudo, e li tudo nas costas inteiramente nuas:

Não aprofundes o teu tédio.
Não te entregues à mágoa vã.
O próprio tempo é o bom remédio:
Bebe a delícia da manhã.

Mais adiante, ela jogou a camiseta na areia, entrou no mar e nadou, afastando-se lentamente da margem. Eu entrei em casa, a cabeça quente de tanto sol, mas deliciado com a leitura de quatro versos gravados para sempre na pele de uma mulher. Foi a mais bela tatuagem daquela manhã. E que poema inesquecível!

BANDOLIM

RAIMUNDO DA SILVA DUPRAT, o único barão de Duprat, nasceu em Pernambuco e foi prefeito de São Paulo na primeira década do século XIX. Não sei se foi um bom prefeito. Aliás, não é do barão nem do ex-prefeito que quero falar. Mas, para chegar ao assunto, devo mencionar a rua Barão de Duprat, próxima ao formigueiro humano da Vinte e Cinco de Março. Agora que citei a rua, o barão e o político, passo para o brasileiro comum.

Eu o conheci em dezembro de 1998, duas semanas antes da minha primeira noite natalina em São Paulo. Tinha ido à Vinte e Cinco de Março para fazer uma pesquisa de campo sobre imigrantes árabes e armênios que se estabeleceram há mais de um século na famosa rua comercial e seus arredores. Andava pela rua Barão de Duprat quando me deparei com um vendedor de água mineral. Gritava "Áááágua, água mineral geladinha, mineraaaal". O homem suava, os gritos desesperados me deram tanta sede que pedi uma garrafa. Ofereceu duas: que eu escolhesse a mais gelada.

"Quanto custa?"

"Oitenta centavos."

"E quanto você ganha por cada garrafa?"

"Vinte centavos."

Era um homem de uns cinquenta anos de idade. Vinte centavos por garrafa.

Quantas ele vendia por dia?

"Quando Deus tá de bem comigo, mais de trinta."

Fiquei por ali, na calçada da Barão de Duprat, observando o vendedor de água mineral. Magro e pálido, sua força estava na voz. E a voz significava: vontade de sobreviver. Mas não parecia triste nem derrotado. Quando a polícia se aproximava, ele segurava a caixinha de isopor, pegava um microfone velho e começava a cantar um chorinho. Que voz! Reconheci um dos chorinhos porque é um dos hinos de São Paulo: "Jamais te esquecerei", do grande compositor e violonista Antônio Rago. Quando a polícia se afastava, ele colocava a caixa de isopor no chão e o canto era substituído pelos gritos.

Perguntei o nome dele.

"Nome? Pode me chamar de Bandolim."

Voltei para a Barão de Duprat nos sábados seguintes, mas não ouvi os gritos nem o chorinho. Terminei de fazer a pesquisa, passou o Natal, o século ficou para trás e perdi Bandolim de vista.

Oito anos depois, no dia 12 de dezembro, quando eu atravessava uma pracinha escondida em Pinheiros, vi um velho sentado na grama. Triste, entre dois violões toscos e belos. Quando me aproximei, reconheci Bandolim. Mas ele não me reconheceu. Em 1998, eu era apenas um transeunte, um dos compradores de uma garrafinha de água mineral. Aquele homem que gritava para sobreviver e depois cantava na presença dos policiais era inconfundível. Envelhecera. Malvestido e mais pobre do que no outro Natal. Mas Bandolim não era mendigo. Ainda não. Ele mesmo fabricava os violões. Havia quatro anos morava nas praças e ruas de São Paulo, catando pontas e placas de madeira, latas e pedaços de arame. Com esse lixo fazia seus violões e os vendia por dez reais. Ou por quinze, quando dava sorte.

Não cantava mais?

"Minha voz ficou pequena", ele disse, sem vontade. "Não canto mais."

Observei os dois violões, decidido a comprá-los.

"Por quê?"

"Porque eu tocava e cantava para ela."

"Sua mulher?"

Bandolim me encarou e murmurou:

"Minha amada. Ela sumiu..."

A BELEZA DE BUENOS AIRES

A LITERATURA, os mapas e o cinema me convidaram a imaginar Buenos Aires antes de visitar essa cidade. Ainda assim, Buenos Aires me surpreendeu por sua beleza e civilidade, por seus cafés, restaurantes, livrarias, praças, parques e jardins, e pela cordialidade dos portenhos. É uma cidade esplêndida, no coração de uma América tão desagregada, tão miserável e decaída.

Claro que há muitos problemas em Buenos Aires, mas para quem vive em São Paulo ou em qualquer metrópole brasileira essas iniquidades são muito mais assustadoras. Vi pessoas dormindo sob pórticos e marquises; vi lixo acumulado nas ruas do centro, vi favelas ("vilas") na periferia sudoeste da cidade. Há pessoas pobres em alguns bairros e vários catadores de papelão e dejetos; há imigrantes bolivianos, peruanos e paraguaios que vivem miseravelmente. Tudo isso é indigno. Mas vivemos num mundo indigno e injusto, para dizer o mínimo. Apesar disso, saí de Buenos Aires com a impressão de que perdemos o bonde na década de 1950, quando as capitais brasileiras — Rio e São Paulo à frente — poderiam ter sido planejadas. O que veio depois destruiu nossos sonhos: a extrema desigualdade social, a ganância e a ignorância de governos militares e civis, de prefeitos e vereadores que entregaram as cidades com seus centros históricos ao apetite voraz das imobiliárias e construtoras. Tudo isso fez das metrópoles brasileiras um caos medonho: um conjunto de fortalezas para os ricos e inúmeras favelas para os pobres e miseráveis. Entre esses extremos, a classe média paga caro para morar em edifícios horrorosos. E isso num país de arquitetos competentes e premiados, mas banidos profissionalmente, pois não puderam intervir no planejamento urbano e no projeto de edifícios.

Buenos Aires é uma lição de arquitetura e urbanismo. Parece uma cidade de várias idades: antiga, moderna e contemporânea. Uma cidade viva e cheia de encantos, que não desprezou suas tradições. Os bairros mais tradicionais — Palermo, San Telmo, Almagro, Caballito, La Recoleta, Chacarita, Flores e outros — não foram desfigurados por uma arquitetura feia e cafona. Um exemplo de projeto arquitetônico inovador em Buenos Aires é o conjunto de edifícios de Puerto Madero, com sua bela área de lazer que dá para o rio.

Os portos de Manaus e Porto Alegre — só para dar exemplos do Norte e do Sul — estão absurdamente de costas para o rio. Uma das poucas capitais brasileiras que transformou a área portuária num lugar belo e agradável é Belém, uma cidade que, infelizmente, muitos brasileiros desconhecem.

Quase tudo em Buenos Aires foi e é projetado numa escala humana. Claro que há razões históricas que explicam tudo isso. O populismo e a corrupção estão arraigados na história política da Argentina e desta América, mas esse país sobreviveu a uma ditadura sangrenta, que culminou na guerra das Malvinas, a derradeira insanidade dos militares. E, apesar dos governos corruptos e populistas, a Argentina reergueu-se, Buenos Aires recuperou algo de seu esplendor e agora acolhe visitantes do mundo todo. O movimento cultural é intenso e, quando você passeia pela cidade, não se sente explorado ao frequentar um restaurante, um café, um teatro.

Triste a cidade cujo lazer depende de visitas a um shopping center. Poderia passar um mês em Buenos Aires sem pisar num shopping. Um mês? Uma vida inteira.

DOMINGO SEM CACHORRO

Para Bob Fernandes e Ana Kaplan

UM DIA VOU CONTAR NUMA CRÔNICA a lenta agonia do meu gato amazonense quando tive de me separar dele para viver em São Paulo. Agora a história é outra: um cachorro…

Um cão de raça, com pedigree, como se diz. Forte, belo, musculoso, de pelagem castanha, focinho altivo e dentes perfeitos. Um príncipe de quatro patas.

Uma corrente de aço amarrava-o a um poste, enquanto o dono comprava brioches numa das boas padarias de São Paulo.

Gania como um louco. Às vezes parecia chorar de dor, saudade, solidão ou desamparo. Rodeava o poste no sentido horário, a coleira curta o imobilizava e depois ele repetia os movimentos no outro sentido. Era um trabalho de cão: um Sísifo canino que dava voltas e mais voltas em redor de si mesmo, e para nada.

Dava dó. E o dono demorava, inebriado por brioches ou algum croissant, quem sabe uma *tarte au citron*. Então os transeuntes se apresentaram. Paravam perto do poste, admiravam a beleza do animal e se condoíam com o sofrimento alheio. Alguém se revoltou com tamanha insensibilidade do dono. Uma mulher se agachou, murmurou palavras ternas ao pobre bicho, acariciou-o com dedos cheios de anéis. Esse gesto comoveu o mundo. E acalmou o cachorro. Dedos e mãos não faltaram para fazer carícias, e eram tantos que a cabeça e o corpo do animal foram cobertos por membros humanos. A solidariedade, que é o maior atributo da humanidade, nem sempre tarda, quase nunca falha.

Enfim, ele apareceu na porta da padaria. É natural que o cão tenha sido o primeiro a farejar a presença de seu dono; os transeuntes abriram-lhe passagem, e o reencontro foi um alvoroço, uma festa diurna.

"Ele é mimado", disse o dono, como se falasse de um filho. O pelourinho foi banido e o poste readquiriu sua função de poste. Solto e livre como um verdadeiro cidadão, o cachorro saltou de alegria, encheu a manhã de esperança; depois, ele e outros bichos foram o centro da conversa.

É uma dádiva não se falar de política num domingo ensolarado. Quem não se toca com a visão de ipês frondosos, cujas copas floridas dão sentido à nossa vida? Mas nada resiste ao sol do meio-dia, nem mesmo um assunto tão ameno como os nossos bichinhos. As vozes amolecem, as sombras abreviam-se e somem, a fome impacienta: é hora de pensar no almoço, na torta de limão e no café com brioche.

A calçada ficou quase deserta. Um homem a poucos metros do poste permaneceu na mesma posição. É um negro desempregado. Nesse Domingo de Ramos ele é também um mendigo. O animal roubou-lhe a atenção, mas não desfez seus gestos. Sentado e com a mão espalmada, o homem pede uma moeda ou restos de comida. Murmura, envergonhado, que tem seis filhos.

Já vimos essa cena, já ouvimos mil vezes essa ladainha. Não é um velho, mas aparenta 150 anos. Daqui a um século continuará ali, humilde e teatral: coadjuvante de um espetáculo grandioso.

Outro dia, bem cedo, passei pela calçada da padaria e lá estava o homem. Uma roda de curiosos o observava. Sentado no mesmo lugar, mas agora com braços caídos.

Desde quando?

Continuei meu passeio fútil. E perguntei a mim mesmo, com curiosidade, por onde andaria aquele belo cachorro.

VOCÊS NÃO VIRAM *IRACEMA*?

I

"Não", disse um dos jovens cinéfilos.

Então percebi que estava envelhecendo. Quase ao mesmo tempo, percebi que os jovens desinformados de uma metrópole podem envelhecer precocemente. Porque quem gosta de cinema deveria ver *Iracema*, o clássico de Jorge Bodanzky.

O filme fez a cabeça da minha geração e sua atualidade é notável. É um documentário que pode ser visto como uma ficção. Mas é também uma ficção arraigada no cotidiano da Amazônia. *Iracema* dilui as fronteiras entre ficção e documentário. É uma mescla muito habilidosa de gêneros e, nesse sentido, foi um marco do cinema brasileiro. Há poucos e bons atores profissionais, mas a personagem principal é construída durante a filmagem: uma menina de quinze anos, atriz que se forma na estrada, diante da câmera, nos descaminhos de uma vida inventada, mas profundamente vivida. É como se o roteiro acompanhasse o imponderável e a própria maleabilidade da vida. Essa espontaneidade apenas aparente foi pensada e construída com rigor. Além disso, no caso de *Iracema* conta muito a experiência de Bodanzky na região Norte. O olhar do fotógrafo talentoso e tarimbado — sua atividade anterior e de sempre — está registrado em cada cena. Um olhar em movimento, que capta a expressão dos personagens — o que há no íntimo de cada ser. E, num ângulo mais aberto ou em panorâmica, capta os quadros calcinados e tristes de uma natureza destruída pela ganância e ignorância. A violência da vida brasileira não está na denúncia política, e sim onde interessa à arte: no drama particular de uma personagem.

O subtítulo — *Uma transa amazônica* — alude a uma das alucinações da ditadura militar: a estrada que rasga o coração

131

da Amazônia e inaugura a devastação sistemática do meio ambiente.

O filme começa no porto de Belém e termina na estrada que fere a floresta, abrindo caminho para madeireiras, queimadas, trabalho escravo e prostituição. Iracema, de carona pela transamazônica, simboliza o descaminho de uma pobre mulher numa região tão rica, comentada e debatida, mas quase desconhecida. Daí a dimensão humana ser tão ou mais importante do que o delírio desenvolvimentista do regime militar.

II

Há pouco tempo fui ver o belo filme de Karim Aïnouz: *O céu de Suely*. Entre Suely e Iracema há mais do que uma aliteração. Há, acima de tudo, um diálogo de duas épocas num mesmo país dilacerado. Diálogo que passa por uma poética do olhar: uma maneira singular de ver o mundo, um recorte dramático construído pelo olhar.

Mais de trinta anos separam os dois filmes, mas eles se encontram no interior do Brasil e nos sonhos e pesadelos de suas protagonistas. Apesar das diferenças formais entre os dois filmes, alguma coisa une a trajetória dessas duas mulheres tão brasileiras. Talvez sejam histórias que se complementam, num movimento de continuidade que significa também uma ruptura. O fim de cada filme diz algo sobre o destino da personagem principal.

Numa pequena cidade do sertão, Suely rifa o próprio corpo, que será usado e abusado uma única vez. O nome da rifa — *Uma noite no Paraíso* — podia ser o subtítulo do filme de Aïnouz. Como a imensa maioria dos brasileiros, Suely e Iracema buscam uma vida melhor. As andanças de Iracema terminam na beira da estrada. Ou à margem de uma sociedade que empurra os pobres para um beco sem saída.

Suely deixa o filho com a tia e a avó e parte em busca de um sonho, que pode ser um emprego ou uma nova paixão: um céu

132

diminuto que cabe numa janela. Aïnouz deixa essa janela aberta como uma possibilidade de esperança.

III

No começo da década de 1970, a esperança era uma quimera. Nesse sentido, a degradação física de Iracema mostra o impasse de um tempo nublado, para não dizer totalmente fechado. Mais de três décadas depois, em plena democracia, talvez haja alguma razão para sonhar. Não conhecemos o destino de Suely. E essa dúvida ou interrogação dá ao espectador a possibilidade de imaginar vários desfechos, inclusive o que há de imponderável na vida de uma sonhadora. Na nossa própria vida.

VIAGEM, AMOR E MISÉRIA

VIAJO PORQUE PRECISO, VOLTO PORQUE TE AMO (direção de Karim Aïnouz e Marcelo Gomes) foi filmado no interior de cinco estados do Nordeste. A ideia inicial dos dois cineastas era fazer um documentário sobre as feiras do sertão. Entre a primeira e a última filmagem houve uma interrupção de nove anos, e a montagem final é, de fato, uma ficção sobre a viagem e o amor, sem perder uma dimensão crítica sobre a sociedade brasileira. O filme transcende o registro de mero documento, transmite emoção ao espectador e convida-o a refletir sobre a região e as pessoas que nela vivem e trabalham.

Nessa versão final os diretores introduziram a voz de um geólogo (José Renato) que faz uma pesquisa de campo para a construção de um canal. Ele é o personagem central do filme, mas não vemos qualquer traço físico dele, apenas ouvimos sua voz, uma voz em vários registros de entonação, como se fosse um diário falado, em cujo centro situa-se Galega, ex-mulher de José Renato. Esse é um dos achados do filme: um personagem ausente, que o espectador imagina. Mas ele está presente através de sua voz e também de seu olhar. É como se ele estivesse atrás da câmera, atento ao que vê e observa. A voz não é menos importante que a imagem: ambas se complementam, alternando a subjetividade do narrador com a vida de cada lugar visitado.

Outro achado foi relacionar o estudo do solo com a desilusão amorosa. Uma sondagem no interior da terra árida, cujo contraponto é uma sondagem da alma das personagens. Dessa confluência insólita resulta uma narrativa tensa, de grande beleza, em que a necessidade de uma viagem profissional relaciona-se com o impasse de uma relação amorosa. Mas há ainda a solidão e o desencanto que marcam a vida de nordestinos pobres, de prostitutas desvalidas, mulheres que, a meu ver, mantêm algum parentesco com Iracema, a protagonista do grande filme de Jorge Bodanzky.

Apesar dos deslocamentos do narrador, *Viajo porque preciso...* é um filme sem muita ação, ou sem muitas peripécias. Durante sua viagem, o narrador alterna o trabalho enfadonho e contrariado de geólogo com as reminiscências, confissões e desabafos de uma história passional fracassada. A desilusão do narrador e os anseios de uma das prostitutas convergem para um impasse, que é individual e, até certo ponto, coletivo.

Como acontece com os bons romances, que se revelam com mais intensidade ao ser relidos, esse filme convida o espectador a assisti-lo duas vezes. Na segunda, você une os pontos aparentemente soltos das imagens e do relato do geólogo, e percebe que na sequência surpreendente das cenas finais há uma saída para o enfado e o desencanto do narrador. Ainda assim, prevalece uma sensação de impasse para as pessoas que falam de sua vida, algumas também viajantes ocasionais, romeiros extasiados pela fé, mulheres que sonham com uma vida melhor, ou pobres artistas circenses, todos eles "brasileiros que nem eu", como disse Mário de Andrade num poema sobre os seringueiros da Amazônia.

Irandhir Santos, o único ator profissional, é invisível, mas sua voz em off — o fluxo oral do que ele vê, sente e reflete — é suficiente para que o espectador participe de sua viagem e compartilhe seu drama, seus anseios e suas frustrações. E nisso ele se assemelha a uma complexa personagem de ficção.

Numa ótima entrevista ao crítico e escritor Jean-Claude Bernardet, Marcelo Gomes ressalta que "o som dá dinamismo à viagem, ele muda de um momento para outro [...] E essa dinâmica internaliza mais essa viagem". Karim Aïnouz assinala que o cinema tem um potencial literário: "o poder de fazer a gente imaginar [...] e as palavras vêm de alguma maneira iluminar uma imagem".

De fato, essa voz se remete a outra viagem, a uma busca interior que é uma tentativa de compreender a si mesmo. Esse diário falado é também matriz de uma história que dialoga com o mundo do sertão e com o espectador. Nem sempre há uma sincronia entre a voz e as imagens. Às vezes a câmera, em silêncio, foca uma paisagem, o ambiente paupérrimo de uma casa, um rito religioso, de modo que o espectador concentra sua atenção nessas imagens, que também contam uma história. Em alguns momentos os sertanejos falam de seus sonhos numa região do Brasil em que a modernidade e a euforia do consumo ainda são quimeras. Ou sonhos irrealizados. À viagem contrariada, vazia de vontade — Viajo porque preciso —, contrapõe-se ironicamente o desejo da volta para um lugar onde o amor é dúvida ou ilusão.

UM ILUSTRE REFUGIADO POLÍTICO

Não visitava Brasília havia mais de trinta anos. Voltei para o Distrito Federal em 2002, quando o *Correio Braziliense* me convidou para escrever um texto sobre o biênio 68-9. Estava ansioso para rever amigos e também lugares que havia frequentado. A cidade, que na década de 1960 provocava medo e angústia, agora era um espaço de liberdade.

Antes de irmos para o hotel, o jornalista do *Correio* deu uma volta pelo Plano Piloto. Me lembrei do poema "Brasília enigmática", de Nicolas Behr:

> *Brasília, faltam exatos 3232 dias*
> *para o nosso acerto de contas*
> *me deves um poema*
> *te devo um olhar terno*
> *na beira do paranoá pego um pedaço de pau*
> *entre um pneu velho e um peixe morto*
> *(uma garça por testemunha)*
> *não me reconheces*
> *não te reconheço.*

Não me reconheces, não te reconheço. E então paramos diante do Lago Norte, de onde avistei a cidade que escondia sua periferia pobre: as outras cidades habitadas pelos filhos e netos dos candangos, migrantes que construíram a Novacap. Quase não reconheço a Brasília da década de 1960, mas minha memória girava e dava cambalhotas e, aos poucos, comecei a relembrar passagens e cenas do passado: o colégio de aplicação, o campus da UnB, os namoros no cerrado, as peças de teatro, os primeiros poemas, os amigos presos, alguns torturados. Os amigos mortos.

137

Relembrava, olhando o Paranoá e a Asa Norte, quando notei, perto da beira do lago, uma figura sentada entre dois sujeitos altos e fortes. Me aproximei da beira do lago e observei o ombro caído e a cabeçorra de um homem muito idoso, que parecia um velho javali sentado numa cadeira de rodas. Era um desses quadros que inspiram um poema sobre a decadência, o fim, a fugacidade de tudo. Perguntei ao jornalista quem era aquele pobre ancião com focinho de javali.

"Você quer saber? É Alfredo Stroessner, nosso mais ilustre refugiado político."

Pensava que era apenas um lance de humor do meu anfitrião. Mas não. Ali estava o personagem em carne e osso, um dos ditadores mais sanguinários desta América.

O que ele recordava enquanto contemplava a superfície escura do lago?

Alfredo Stroessner governou seu país no período de 1954 a 1989. O relatório da Comissão de Verdade e Justiça, presidida pelo bispo católico Mario Medina, é um inventário de atrocidades: 128 mil vítimas de perseguições, quase 20 mil registros de tortura e detenções arbitrárias, mais de 3 mil exílios forçados, além de centenas, talvez milhares de mortos e desaparecidos.

Lembrei a leitura de *Yo el Supremo*, de Augusto Roa Bastos, um dos mais importantes romances históricos da América Latina. A loucura feroz e homicida do ditador Gaspar Rodrígues de Francia só encontra paralelo no poder tirânico, absoluto e não menos homicida de Alfredo Stroessner. *Yo el Supremo* é ambientado na primeira metade do século XIX, mas pode ser lido como se estivesse situado no longo e terrível governo de Stroessner, reeleito várias vezes presidente em eleições fraudadas pelo partido Colorado, um grotesco arremedo de uma agremiação política. Por isso o livro de Roa Bastos foi proibido no Paraguai e na Argentina, quando esses dois países foram governados por ditadores.

O velho sentado numa cadeira de rodas pensava nos milhares de paraguaios assassinados, torturados, exilados? Nos índios e fazendeiros cujas terras foram usurpadas e doadas aos amigos do ditador? Ou pensava com nostalgia no tempo em que Ele, o Supremo, era o próprio Estado e seu aparelho repressivo? O Estado que, este sim, é o supremo terrorista da era moderna, capaz de assassinar deliberadamente crianças, mulheres e civis indefesos. Não por acaso os arquivos descobertos depois que Stroessner deixou o poder são conhecidos como "Os arquivos do terror".

Alfredo Stroessner contemplava todas as manhãs o Lago Norte. Ele morou quase dezessete anos em Brasília, onde morreu no dia 16 de agosto de 2006. Não sei se dormia com sonhos nostálgicos do poder tirânico, ou se despertava com os gritos de homens e mulheres torturados.

Aos leitores que desconheciam a longa e tranquila temporada desse ilustre senhor em Brasília, convém lembrar que, em 1989, o governo brasileiro concedeu abrigo político a Alfredo Stroessner. Não sei se isso aconteceu no fim do governo Sarney ou no começo do governo Collor. Isso tem alguma importância? Muda o nosso pendor à bondade e à política de boa vizinhança?

A BORBOLETA LOUCA

É MELHOR CAMINHAR ANTES DAS SEIS DA MANHÃ, quando o bairro dorme, a poluição é mínima e o barulho de veículos, suportável. Mas sempre aparece um motoqueiro em polvorosa no fim da noite, a máquina cruza o sinal vermelho e voa não sei para onde.

A cidade ainda está escura, na calçada da padaria há copos de plástico e sacos de lixo. Passo perto de pessoas conhecidas: um sem-teto deitado na grama da pracinha, um mendigo na entrada de uma estação de metrô, um nissei que entra na padaria antes de abrir sua loja. Dois padeiros e o nissei me dão bom-dia e nós quatro nos assustamos com o rosnado de um pit bull.

Esse bicho mal-humorado e feroz ainda não se acostumou com o nosso cheiro: rosna e nos encara com um olhar hostil, como se advertisse: afastem-se daqui ou serão devorados. A parte traseira do carro que ele protege ultrapassa o limite da casa e invade a calçada, de modo que a mãe que empurra o carrinho de bebê tem de sair da calçada esburacada e andar na rua também esburacada. Seis quarteirões adiante, os carros e ônibus se multiplicam, o cheiro do ar já é outro.

Amanhece.

Os ônibus são dormitórios ambulantes, os poucos passageiros acordados, sérios e enfadados, olham para as fachadas feias ou para algo que só eles podem ver ou imaginar.

No caminho de volta, sei que vou encontrá-la. Há anos vejo a mulher na mesma posição: o rosto e os braços erguidos para o céu, o cabelo louro e ondulado caindo até a cintura como se fosse uma manta dourada.

Quando saí para caminhar pela primeira vez, lembro que me desviei dessa mulher estranha, depois me acostumei com sua pose e seus gestos, ela sempre usava um pijama de flanela e pantufas puídas, parecia uma atriz sem plateia, uma atriz que encena uma peça com os mesmos gestos e figurino num mesmo cenário, mas que muda o texto em cada encenação.

Anotei num caderno palavras que ela disse nesse tempo em que fui um de seus poucos espectadores, pedaços de frases que eu ouvia enquanto passava a dois metros da manta amarela; às vezes parava para observar o jardim da casa da atriz: um matagal denso, escuro, cheio de árvores frutíferas, que me fazia recordar os quintais da minha infância. As últimas palavras que anotei foram "As asas da borboleta louca vão provocar um furacão, vocês não acreditam?" e "Deus, não merecemos tanto escárnio, tanto cinismo…".

Na semana passada não ouvi mais a voz dessa mulher. Fui tomado por uma tristeza enorme quando vi apenas uma bananeira solitária onde antes havia o matagal. Parei diante da casa antiga — uma das últimas do bairro — e li no alto da fachada o ano em que foi construída: 1889. A janela da sala estava escancarada, pude ver uma peruca loura cobrindo a tela de um velho aparelho de TV e, sobre um sofá também velho, o pijama de flanela.

Se os herdeiros ao menos tivessem conservado as árvores do quintal… Mas nem isso. Agora as caminhadas serão tediosas sem a presença da atriz que dizia coisas insensatas e talvez verdadeiras.

VIAGEM AO INTERIOR PAULISTA

NÃO CONHECIA ALUMÍNIO, um município paulista perto de São Roque, uma cidade histórica cercada por serras. No passado, esse relevo verde fazia parte da Mata Atlântica. Hoje, apenas um parque sobreviveu a essa floresta. Fundada há mais de quatro séculos por bandeirantes, a história de São Roque — capela, fazenda e escravos — diz muito sobre a história de São Paulo e do Brasil.

Mas Alumínio, muito mais recente, também tem uma história. A diretora da biblioteca me mostrou com orgulho várias fotografias antigas de seu município. Vi a estação ferroviária de Rodovalho, construída em 1899; vi a imagem de um trem que atravessava o vale; vi trabalhadores negros vigiados por um capataz que, na foto, está de costas e usa um chapéu branco; vi enormes manchas escuras que formavam a mata exuberante das serras. E, quando olhei através da janela da biblioteca, vi um relevo de eucaliptos, como se fossem bosques tristes na paisagem de Alumínio.

Perguntei à diretora da biblioteca quem tinha sido Rodovalho.

"O dono de uma fábrica de cimento", ela disse. Depois acrescentou: "Coronel Rodovalho: Antônio Proost Rodovalho".

"Proust?", perguntei, soletrando o sobrenome do grande escritor francês.

"Proost", ela soletrou, mitigando minha obsessão pela literatura.

O que pode fazer uma única vogal! Olhei o céu de Alumínio e, sob esse céu cor de cimento, avistei um amontoado de casas inacabadas, erguidas na mesma serra que acabara de ver numa fotografia antiga. Disse a mim mesmo que a paisagem urbana não é menos tenebrosa que a natureza devastada. Perguntei à diretora o nome do bairro que roía a serra.

"Alvorada. Os estudantes já chegaram, mas ainda temos tempo para um café."

Tomei um gole e, enquanto relia o roteiro da minha palestra, a chuva caiu com um estrondo. Gotas grossas, pesadas e ruidosas, que desabavam inesperadamente e me recordaram a chuvarada no equador e o cheiro da floresta.

Alvorada é também o nome de um bairro pobre de Manaus, um bairro que eu havia esquecido e agora reaparecia na minha memória, com suas casas de madeira amontoadas à beira de um igarapé sujo. Nas tardes de sábado eu dava uma carona para Eliandra, a faxineira do edifício onde eu morava. Entrava no bairro, um labirinto de ruas estreitas e esburacadas, e deixava Eliandra perto de uma escada íngreme, que ela subia até alcançar uma rua de terra no alto de um barranco.

Uma tarde, quando visitei sua casa, ela me disse que morava com um motorista de caminhão, mas não conheci esse homem. A casa de madeira, com fachada de tábuas empenadas e sem pintura, debruçava-se sobre um abismo. Eliandra me serviu café e bolo de macaxeira. Abriu um álbum, onde vi imagens de passeios pelo rio Negro, ela e o motorista no convés de um barco de linha. Eram felizes, ou pareciam felizes naquele passeio. A casa era apenas um quarto, uma saleta e uma cozinha. O banheiro ficava do lado de fora e não havia esgoto. Perguntei se ela estudava ou se tinha estudado.

"Não, mas quero muito. Ganho um dinheirinho costurando roupa, cortinas, toalhas de mesa… Costuro qualquer coisa, mas é a faxina que me dá sustento."

Quando dei a última carona, ela me revelou que morava sozinha, o motorista tinha sumido no ano anterior: "Foi embora sem me dizer uma palavra. Nem um bicho faz isso".

Chorou quando eu disse que ia morar longe de Manaus. Mas quis ficar com o meu gato de estimação e prometeu que ia cuidar dele. "Como se fosse meu", ela disse.

143

Quando a chuva parou, tomei mais um gole de café e me dirigi ao auditório da biblioteca de Alumínio.

E assim começou minha viagem literária pelo interior de São Paulo.

CRIANÇAS DESTA TERRA

DO BALCÃO DO SOBRADO VI bolas e bonecas de plástico cobrindo a rua de pedras da minha infância. E quase ao mesmo tempo vi crianças da minha idade disputando esses dois brinquedos universais. Brinquedos de graça, que alegravam também as mães pobres da cidade.

Na manhã amarela ouvi pela primeira vez a palavra "eleições". Não sabia o significado exato dessa palavra; sabia que o candidato ao governo distribuía milhares de brinquedos às crianças, depois ele as abraçava, beijava mães, tias e avós, era uma festa colorida num novembro distante, que agora recordo sem nostalgia.

Depois o candidato continuou sua campanha festiva e caridosa em outros bairros... Não o vi naquela manhã, apenas divisei, de relance, um bigode espesso, como se vê o desenho de um urubu minúsculo no canto de um mural colorido. Foi o primeiro bigode político que vi na infância, um bigode jovem, um bigode que já era um líder regional, quase tão onipresente quanto um pequeno deus, pois ouvíamos sua voz no rádio e víamos seu rosto em cartazes pregados em muros, fachadas e cercas.

Quatro anos depois vi de novo bolas e bonecas na carroceria de um caminhão, e outras crianças disputando esses brinquedos, e o mesmo bigode beijando e abraçando mães, tias, avós.

Em 1964, um parente me disse que esse líder tinha sido cassado, embora não fosse de esquerda nem de direita. Afirmar que era um político de centro é apenas um culto à simetria. Outras vozes comentaram: foi cassado por corrupção. E mesmo aos doze anos de idade, essas palavras ainda não tinham um significado claro para mim. O fato é que todos nós perdemos o bi-

145

gode de vista. Não foi exilado, mas viveu no ostracismo, que é uma espécie de exílio na própria pátria.

Quando voltou à cidade, dizem que foi recebido com júbilo pelas crianças que agora eram filhos das crianças que eu tinha visto na minha infância. Não o vi depois desse retorno glorioso, porque eu já morava muito longe da cidade. Parece que era vingativo e cruel com inimigos, terrível com amigos que o traíam e com desconhecidos que flertavam com as mulheres de seu harém: as meninas que tinham recebido bonecas das mãos dele e agora eram moças feitas. Mas esse homem, que destruía seus inimigos, também erguia grandes obras. Construiu na floresta uma central elétrica movida a óleo diesel: um desastre ambiental e um fiasco energético; construiu maternidades onde as mães recebiam afagos e os recém-nascidos ganhavam bolas e bonecas com as quais brincariam nos próximos anos; construiu escolas e hospitais, pavimentou ruas; cada obra pública inaugurada por ele recebia seu próprio nome, seguido de um algarismo romano, como se fosse um rei. E, como fazia um dos reis de Shakespeare — que se disfarçava de soldado para conhecer de perto seu exército —, ele se disfarçava de enfermeiro, de professor, de carcereiro e andava por escolas, hospitais e presídios; depois advertia funcionários incompetentes, faltosos, levianos e demitia os que falavam mal dele. Também demitia os líderes grevistas, os diretores de escolas que não o bajulavam, os funcionários que o desprezavam, todos ingratos, ele dizia. Por tudo isso, ele se considerava um democrata exemplar.

Mesmo de longe, eu acompanhava sua gloriosa ascensão política. Anos depois, ao visitar minha cidade, andei por bairros que desconhecia, onde vi casebres à margem de rios com cor de ferrugem, e crianças brincando com bolas e bonecas de plástico em imensas crateras de aspecto lunar; vi fileiras de casinhas de alvenaria construídas em áreas desmatadas, pareciam casas de boneca ou canis que brilhavam ao sol como buquês de fogo. Vi escolas mal ventiladas, sem biblioteca, cujas fachadas feias tinham sido apedrejadas por vândalos. Nenhuma creche. E, mesmo assim, ele era reeleito e idolatrado...

Às vezes a passagem do tempo é imperceptível como uma distração. Quando me dei conta, tinham passado mais de quarenta anos. E, quando voltava à cidade, lá estavam os cartazes e outdoors com o rosto dele, e em qualquer estação de rádio a mesma voz com o tom assertivo e triunfante de um animal político que ignora a dúvida, o diálogo, a humildade.

Durante quase meio século nunca vi o rosto dele, só via as imagens e me lembrava do bigode: o diminuto urubu em algum mural do passado, que agora parecia um pesadelo da infância.

Há pouco tempo soube que ele estava num hospital de São Paulo, onde se internam os grandes líderes doentes da minha cidade. O encontro breve foi uma coincidência. Andava por um corredor quando de repente parei na porta do quarto e divisei o homem deitado, olhando vagamente para a tela de um aparelho de TV silencioso. Das quatro gerações de mulheres de seu harém, nenhuma estava ao lado dele. Vi, enfim, o rosto que não me viu nem podia me ver. Não usava mais bigode e, no olhar perdido na tela muda, não havia mais fulgor nem ambição nem ódio.

Dizem que foi enterrado com pompa na nossa cidade e que em sua lápide está gravada essa frase singela: Nenhum outro homem público amou tanto as crianças desta terra.

UMA VINGANÇA INCONSCIENTE

NO SÉCULO PASSADO, minha única viagem a Toronto ocorreu sem sobressaltos. Era finzinho de novembro e nunca senti tanto frio. Andava que nem tatu por subterrâneos aquecidos, como se uma primavera sem sol fosse uma estação alternativa no subsolo. Mas, quando saía da toca, o vento gelado feria até a alma. No inverno canadense tive certeza de que sou um ser dos trópicos, que nem sempre são tristes.

Sorte diferente teve minha amiga Lena quando passou uns dias de verão em Toronto, na casa do ex-marido. Passeou pela cidade e por seus arredores, navegou em lagos belíssimos que, para meus olhos míopes, formavam um horizonte de gelo cercado de árvores nuas. Não conheci os museus, restaurantes e livrarias que ela conheceu. Enfim, Lena conheceu Toronto e eu apenas senti frio e falei sobre literatura numa noite de verão artificial. Mas entre o verão de minha amiga e o meu inverno em Toronto há uma história de separação e água, muita água...

Lena ainda gostava do ex-marido, mas se resignara à separação: o amor nem sempre é mútuo para sempre. Mesmo assim, mantinha laços cordiais com ele e com a rival.

"Foi uma separação civilizada", disse Lena, dando uma gargalhada. "Você sabe o que é isso?"

Não sabia, mas fiquei calado, pensando na selvageria das minhas separações.

Por culpa ou genuína generosidade, o ex-marido de Lena ofereceu-lhe a casa de Toronto para passar o verão, quando ele e a nova mulher passariam férias no Brasil.

Lena dormiu na mesma cama onde o casal dormia no andar superior da elegante casa de madeira e vidro, projetada por um famoso arquiteto canadense. Usou os mesmos lençóis e o mesmo travesseiro; viu várias fotografias da rival com o ex-marido: os dois em Montreal, nas dunas do Maranhão, em Angra dos Reis, na Sicília, na Puglia…

"Viajaram mais que guias turísticos", disse Lena, com uma ponta de ciúme. Ou morrendo de ciúme. Depois ela disse: "Comigo, ele só ia para Brasília, esse mausoléu futurista".

Lena ia passar um mês em Toronto, mas na terceira semana de férias decidiu antecipar sua volta ao Brasil. Disse que tudo naquela casa conspirava contra a hóspede, que era ela mesma. Numa noite arrependeu-se de ter aceitado o convite do ex-marido. Foi quando bebeu sozinha uma garrafa de Bordeaux, que ela encontrou na adega climatizada.

"Vinho caríssimo", disse minha amiga. "Mais de duzentas garrafas de tintos franceses e italianos de boa safra. Para quem se contentava com qualquer vinho argentino, é um salto de sofisticação do paladar."

Na noite da viagem de volta para São Paulo, Lena esperou o táxi na porta da casa. O carro chegou na hora prevista e o motorista pôs a bagagem no porta-malas. Antes de entrar no táxi, Lena sentiu uma súbita vontade de ir ao banheiro. Subiu a escada em caracol e, sentada no vaso sanitário, ainda teve tempo e estômago para rever uma foto íntima do casal: o ex-marido e a outra em Istambul; depois não viu mais nada: o ciúme, mais que a cólica, turva a visão. Deu a descarga com um gesto abrupto, talvez bruto e pouco civilizado, e desceu apressada, com medo de chegar atrasada ao aeroporto.

Na noite do dia seguinte telefonou ao ex-marido para lhe agradecer e falar brevemente sobre a temporada canadense. Não o encontrou. Mas ele, gentil, ligou de Toronto duas semanas depois. Ouviu o relato rápido de Lena. Depois ela ouviu o ex-marido dizer que a casa de madeira e vidro tinha desabado. Lena emudeceu. E ele prosseguiu: "Você usou o banheiro antes de ir para o aeroporto e a descarga emperrou, disparou e inundou o andar de cima. A laje não suportou o peso da água e despencou no térreo. Estamos morando num hotel…".

149

Lena se desculpou e, antes mesmo de desligar, não conteve a gargalhada, talvez a mesma que deu quando me contou a história de sua separação civilizada.

UMA PINTURA INACABADA

Para José Cláudio da Silva

ARRECIFES, um recorte do mar verde e um pedaço do céu de Olinda. Essa era a paisagem que se via do ateliê de José Cláudio da Silva. Quando o artista abriu as outras janelas, tive a impressão de que o ateliê ia flutuar no oceano.

Eu tinha acabado de admirar cinco quadros a óleo que Zé Cláudio pintara durante a viagem que ele e Paulo Vanzolini fizeram à Amazônia. Desenhos, pinturas e histórias dessa expedição amazônica constam num belíssimo livro.* Mas Zé Cláudio não queria falar sobre essas pinturas, cuja beleza me fascinava. Me ofereceu caju e cachaça e olhou para o oceano, que lançava cheiro de sal na luminosidade do meio-dia. Depois ele começou a falar de outra viagem, desta vez a Madri.

"Morava na Espanha e naquela manhã eu passeava na Feira do Livro, perto do Prado", disse Zé Cláudio. "Parei num quiosque e comprei livros de arte: Goya, Velázquez, El Greco... A vendedora pôs os livros pesados numa sacola e, sem que eu lhe pedisse, pôs também um pequeno volume, que não era um livro de arte. 'Um presente da nossa editora', disse a moça. Não vi o livrinho, e quando cheguei ao apartamento em La Latina, tocou o telefone. Era uma tia, com más notícias: meu pai fora internado e não passava bem. Nessa mesma noite consegui viajar para o Brasil; cheguei ao Recife no anoitecer do dia seguinte e fui do aeroporto para o hospital. Meu pai tinha sido operado e seu estado de saúde era delicado. Ainda estava sob efeito da anestesia; em algum momento da noite ele acordou e me reconheceu. Segurei a mão dele e beijei seu rosto. Depois meu pai me per-

---

* *José Cláudio da Silva: 100 Telas, 60 dias & um diário de viagem — Amazonas, 1975*. São Paulo: Imprensa Oficial, 2009.

guntou, com uma voz fraca e perplexa, se eu não estava em Madri.

"A pergunta parecia insensata, mas quando recordei que no dia anterior eu caminhava em Madri e agora estava no quarto de um hospital em Recife, pensei também no imponderável da vida e na velocidade com que nos deslocamos. Imaginei um quadro que traduzisse essa ubiquidade, essa quase onipresença de um viajante.

"Passei a noite no hospital: uma noite maldormida, porque ainda estava mareado pela diferença de fuso horário e surpreso com as diferenças entre Madri e a minha cidade. Quando acordei, vi meu pai dormindo; na conversa com o médico, soube que o paciente estava sob controle. Disse ao médico e à enfermeira que ia deixar a bagagem em casa e voltaria mais tarde.

"Entrei nesta mesma casa, tomei banho, deitei na rede para dar um cochilo, mas não consegui fechar os olhos. Quando subi para cá — este mesmo ateliê —, contemplei uma paisagem semelhante à que estamos vendo agora. Comecei a esboçar um desenho que seria uma pintura; seria, porque nunca acabei de pintar esse quadro. Não sei dizer o que me impediu de terminá-lo. A tela ia ficando mais espessa, com camadas de cores de matizes diferentes, mas a pintura não se resolvia. Ou não se resolvia dentro de mim. Faltava alguma verdade na configuração plástica, na unidade formal... Mas o que é a verdade na pintura, na arte? Essa tentativa durou meses e foi adiada, talvez para sempre."

"E teu pai?"

"Esse é o ponto", disse Zé Cláudio. "O ponto final. Voltei ao hospital no começo da tarde; quando entrei no quarto, fui avisado que meu pai tinha acabado de entrar na UTI. A verdade é que não o vi mais. Quer dizer, não o vi com vida. Tinha levado a sacola com os livros de arte; enquanto esperava o boletim médico, vi reproduções de pinturas e gravuras de Goya, depois pinturas de Velásquez. Por curiosidade, fisguei no fundo da sacola o livrinho que a vendedora tinha me dado de presente. E tudo aconteceu quase ao mesmo tempo. A leitura e a voz. Li o título do livro: *Coplas a la muerte de su padre*, de Jorge Manrique. Meus olhos arderam quando li os primeiros versos. E logo depois, quando minhas mãos trêmulas ainda seguravam o livro, a voz de uma mulher de branco deu a notícia mais triste de minha vida."

ADEUS AOS QUINTAIS
E À MEMÓRIA URBANA

Para Thiago de Mello

EM RECIFE E MANAUS — metrópoles do Norte e Nordeste — o quintal das casas está sendo substituído por um piso de cimento ou lajotas. Em Boa Viagem, bairro recifense, uma muralha de edifícios projeta uma extensa área de sombra na praia, de modo que os banhistas têm que se contentar com estreitas línguas de sol. No país tropical, luz e sombra projetam-se em lugares trocados.

Ainda mais grave é o caso de Manaus, onde o apagamento da memória urbana parece irreversível. Na década de 1970, um coronel do Exército, nomeado prefeito, mandou derrubar mangueiras centenárias que sombreavam ruas e calçadas. Como se isso não bastasse, esse prefeito, talvez possuído pelo espírito demolidor do barão Haussmann, destruiu praças da cidade para abrir avenidas.

O mais irônico, tristemente irônico, é que a imensa maioria dos prefeitos e vereadores da era democrática não pensa na relação da natureza com a cidade. Hoje, em certas horas do dia, é quase impossível caminhar em Manaus. Não há árvores, e as calçadas são estreitas e esburacadas. Até mesmo os feios oitizeiros, que Mario de Andrade detestava, têm seus dias contados.

Em 1927, quando o autor de *Macunaíma* passou por Belém, hospedou-se no Grande Hotel, em cuja varanda chupitou, extasiado, um sorvete de bacuri. Esse imponente edifício neoclássico da capital paraense — uma joia arquitetônica do Brasil — também foi demolido durante o governo militar. Um prédio feio de doer os olhos substituiu o Grande Hotel no coração de Belém, essa bela cidade evocada em poemas de Manuel Bandeira e Max Martins.

Quase toda a arquitetura histórica das nossas cidades foi

154

devastada. O centro de São Luiz, pobre e abandonado, é uma promessa de ruínas. Vários casarões e edifícios de Santos, erguidos durante o fausto da economia cafeeira, foram demolidos. Até a belíssima paisagem em relevo do Rio está sendo barrada por edifícios altíssimos. Na cidade de São Paulo, pouca coisa restou da história urbana. E em vários bairros paulistanos de classe média há inúmeros edifícios e calçadas sem uma única árvore.

O desprezo à natureza e à memória das nossas cidades se acentuou a partir da década de 1960, quando a industrialização e o adensamento urbano adquiriram um ritmo acelerado e caótico. Essa urbanização selvagem destruiu edifícios históricos de quase todas as cidades brasileiras. Penso que isso alterou para sempre nossa relação com a natureza e com a própria história das cidades. Paradoxalmente, proliferam bairros pobres e favelas com nomes de Jardim, como se essa palavra atenuasse a feiura da paisagem e a vergonhosa arquitetura dos conjuntos de habitação popular.

Poucos monumentos e áreas históricos sobreviveram à voracidade dos construtores de caixotes verticais com fachadas de vidro fumê: uma arquitetura de fisionomia funérea, tão medonha que é melhor olhar para as nuvens, ou fechar os olhos e sonhar com Buenos Aires.

Talvez alguns políticos e donos de empreiteiras sintam ódio ao nosso passado: ódio inconsciente, mesmo assim verdadeiro; ou talvez não sintam nada, e toda essa barbárie seja apenas uma mistura de ganância, ignorância e desfaçatez.

Outro dia uma amiga me contou que havia sonhado com o futuro das nossas metrópoles e florestas.

"Foi um pesadelo", ela disse. "As cidades e florestas inexistiam ou eram invisíveis. A visão do futuro era um monstro bicéfalo: eclipse solar e deserto."

MEU GATO E OS BÚLGAROS

Para Agnaldo Farias: velho Mohun de guerra

O LEITOR TALVEZ CONHEÇA O BAIACU, ou os sabores desse peixe de água doce e salgada. Eu conheço outro: o Baiacu de Ouro, um prêmio literário que recebi em Manaus, há uns vinte anos.

Um dia alguém me telefonou e deu a notícia. Agradeci com duas palavras e disse que eu não ia fazer discurso na solenidade da entrega. Minha surpresa maior foi o envelope balofo que recebi junto com o Baiacu. Não era um cheque, era dinheiro mesmo: um maço de notas velhas e amassadas, como se recebe no garimpo. Mas, como a inflação também era balofa, meu ânimo arrefeceu. O valor do prêmio era segredo, e este garimpeiro de palavras não ia contar em público o valor do trabalho privado.

Tive que ouvir um discurso, felizmente breve, e mesmo brevíssimo, sem firulas e salamaleques. Depois quatro músicos interpretaram o "Quarteto nº 1", de Villa-Lobos.

Eram músicos búlgaros, louros de rostos rosados, e todos usavam traje a rigor na noite abafada. O envelope gordo não entrava no meu bolso, tive que segurá-lo enquanto ouvia o primeiro movimento do Quarteto do grande compositor. Depois do "Canto lírico" me entreguei a um devaneio: não fosse a queda do Muro de Berlim, esses virtuosos das cordas não estariam interpretando com esmero "Melancolia" diante de um escritor emocionado, que apalpava um envelope obeso. Esses músicos são a maior contribuição da queda do Muro para o Amazonas, pensei, prestando atenção à harmonia, vendo mãos búlgaras movimentar arcos e beliscar cordas, o suor escorrendo de queixos e orelhas do país dos Bálcãs até gotejar no assoalho de uma cidade amazônica.

156

Aplaudi de pé, o coração disparado.

Quando saí da sala, abri o envelope, contei as cédulas de cruzados: dava para alimentar meu gato por três meses e ainda levá-lo a um bom veterinário.

Leon, Leon, meu querido e inesquecível felino de rua, agora aos meus cuidados e, de agora em diante, com a pança cheia e uma consulta marcada. A pelagem da cor de açafrão, o olhar aceso e misterioso, o miado rouco e indômito, tudo nele lembrava um filhote de onça-vermelha.

Algo dentro de mim — talvez minha esperança teimosa — dizia que a estatueta do Baiacu de Ouro era realmente de ouro. Bom, o peixe inteiro de ouro maciço seria pedir muito, mas de ouro pelo menos as barbatanas, de ouro uma pontinha da cauda ou um dos olhos. Mas não: era uma estatueta de latão, toda dourada: mera fantasia para um escrevinhador de mundos fantasiosos.

Comprei fiadas de jaraquis para o meu Leon, dei-lhe uma cama digna e um colchão novo: pedrinhas brancas e polidas, que nem ovos de codorna. Enfim, dei a Leon o próprio Baiacu, para que ele sonhasse com um peixe enorme, fora d'água. A estatueta, cravada num cubo de madeira, prendia a porta aberta do balcão, assim evitaria o barulho quando o vento enraivecia. O bater de portas é um dos grandes traumas da minha infância: o barulho seco, terrível e inesperado me sobressaltava em noites de tempestade. E como a porta do balcão era a única rebelde do meu lar, designei a estatueta para ser sua sentinela diuturna.

Lembro que Leon aproximava-se do Baiacu, eriçava as orelhas e afiava as garras, ensaiando o salto certeiro. Quando entardecia, os raios de sol, mais amansados, incidiam magicamente sobre o latão, criando reflexos estranhos que enfeitiçavam o felino. Penso que ele não via apenas um baiacu, via também cardumes cintilantes, refletidos no vidro da porta; talvez visse uma possibilidade real de nunca mais passar fome, como milhões de gatos de rua, seus semelhantes paupérrimos, sem prêmios, sem consultas, afagos, jaraquis. Sem nada. E quando Leon decidiu dar o bote fatal e abocanhar sua presa, percebeu que esse peixe era de mentira, como se dissesse que os prêmios, de algum modo, são apenas fantasias fugazes.

O tempo passou, Leon ganhou um epitáfio escrito pela minha pena, a estatueta de latão extraviou-se numa de minhas mudanças. E a vaidade daquele tempo, uma vaidade tão grande que parecia inchada, secou por completo.

VALORES OCIDENTAIS

Para Tuna Dwek e Nina Kahn

NA PRIMAVERA DO ANO PASSADO fui visitar uma amiga em Dijon, aonde eu só tinha ido uma vez, em 2002. Ao sair da estação de trem, reconheci-a de imediato. O tempo não parecia ter sido tão cruel com ela como fora comigo.

Na tarde desse sábado, depois de uma conversa sobre os oito anos de uma amizade mantida por cartões-postais, andamos pelas ruas do centro histórico e visitamos o mercado, a catedral e outros edifícios que sobreviveram às guerras. À noite, antes de voltar para o hotel, ela perguntou o que eu ia fazer na manhã do domingo. Disse que ia alugar um carro para visitar dois ou três vilarejos da Côte d'Or.

"Podemos ir juntos antes do almoço", ela sugeriu. "Às dez horas tenho um encontro na casa de detenção. Queres ir comigo?"

Aceitei o convite. E embora o cárcere seja sempre um suplício, fiquei impressionado com a qualidade das instalações, com a limpeza do refeitório e com a biblioteca. O projeto circular do presídio parecia um pan-óptico inspirado no desenho de Jeremy Bentham, um inglês que, no fim do século XVIII, desenvolveu esse conceito de organização espacial, analisado por Foucault em seu livro *Vigiar e punir*. As celas contíguas convergiam para um círculo central, onde ficava o pátio. Do alto de uma torre, olhos invisíveis de homens armados vigiavam os detentos.

Quando minha amiga encerrou a conversa com um prisioneiro, eu disse que esse presídio me fizera lembrar, por contraste, os presídios brasileiros. Mencionei o antigo presídio São José, em Belém, que eu visitara em 1976 e de onde eu tinha saído deprimido com as humilhações a que eram submetidos os detentos. Um dos carcereiros me contara, rindo, que despejava

159

soda cáustica no chão das celas, "só pra esfolar os pés dos animais".

"Vi o filme sobre o massacre do Carandiru", ela disse. "É uma história terrível. Não menos execrável é a impunidade dos criminosos..."

Quando saímos do presídio, ela me levou para ver uma exposição de fotos que tinham sido tiradas em Dijon, em junho de 1944, logo após a retirada dos nazistas dessa cidade. As imagens eram aterradoras: edifícios destruídos, crianças órfãs, soldados mutilados, franceses que haviam colaborado com os nazistas. Um desses traidores fora linchado pela multidão e depois pendurado numa rua do centro da cidade.

Ficamos mais de uma hora na sala da galeria, observando imagens sombrias em preto e branco, lendo textos que historiavam a ocupação da Borgonha pelo Exército alemão. Não sabia que Klaus Barbie tinha "trabalhado" em Dijon, pouco tempo antes de se tornar o carrasco monstruoso de Lyon.

Minha amiga disse que sua mãe perdera um irmão na guerra e que, meses antes da ocupação de Dijon, seus futuros pais fugiram dessa cidade e refugiaram-se em Marselha, onde se conheceram e casaram.

"Por muito tempo", ela disse, "meus pais não conseguiram dizer uma única palavra sobre o passado, e eu cresci ouvindo histórias de horror de outras pessoas, mas não deles. Eu e meu irmão nos formamos em direito, e ele, quatro anos mais velho do que eu, dizia que, desde a época do liceu, desconfiava do belo e edificante discurso sobre os 'valores ocidentais'."

Saímos da galeria e andamos devagar até a Rue de la Liberté; antes de entrarmos no carro, ela apontou para um hotel grandioso e disse que o alto comando nazista havia morado lá.

"Valores como justiça e dignidade não são ocidentais ou orientais, nem dependem de uma religião ou crença", disse minha amiga. "São apenas valores humanos, mas a história da humanidade é uma sucessão interminável de calamidades e injustiças. Meus clientes são jovens franceses e imigrantes, todos desempregados. Depois de conhecer a vida deles, tento entender o nosso tempo, que não me orgulha nem um pouco. A maioria das pessoas vê esses desempregados e drogados como seres maléficos à sociedade. Eu os vejo como jovens sem qualquer perspectiva de futuro, derrotados antes mesmo de entrar na dança da vida. Há quatro anos meu irmão trabalha na defesa de prisioneiros políticos africanos e palestinos. Vários deles são menores de idade e sequer foram julgados. Ele, meu irmão, é mais pessimista do que eu: só vê obscuridade no tempo presente. Agora vamos visitar teus vilarejos da Côte d'Or, *cher ami*."

FANTASMAS DE TRÓTSKI EM COYOACÁN

Para Horácio Costa

COYOACÁN É UM DOS BAIRROS MAIS VIBRANTES da Cidade do México. Há meio século, era apenas um *pueblo*, como tantos outros nos arredores da capital: Mixcoac, Tacubaya, San Ángel e Tlalpan, quase todos com seus conventos, igrejas, praças, ruínas pré-hispânicas. Octavio Paz assinalou que "incontáveis edifícios históricos em todo o México foram demolidos ou desonrados pela barbárie, incúria e avidez do lucro". Apesar disso, ainda há fortes vestígios do passado em Coyoacán: igrejas coloniais esplêndidas, casas *solariegas*, ruas e becos arborizados e pequenas praças que são lugares de calmaria e prazer visual numa das maiores cidades do mundo, e talvez a mais fascinante desta América.

Andava por Coyoacán — onde por vários anos morou o poeta Horácio Costa —, quando vi uma placa singela: Museo Trótski. Ao contrário do museu Frida Kahlo — a mais festejada artista mexicana do século passado —, não havia fila para comprar ingressos. Por curiosidade histórica, entrei no museu quase vazio e comecei a observar fotografias da época em que Trótski viveu em Coyoacán.

Perseguido por Stálin, Leon Trótski chegou ao México em janeiro de 1937. Diego Rivera e Frida Kahlo lhe deram abrigo na "casa azul" da rua Londres, no coração de Coyoacán. Morou nessa casa até maio de 1939, quando se mudou para o número 19 da rua Viena. Dizem que teve um caso amoroso com Frida, que não hesitou em pintar o rosto de Stálin num de seus quadros. Nem sempre a ideologia destrói amizades e namoros. O certo é que em 20 de agosto de 1940 foi golpeado mortalmente por Ramón Mercader, cujos codinomes eram Jacques Mornard e Frank Jacson.

Há filmes e romances sobre traições, intrigas, calúnias e perseguições que envolveram o covarde assassinato de Trótski. Às vezes, grandes assassinatos políticos passam pela sedução. Durante uma reunião política em Paris, Ramón seduziu a norte-americana Sylvia Agelott, que viria a ser a secretária de Trótski na Cidade do México. Depois Ramón se aproximou dos amigos, da família do exilado e dos guardas que protegiam a casa da rua Viena.

Enquanto visitava essa casa, cujo interior é modestíssimo, pensava nas razões que levaram Trótski a confiar em seu assassino. O ex-comandante do Exército Vermelho podia ser tudo, menos ingênuo. Certamente foi um dos mais hábeis e corajosos líderes comunistas, e não seria inexato dizer que foi cruel no comando do Exército Vermelho. No exílio imposto por Stálin, Trótski refugiou-se na Turquia, na França e na Noruega antes de se exilar na capital mexicana. Na noite de 24 de maio de 1940, um grupo de stalinistas chefiado pelo artista David Siqueiros invadiu a casa da rua Viena e metralhou o quarto onde Leon e Natasha dormiam. Ambos escaparam desse atentado, planejado por Ramón.

Por precaução, a metade da janela do quarto do casal foi tapada com alvenaria; a porta, agora blindada, estreitou-se. De uma torre erguida no quintal, vigias controlavam o movimento nos arredores da casa e a entrada de visitantes. A água escura do rio Churubusco ainda corria a poucos metros da rua Viena. No pacato *pueblo* de Coyoacán a vida do exilado tornou-se uma prisão domiciliar.

O guia da visita era um jovem mexicano simpático e falastrão. Alternava o nome de Stálin com "o criminoso"; falava com a segurança de quem havia lido os três volumes da excelente biografia de Trótski, escrita por Isaac Deutscher.

Visitamos a cozinha, a sala, a biblioteca e o jardim, onde o casal Trótski cuidava de uma horta e criava coelhos. Também no jardim o revolucionário banido foi enterrado. Vi a torre dos vigias coberta de musgo e imaginei que na tarde do dia 20 de agosto de 1940 Ramón Mercader, parado na rua Viena, acenara

163

para os guardas. Dessa vez, Ramón não visitaria sua namorada, e sim Trótski. Queria mostrar ao exilado um artigo político. Fluente em várias línguas e pretenso estudioso de política internacional numa época em que a Espanha e quase toda a Europa estavam em chamas, Ramón persuadira sua vítima a ler ou revisar um ensaio.

No final da tarde nublada entramos no escritório, onde Trótski começara a ler o texto de Ramón. Nesse momento o guia, emocionado, apontou o exato lugar onde o assassino erguera a pequena picareta de alpinista e golpeara por trás a cabeça da vítima. Eram seis horas em ponto. O horário da visita coincidia com a do ato do assassino. Da janela do escritório avistava-se no jardim a lápide de cimento, cercada de cactos e arbustos. Escurecia.

Eu disse ao guia que Trótski, ferido mortalmente, apontara para o algoz e balbuciara em espanhol: "Não o matem... Ele deve falar...".

O guia, ansioso, imediatamente me corrigiu. Trótski disse: "Não o matem... Esse homem tem uma história para contar".

Essa última versão me parece mais plausível, porque a história — sua trama política com suas traições — e a voz estão implicadas na mesma frase agônica: uma história para contar.

PORTUGAL EM PÂNICO

O MAU TEMPO EM ROMA me fez perder a conexão do voo em Lisboa, mas me permitiu passar uma tarde e uma noite nessa cidade.

Peguei o metrô e desci na estação de Baixa-Chiado, onde vi outros turistas chineses. Digo outros porque vi chineses às pencas em Veneza, onde cantavam nas ruas estreitas e também nas gôndolas pretas e douradas que navegam nos canais que serpenteiam a cidade. Chineses de todas as idades, alegres e com grana, cantando em voz alta uma canção que só eles entendiam. Esse canto de júbilo ecoava nas ilhas do Adriático e parecia dizer que o século XXI será predominantemente chinês.

Pensei isso enquanto observava numa livraria veneziana um mapa com a rota das viagens de Marco Polo, cuja aventura só pode ser igualada à do seu quase contemporâneo Ibn Battuta, o marroquino que percorreu mais de 120 mil quilômetros por regiões e cidades de África, Ásia e Oriente Médio.

E eis que, em plena praça Camões, depois de olhar para a fachada da Manteigaria União, vi um bonde cheio de chineses exultantes, cantando outras canções, ou quem sabe as mesmas que eu ouvira em Veneza. Acenavam para mim, mas logo percebi que o aceno era dirigido a outros chineses sorridentes, sentados ao lado do quiosque da praça.

O bom humor desses turistas contrastava com o desânimo dos portugueses. Numa conversa com jovens estudantes lisboetas, um deles me disse que a crise econômica não é apenas uma crise, e sim a falência de todo um sistema que havia degenerado numa espécie de cassino planetário, onde investidores invisíveis movimentam bilhões de dólares e arrasam a economia de vários países.

Uma morena tatuada com flores e corações nos braços disse que 15% dos jovens europeus não encontram trabalho:

"Mais de oitenta mil jovens portugueses deixam anualmente o país. Abandonam os estudos e a família e vão viver na Alemanha, Inglaterra, França e também no Brasil..."

"Pois olha: estamos à deriva", disse o mais velho do grupo. "Vivemos entre o mar e o humor da sra. Merkel."

"Entre o oceano e o abismo", corrigiu a jovem tatuada, mostrando uma manchete do jornal *Público*: "Governo propõe corte de 10% nos subsídios de desemprego mais baixos".

Abro o jornal e leio uma frase na faixa de protesto em uma manifestação recente: "Mãe, estou no desemprego".

"Resta-nos a mãe", sorriu a moça, olhando as enormes letras pretas escritas na faixa. "Resta-nos a dignidade de estarmos vivos, de sermos portugueses."

Penso na gastança e na ganância dos bilionários e dos predadores de Wall Street, nos fabricantes de armas e nos senhores das guerras, na miséria infinita da África, América Latina e Ásia, na bolha consumista brasileira que pode espocar a qualquer momento. Penso na nossa euforia, que pode ser efêmera. E quase ao mesmo tempo penso nos países nórdicos, onde o capitalismo tende ao socialismo, onde a desigualdade social é mínima e o desemprego é quase um pecado mortal ou uma vergonha do Estado.

Agora todos estão calados, e quando a moça abre os braços para acolher um amigo, as flores e o coração crescem na pele morena. Dou adeus aos jovens da praça Camões, pego o bonde 28 e desço no Largo das Portas do Sol; contemplo o belo casario de Alfama, e essa paisagem me remete ao pouco que restou do centro histórico do Rio, de Salvador e Belém. Na outra margem do Tejo, as primeiras luzes de Almada. No meio do rio, um cargueiro da cor de ferrugem esfuma-se no anoitecer. Ouço uma voz feminina, sotaque mineiro, e pergunto de onde ela é.

"De Araçuaí, Vale do Jequitinhonha", ela disse, com voz mansa. "De Araçuaí Riobaldo trouxe uma pedra de topázio para dar a Diadorim."

Estudou literatura em Belo Horizonte e há dois anos mora e trabalha em Portugal. Disse que gosta muito de Lisboa, mas sente saudade do Brasil.

"Você quer voltar para lá?"

"Quero e não quero", respondeu. "A vida aqui está difícil, muitos brasileiros estão voltando, mas eu me apaixonei por um português e você sabe... Essas coisas do coração."

No centro de um pequeno Largo de Alfama, uma palmeira solitária.

UM BRASILEIRO EM BOSTON

"Isso não é frio", disse o porteiro Zé Pádua. "Frio mesmo é em dezembro, janeiro... Aí Boston gela, mas mineiro se acostuma a tudo, quase tudo."

"Há quanto tempo você mora em Boston?"

"Vinte e oito anos e três meses", ele disse, com precisão. "Meu pai chegou primeiro, arranjou trabalho e depois trouxe os filhos. Minha mãe teve seis: três moram aqui, três em Belo Horizonte."

Fazia um frio de lascar nessa noite de abril na Nova Inglaterra. Mais acima, à direita do hotel, há um cemitério antigo, onde estão enterrados mortos anônimos. Lápides inclinadas, esparsas, cravadas num gramado perfeito, tão perfeito que parece irreal. De longe, as peças de pedra espalhadas no gramado lembram uma instalação contemporânea.

Boston atrai turistas de todos os cantos, e também cientistas e pesquisadores. Cambridge está logo ali, no outro lado do rio Charles. Massachusetts é uma espécie de Atenas do nosso tempo, e Zé Pádua lamenta não ter podido estudar em nenhuma universidade.

"Não tive tempo para ficar sentadinho, lendo livros, queimando a cabeça. Fui cozinheiro de restaurante mexicano, português, cabo-verdense. Quando bate a saudade, preparo tutu, pão de queijo, galinha com quiabo."

"Quiabo em Boston?"

"Quiabo e taioba. Planto taioba no verão, dá que nem mato. Um imigrante faz milagres. E, se você tiver sorte, ganha um dinheirinho."

Pediu licença para carregar as malas de um hóspede, entrou no hotel, demorou um pouco, voltou sorridente.

"Ganhei dez dólares", disse Zé. "Aqui os hóspedes pagam pelo trabalho. Uns oito anos atrás trabalhei num hotel de luxo no Brasil. A maioria dos hóspedes não me dava nada, um ou outro me dava dois reais, cinco no máximo. Um hóspede que paga seiscentos reais por uma diária e dá dois de gorjeta... Não entendo isso. Queria ficar no Brasil, mas não assim, ganhando mixaria e vendo políticos bandidos rindo do povo."

Passava da meia-noite quando lhe perguntei quanto ganhava por dia. Tirou um maço de cédulas do bolso e sorriu.

"Hoje ganhei uns cento e vinte dólares. E ainda recebo o fixo, por semana. Dizem que no sul dos Estados Unidos os negros penam, mas aqui é um pouco diferente. Se você trabalhar, você ganha. Pode ser negro, asiático, árabe, hispânico. No começo foi muito difícil, passei cinco anos vivendo como um bicho. Dormia pouco e morria de saudade de Minas, de minha mãe e dos meus irmãos."

"Seus pais não moram aqui?"

"Meu pai morreu em 1999, está enterrado em Boston."

"E sua mãe?"

"Vem e volta. Mãe de muitos filhos tem coração dividido. Tenho cidadania norte-americana e consegui um *green card* pra ela. Mas quando chega aqui, fica quietinha, diz que não tem amigos, não tem com quem conversar, sente saudades dos filhos que estão em Minas, acha tudo triste. E dois meses depois ela me pede pra comprar a passagem de volta."

A essa hora da madrugada, só as luzes da rua Newbury brilham a uns cem metros do hotel. Uma caminhonete com placa de Ohio estaciona e Zé Pádua se apressa a abrir a bagageira e carregar as malas.

Voltou esfregando as mãos: estava ansioso para viajar a Belo Horizonte. Ele e os dois irmãos vão passar duas semanas de julho em Minas.

"Minha velha vai festejar os oitenta anos no dia 5 de julho e quer todos os filhos pertinho dela. O que a gente não faz por nossa mãe? É ou não é? Domingo vou tirar folga e convidei uns amigos pra comer tutu de feijão com lombinho. Você está convidado. Vai conhecer uma casinha de pobre, longe dessa Boston que a gente está vendo. Casa mineira, com boa cachaça, música e conversa. Você vem?"

ESTÁDIOS NOVOS, MISÉRIA ANTIGA

A ARQUIBANCADA DO PARQUE AMAZONENSE era um tre-me-treme, o esqueleto de madeira podia desabar antes do primeiro gol, mesmo assim eu não perdia uma partida do clássico Rio Negro × Nacional. Quando chovia ou ventava, mangas maduras caíam na arquibancada e eram disputadas pelos torcedores. Como não havia drenagem no campo, a chuva torrencial transformava o gramado num parque aquático, o jogo era cancelado e aproveitávamos para brincar na piscina formada pela natureza. O Parque, situado num bairro humilde e arborizado de Manaus, era um dos destinos de quem gostava de futebol.

No final dos anos 1960 foi construído o estádio Vivaldo Lima, vulgo Tartarugão, projetado por Severiano Mário Porto. Formado no Rio, esse arquiteto mineiro se mudou em 1966 para Manaus, onde viveu por mais de trinta anos. O projeto do Vivaldo Lima ganhou o Prêmio Nacional de Arquitetura; outros projetos de Severiano foram premiados no Brasil e na Argentina.

Ele fez dezenas de projetos que, a meu ver, traduzem uma compreensão profunda de Manaus e da região amazônica. As soluções técnicas para proteção do sol e da chuva, o uso consciencioso da madeira em estrutura, janelas, portas, escadas e painéis, um sentido estético que integra a estrutura à fachada e ao espaço interior, tudo isso fez dos projetos desse mineiro-carioca-amazonense um lugar para se viver e trabalhar com conforto.

Inaugurado em abril de 1970, o Tartarugão chegou a receber mais de 50 mil torcedores em uma partida em 1980. Era um projeto grandioso, mas essa grandiosidade tinha fundamento: o arquiteto havia previsto, para as próximas três décadas, um cres-

171

cimento demográfico incomum, explosivo de Manaus. Para os jogos da Copa do Mundo em 2014, o Tartarugão poderia ser restaurado e tornar-se um estádio perfeitamente adaptado aos torcedores amazonenses. Mas de nada adiantou o olhar visionário de Severiano Porto. O estádio foi demolido para dar lugar a uma obra gigantesca, caríssima, faraônica, com capacidade para 47 mil torcedores.

Destruir um patrimônio da arquitetura amazônica é um lance de extrema crueldade e ignorância. O que há por trás dessa crueldade e incultura? A ganância, a grana às pencas, o ouro sem mineração, sem esforço. O Tribunal de Contas da União já descobriu um superfaturamento na demolição do Vivaldo Lima e em todas as etapas da construção do novo estádio. Aos 580 milhões de reais do orçamento previsto, será acrescido um valor astronômico. Afora o superfaturamento e a demolição de uma obra premiada, há outra questão, demasiadamente humana: Manaus é uma das metrópoles brasileiras mais carentes de infraestrutura. Os serviços públicos são péssimos, na zona leste da cidade proliferam habitações precárias (eufemismo de favelas), a violência atinge níveis alarmantes. Depois da Copa, o novo estádio será um monumento vazio, ou um desperdício monumental. Quem paga a fatura (ou a superfatura) são os mais pobres, que necessitam de serviços públicos eficientes, e não de obras grandiosas.

Isso vale para Manaus e para as outras cidades que vão sediar os jogos da Copa. Vale para o Recife e o Rio, e também para São Paulo, cuja prefeitura optou pela renúncia fiscal para ajudar a construir o tal do Itaquerão. E isso numa cidade em que faltam centenas de creches, mais de 1 milhão de habitantes sobrevivem em favelas e cortiços, milhões sofrem diariamente com a precariedade e o caos do transporte público.

Mas agora é tarde. Sim, implodam todos os estádios! Construam obras colossais e faturem montanhas de ouro! Superfaturem tudo: desde a demolição até a pintura dos camarotes da CBF e patrocinadores! Joguem no entulho e nos esgotos a céu aberto a dignidade e a esperança do povo brasileiro. Enterrem de uma vez por todas a promessa de cidadania! Caprichem na maquiagem urbana e escondam (pela milésima vez) a miséria brasileira, bem mais antiga que o futebol. E quando a multidão enfurecida cobrar a dignidade que lhe foi roubada, digam com um cinismo vil que se trata de uma massa de baderneiros e terroristas.

Digam qualquer mentira, mas aí talvez seja tarde. Ou tarde demais.

CARTA A UMA AMIGA FRANCESA

QUERIDA FRANÇOISE:

Você voltou a Paris com uma ótima impressão do Brasil. Ainda não me enviou uma mensagem, mas aqui você fez comentários elogiosos e, mais que isso, esperançosos sobre o país. Talvez por ser jovem demais, você ainda cultiva tanta esperança... Eu cultivo uma velha goiabeira no meu jardim diminuto.

Paris deve estar branca e gelada, com tons acinzentados de fachadas de edifícios e pontes antigos. Mas você sabe que depois da melancolia do inverno virá o esplendor da primavera. O clima de São Paulo se perverteu: o verão começou com frio.

Não sei o que você fez no dia 28 de dezembro. Talvez tenha ido ao Mercado das Pulgas, à feira da Rue Mouffetard ou àquele belo café da Rue Cler, que tanto apreciamos. Talvez não ido a nenhum lugar, pois uma caminhada sem rumo por Paris nos conduz a algum tipo de descoberta.

No dia 28 acordei cedo para renovar minha carteira nacional de habilitação: nome pomposo para uma simples carteira de motorista. Você não andou por Santo Amaro, nem por bairros pobres e favelas, só conheceu uma São Paulo que é promessa de uma cidade civilizada.

Cheguei ao Poupatempo de Santo Amaro por volta das oito da manhã e, quando vi a multidão séria e sonolenta, quase desisti de renovar minha carteira. Mas seria uma viagem desperdiçada, por isso decidi entrar na fila. Ir ao Poupatempo entre o Natal e o Ano-Novo é um desafio à paciência. Mesmo assim, é um espaço democrático, quase toda a pirâmide social paulistana está ali. Claro que não havia membros ilustres dos Três Poderes republicanos: nossas castas superiores, que vivem nas alturas, bem longe das adversidades do cotidiano.

174

Você viajou para a França antes da discussão áspera entre o Conselho Nacional de Justiça e o Poder Judiciário. Seria difícil explicar a uma francesa o significado dessa contenda, mas posso lhe adiantar que uma parte da cúpula do nosso Judiciário não aceita qualquer tipo de crítica. Alguns togados que interpretam as leis julgam-se acima da Lei. Mas se eles e certos políticos soubessem o que eu ouvi durante as nove horas de espera... Sim, nove horas para renovar uma maldita carteira de motorista. Só isso dá uma ideia de como sua visão do Brasil é um pouco fantasiosa, de como sua esperança é questionável.

Curiosamente, o assunto principal no Poupatempo era o Poder Judiciário. As palavras ofensivas dirigidas a esse Poder fariam corar qualquer magistrado francês. Palavras de brasileiros humildes e de classe média. Nesse desabafo coletivo, nenhum dos poderes foi poupado, tamanha é a frustração das pessoas. As vozes indignadas na sala de espera não cessaram na plataforma da estação de Santo Amaro. Falavam tão alto que não seria absurdo ouvi-los em Paris. Eu, que prefiro ouvir a falar, acabei dizendo alguma coisa. Enquanto esperava o trem, dei uma olhada na paisagem. Vi um braço da represa de Guarapiranga que deságua no rio Pinheiros. À minha esquerda, favelas entre muralhas de prédios. Uma leve ondulação na água me fez sonhar com peixes prateados, mas eram garrafas de plástico que flutuavam nas margens do Pinheiros. Dezenas, talvez centenas de garrafas e outros dejetos brilhavam na superfície do rio agonizante.

É verdade que o consumo dos brasileiros aumentou. O lixo acumulado nos rios e nas ruas é testemunha disso. Você bem que notou essa euforia econômica, uma euforia que esconde problemas antigos. Milhões de pobres tornaram-se consumistas, mas não cidadãos. Uma sociedade de consumo, sem cidadania. Será esse o triste destino da maioria dos brasileiros?

Você vê um futuro promissor para o meu país. Eu vivo no presente, onde vejo uma aberrante desigualdade social, promíscuas transações e, o que é pior, impunidade. Agora mesmo um senador ficha-suja foi reempossado.

Chère Françoise, os Três Poderes não bastam para consolidar uma democracia. E o progresso, querida amiga — esse progresso que é sinônimo de consumo —, na maioria das vezes não passa de um conto de fadas. Apesar de tudo, sua esperança enorme me dá um pouco de ânimo... Agora vou aguar minha goiabeira, que parece murcha. Mande notícias do inverno parisiense.

MORAR, NÃO ILHAR E PRENDER

MORAR É MUITO MAIS QUE SE ABRIGAR ou viver sob um teto. O abrigo, o refúgio, a toca e o subsolo são arquiteturas destinadas a certos animais, ou a seres humanos em tempo de guerra.

Milhões de pessoas parecem repetir a triste sina de uma personagem kafkiana, que constrói túneis e passagens debaixo da terra e sobrevive acuado com temor e fome, sempre ameaçado. Esse personagem, um homem-bicho, ou um ser humano grotesco, está à espera de algo terrível, uma catástrofe ou invasão, algo que não sabemos precisar. Ironicamente, o nome desse relato de Kafka é *A construção*.

Sobre a terra, na superfície do imenso território do Brasil, dezenas de milhões de brasileiros sobrevivem em favelas. Grande paradoxo de um país com dimensão continental: aos pobres e marginalizados não sobra espaço para morar. Só na Grande São Paulo, mais de 1 milhão de pessoas moram em casas pequenas, ou barracos amontoados em lugares com infraestrutura urbana precária. Algo semelhante ocorre em outras grandes capitais: Manaus, Belém, Rio, Belo Horizonte, Recife, Salvador, Porto Alegre...

Uma terrível ironia da história, da nossa história recente: menos de dois anos depois do golpe militar, o então presidente Humberto de Alencar Castelo Branco fez uma visita a Manaus, onde inaugurou um conjunto de casas populares financiadas pelo BNH. O carrancudo marechal entrou numa das casas e, quando saiu, sufocado pelo calor e decepcionado com a visita, declarou à imprensa que aquelas casinhas não eram propícias para seres humanos.

Pouca coisa mudou nos projetos de habitação social depois

177

da redemocratização. Recentemente, construíram-se casas populares em Parintins — no Médio Amazonas —, numa área desmatada, antes ocupada por castanheiras seculares.

Transformar a floresta equatorial em deserto ou pasto já é uma burrice e uma ganância sem tamanho. Construir casas nesse deserto é uma insanidade dos construtores e um martírio para os moradores. Mas não é apenas na Amazônia que isso acontece. Já vi conjuntos habitacionais construídos em áreas devastadas na periferia de cidades do Paraná e de São Paulo, e também na região do cerrado, próxima a Brasília, a capital desfigurada, cercada por favelas.

O modelo Cingapura — uma favela vertical — mostra a falência de certo tipo de projeto de habitação social, que ainda é predominante. Revela também que a grandeza e a riqueza do Brasil não se traduzem em moradias dignas nem em qualidade de vida para uma parte expressiva de sua população.

"Construir, não como ilhar e prender", diz um verso do poeta João Cabral de Melo Neto. A sociedade e o Estado brasileiro podem e devem reparar essa injustiça histórica e dar a milhões de brasileiros uma moradia humana, e não abrigo ou teto precário. Porque morar é muito mais do que sobreviver em estado precário e provisório.

ADEUS AOS CORAÇÕES QUE AGUENTARAM O TRANCO

"A PARASITA AZUL" E
UM PROFESSOR CASSADO

Para Oscar Pilagallo e Josélia Aguiar

PARA VÁRIOS DOS ESCRITORES, as origens de suas narrativas estão na infância e juventude, cujo mundo é uma promessa de um futuro livro. A memória incerta e nebulosa do passado acende o fogo de uma ficção no tempo presente.

Cada escritor elege seu paraíso. E a infância, um paraíso perdido para sempre, pode ser reinventada pela literatura e a arte. Mas há também vestígios do inferno no passado, e isso também interessa ao escritor. Traumas, decepções, desilusões e conflitos alimentam trançados de eventos, tramas sutis ou escabrosas, veladas ou escancaradas. Cenas e conversas que presenciamos — ou que foram narradas por amigos e parentes — permanecem na nossa memória com a força de algo verdadeiro, que nos toca e inquieta. A infância, com seus sonhos e pesadelos, é prato cheio para a psicanálise, mas também para a literatura. No entanto, para quem almeja ser um escritor, há algo mais: a leitura.

Alguns jovens tiveram a sorte de conviver com um bom professor de literatura; outros, que estudaram em escolas precárias, conheceram um leitor em sua casa: um desses leitores que nos oferecem um livro decisivo, capaz de mudar nossa vida. E há ainda casos do acaso: você entra numa biblioteca da província ou da metrópole e se depara com um livro desconhecido, que pede para ser lido. O acaso, que é um motivo tão recorrente na literatura, pode formar um leitor.

Dois acasos foram decisivos na minha juventude: o primeiro me conduziu à obra de Machado de Assis; o segundo, a uma biblioteca vasta e sombria, escondida numa sala subterrânea.

Na tarde de um sábado de 1965, um homem alto e esquálido entrou no pátio de minha casa manauara e bateu palmas. Carregava uma maleta e parecia prostrado pelo calor; quando olhei o rosto dele, pensei que chorava aos prantos, mas foi uma falsa impressão: os olhos estavam encharcados de suor. Abriu a maleta e mostrou à minha mãe as obras completas do Bruxo do Cosme Velho. Surpreso e aliviado, o homem foi embora com a mala vazia. Era um vendedor de enciclopédias e livros de literatura, um humilde mercador de palavras sob o sol abrasador da cidade equatorial. Ao acaso, escolhi um dos livros de capa azul-turquesa e dei de cara com um título enigmático e atraente: *Histórias da meia-noite*. Não menos misterioso e sedutor foi o primeiro conto que li do grande escritor: "A parasita azul". Gostei do enredo, pois aos treze anos de idade eu não podia entender as filigranas do jogo social e simbólico, movido pela terrível ironia machadiana. Li a narrativa como um leitor ingênuo, percebendo apenas o movimento da trama na superfície do texto, sem captar outras mensagens e alusões simbólicas e históricas. Mas, para um jovem, até mesmo a leitura superficial é importante, porque revela traços do estilo, da forma com que o autor organiza a narrativa e constrói personagens. E, quando isso agrada, a leitura flui e o leitor se interessa por outros livros do autor.

"A parasita azul" narra um dos tantos triângulos amorosos machadianos, mas a aparição da flor azul e seca desfaz o triângulo e traz novos elementos ao enredo, como as jogadas politiqueiras e uma conjunção surpreendente de lugares e sociedades díspares: Paris e o interior de Goiás. Ou seja, a capital do mundo em contraste com um grotão da periferia desta América. A meu ver, é um dos primeiros contos que tratam dos disparates da sociedade brasileira, embora seja eivado de imaginação romântica e traços romanescos, como a paixão do protagonista Camilo por uma princesa moscovita e outras peripécias parisienses. Em algum momento o narrador se refere ao sonho do rival de Camilo como um "melodrama fantástico", e isso, de algum modo, define o conto. Mas menciona também o "falar oblíquo e disfarçado", e isso define a genialidade de Machado.

Depois de devorar as páginas das *Histórias da meia-noite*, a leitura de Coelho Neto e José Américo de Almeida foi um exercício tedioso e, às vezes, uma flagelação da alma. Para um jovem, a leitura obrigatória de uma narrativa construída com uma linguagem extremamente rebuscada e cheia de adornos pode significar um rompimento radical com o prazer da leitura. E o prazer, que se irmana à curiosidade e ao conhecimento, é essencial para o leitor. Aliás, essencial para a vida.

Digo isso porque o segundo acaso, que me conduziu a uma biblioteca, começou com um desprazer: uma punição infligida por um professor de português no ginásio amazonense Pedro II. O castigo consistia em ler e fichar trechos d'*Os sertões*, de Euclides da Cunha. Diante de um texto tão complexo, recorri a um leitor bem mais velho do que eu, a fim de que me ajudasse a decifrar uma obra encharcada de história, geografia e também de humanidade trágica: a guerra fratricida no sertão da Bahia. Fui atrás de uma explicação e me deparei com uma grande biblioteca numa sala escavada. No porão sombrio do sobrado antigo e malconservado, apenas uma escrivaninha era aclarada por uma luz forte. Com uma lanterna, o professor focava as estantes de madeira, mostrando clássicos de várias épocas, inclusive edições raras, adquiridas em sebos do centro do Rio. Na catacumba de papel, vi romances e livros de poesia que desconhecia, e toda a coleção de literatura publicada pela antiga Livraria do Globo, de Porto Alegre. Lembro que lhe perguntei por que não iluminava o porão.

"Não tenho dinheiro", disse o professor. "Mal consigo comer e manter a casa."

Depois soube que ele fora cassado e banido da vida pública pelos militares, e vivia num ostracismo de dar dó. Na verdade, vivia numa prisão domiciliar, cuidando da mãe cega e quase centenária, ganhando uns tostões com aulas particulares.

Eu e um colega ginasiano passamos tardes inteiras assistindo às lições sobre a obra de Euclides. Descobrimos outro Brasil, tão diferente do Amazonas, e ao mesmo tempo profundamente ligado à região onde nasci e cresci, pois já na década de 1870 milhares de nordestinos haviam migrado para a Amazônia. Lembro com nitidez a voz rouca sentenciar que *Os sertões* era um grande compêndio sobre a sociedade brasileira, mas não um romance. Uma tosse de desesperado cortava-lhe a fala e ecoava na biblioteca. Mesmo assim, não tirava da boca o cigarro aceso, que piscava como um vaga-lume numa catacumba. Às vezes ele intuía um chamado de sua mãe, subia às pressas e só retornava meia hora depois. Nunca vi essa mulher. E ele nunca me convidou a entrar na sala da casa, ignorando minha curiosidade insaciável. Cheguei a pensar que essa mãe muito idosa era uma invenção para mitigar uma vida tão solitária.

Voltei várias vezes ao subsolo daquele sobrado para ler *Os sertões*, e saía de lá com livros que o professor me emprestava e depois comentava com paixão. E, três décadas depois, voltei para lá como um viajante imaginário, pois esse professor foi uma das fontes de um personagem de romance.

Hoje sei que o conto de Machado e o encontro com o mestre da província foram obras do acaso. Mas o acaso e o imprevisível não são igualmente importantes para a escrita e para o destino de um escritor?

UM JOVEM, O VELHO E UM LIVRO

Para Maria da Luz e João Jonas

ONTEM O VELHO MORREU. Dizem que ele passara dos noventa anos sem perder a noção do espaço e do tempo. Sempre usava um paletó branco e encardido, na lapela um broto de antúrio que, de longe, parecia um objeto vermelho cravado no lado esquerdo do peito. De perto, o broto invocava um membro diminuto e obsceno que irradiava comentários maldosos.

Sabíamos pouco de sua vida: era um professor aposentado, solteirão e invisível nas noites de Manaus. Aos sábados visitava filhos e netos de amigos, porque os amigos, mesmo, já repousavam no fundo do rio, como ele costumava dizer.

Fazia tempo que eu não o via, e não sei se ele teria reconhecido um dos meninos que o rodeavam para ouvir sua voz.

Eu o conheci em 1964, quando ele sentava num banco da praça Balbi, contava histórias, gracejava com as garças e trocava olhares com os jacaretingas no laguinho, inertes como troncos apodrecidos. Quantas histórias! Sobretudo trechos de uma ficção que ele recitava a conta-gotas. Lembro que no fim dessa récita minha infância dobrou a esquina e deu um salto de braços abertos no purgatório da vida e nas páginas de um grande livro.

Ontem era 30 de março de 1973. Eu morava em São Paulo e participava de uma festa maluca, em que o rock alternava com a bossa-nova e ninguém se entendia com ninguém porque não valia a pena falar. Melhor ouvir música e dançar, não para esquecer, e sim para expelir a tristeza e a revolta dos que tinham ido à missa do sétimo dia de Alex, vulgo Minhoca: um estudante do curso de geologia (USP), executado covardemente numa das celas sujas do subsolo da cidade.

Naquela noite a dança e os sons foram interrompidos por

uma chamada de muito longe, e a voz de minha tia informou, séria e sem tremor, que o Velho acabara de morrer. Disse assim mesmo: "O Velho da praça foi embora e vai ser enterrado amanhã". Desligou antes de mim, não por pressa ou descaso, mas por ter sido sempre concisa e exata quando a notícia era alarmante. Então saí da festa e dos anos 1970 e caminhei na madrugada quieta do bairro paulistano ainda sem prédios, andando de volta no tempo e no espaço, lembrando as palavras do Velho na praça e sua caminhada à livraria Acadêmica onde esperava os livros que iam chegar do sul.

O sul era o Rio, nossa ponte aérea afetiva e histórica, nosso destino sonhado na poltrona de algum *Constellation* da Panair ou *Super-G* da Real Aerovias.

No fim da manhã eu descia a escada do Ginásio Amazonense, enrolava a manga comprida da camisa suada, afrouxava a gravata e caminhava fardado e faminto na direção do banco sombreado por um flamboyant. Então o Velho falava de uma infância maior que o mundo porque não era uma infância qualquer, e sim uma das mais poderosas e belas ficções autobiográficas da nossa literatura. Recitava com a memória de ator de teatro: a primeira lembrança era um vaso de vidro, cheio de pitombas, e em seguida as caras e palavras insensatas, e assim o Velho ia desfiando cenas e seres em tempos e lugares entrelaçados. Isso me fascinava. Quantas vidas e dramas cabiam nas páginas memorizadas pelo Velho! Quanto sofrimento e humilhação! Quantas cenas de perplexidade, dor e brutalidade!

Tudo de cor e salteado, como se dizia.

Ainda se diz?

"A palavra foi feita para dizer."

As palavras de *Infância* diziam um mundo desconhecido que transitava de Alagoas a Pernambuco e chegava ao Amazonas por meio de uma voz áspera. Um mundo povoado por personagens inesquecíveis: padres, professores, advogados, senhores de engenho, mucamas, sinhás, pequenos comerciantes, primos, tios, pais, avós, irmãos, uma bela irmã natural, crianças. E uma criança. Um menino perplexo, tímido e tantas vezes humilhado.

Pequeno diante do mundo adverso, que aos poucos será nomeado por "sons estranhos, sílabas, palavras misteriosas". E também por adjetivos, o sal que dá relevo e profundidade à matéria e ao espírito. O ex-professor, agora ator, havia decorado quadros inteiros do livro: "D. Maria", "José da Luz", "Jerônimo Barreto", "Venta-Romba", "A criança infeliz". No entanto, o que mais me impressionou foi "O inferno".

"A senhora esteve lá?", pergunta o menino à mãe.

"Desprezou a interrogação inconveniente e prosseguiu com energia... Minha mãe estragara a narração com uma incongruência..."

Silêncio ou respostas arrevesadas, incompletas. O narrador adulto percebe que a explicação hesitante da mãe não passa de uma aporia. Mas há incongruência e dúvida em tudo, pois a memória não recupera o passado com exatidão: lembra e deslembra, diz e desdiz, afirma para negar ou contrariar. A memória é o lugar da hesitação e da ambiguidade: o móvel da imaginação. O movimento é sinuoso, construído por quadros que formam microcosmos, mas que se remetem a outros quadros e se relacionam com o todo. Uma técnica de montagem, arquitetura que lembra a de *Vidas secas*. Mas em *Infância* a vida se expande para fora e para dentro, como se fosse um mergulho nas brumas e na incerteza, no mundo hostil dos adultos, na escola, na casa, na fazenda, na cidade. Movimento de uma origem ágrafa à leitura e à escrita, que se tornam apuradas com o tempo e se constroem como visão crítica de si mesmo e dos outros.

Ter escutado essas histórias antes de ler o livro nesse mesmo ginásio me parecia um milagre. Até o dia — era meio-dia e nossas sombras pediam trégua — em que ele trouxe o livro e ofereceu-o ao grupo de ginasianos que iam lê-lo dois anos depois.

Quanto tempo, Velho. Você não foi meu professor, mas lançou ao ar palavras que nos atraíram para sempre. No centro da praça e na hora mais escaldante, você estava lá, suportando olhares e comentários: "Vai ver que está biruta ou senil, vai ver as duas coisas".

E você nem ligava para essas vozes.

"Querem saber mais do Graciliano? Leiam *Angústia*. Assim de memória só sei pedaços de *Infância*. De tanto ler, de tanto viver... Porque vim de lá, sou de lá. Fui aquele menino."

Pensava nisso naquela madrugada de 1973, caminhando na calçada do bairro silencioso até subir uma rua íngreme para depois descer na escuridão de breu e entrar na casinha verde onde morava.

Temia que fantasmas diabólicos me perseguissem: quem não via camburões e vultos armados naquelas noites de medo?

A música da festa se apagou, os pares dançantes sumiram, não lembro se fazia frio ou calor, mas não podia ser uma noite amena. Ainda fiquei espreitando o silêncio, à espera da manhã, a voz da minha tia ecoando no meio de imagens, o tempo galopando de 1964 até 1973 e as duas figuras misturando-se na minha memória: o jovem Alex tombado para sempre e o Velho no velório em Manaus.

Pensando e lembrando até o amanhecer, quando abri todas as janelas para clarear o fundo da sala. Só então sentei na soleira da porta e abri o livro roto do velho Graça.

Quem já não esteve no inferno?

FILHOS DA PÁTRIA

LEMBRO QUE NO PRIMEIRO ANO DA INVASÃO DO IRAQUE, um canal de TV transmitiu um programa em que um norte-americano, negro, de dedo em riste para a câmera, gritava que Bush havia lhe tirado seu bem mais precioso: o filho.

Ao ver essa cena, recordei um conto de William Faulkner: "Dois soldados".

É uma história triste e comovente, narrada por um menino de nove anos. Ele e Pete — seu irmão mais velho — moram com os pais em Frenchman's Bend, um povoado nos confins do sul dos Estados Unidos. Ambos trabalham com o pai na pequena lavoura da família. Durante a noite, os dois irmãos acompanham furtivamente o noticiário transmitido pelo rádio de um vizinho, o velho Killegrew. Pete ouve a notícia do bombardeio de Pearl Harbor pelo Exército japonês em dezembro de 1941. Por algum tempo, eles ouvem notícias da guerra, até que um dia Pete diz ao irmão:

"Tenho que ir."

"Ir para onde?", pergunta o menino.

"Para essa guerra", responde Pete.

"Antes de levarmos a lenha pra casa?"

"Ao diabo a lenha", diz Pete. "Não vou permitir que ninguém trate os Estados Unidos desse modo."

"Sim", diz o menino. "Com lenha ou sem lenha parece que temos de ir."

Em Memphis, Pete alista-se no Exército e em seguida viaja para a Ásia. Nesse relato de Faulkner, o que comove e faz pensar não é a decisão de Pete, cujo dever de defender a pátria é menos importante que a reação de seus familiares. Essa reação é o contrapeso ao arroubo patriótico de Pete. O caçula foge de casa, vai a pé para Jefferson, depois pega um ônibus até Memphis. O encontro dos irmãos — dois soldados — antes da partida sem volta de Pete é um dos momentos mais significativos do conto. Para o mais velho, o sentimento do dever e da honra prevalece sobre a separação da família. Para o caçula, o patriotismo é uma noção vaga, mas a batalha contra os japoneses lhe serve de pretexto para permanecer ao lado do irmão. Quando eles se separam em Memphis, o caçula regressa a Frenchman's Bend; ao chegar à sua casa ele percebe ou sente que nunca mais verá o irmão e chora. O desfecho do conto é o choro convulsivo da criança.

Mas há outra passagem relevante, que remete à cena a que assisti na TV sobre um americano que perdeu o filho na invasão do Iraque. É uma página que diz respeito à estupidez da guerra, de todas as guerras. Uma única vez, os pais de Pete tentam persuadi-lo a não ir lutar na Ásia.

"Ir para a guerra?", pergunta o pai. "Por quê? Acho que isso não serve para nada. Não tens idade para o recrutamento, e não estão invadindo o país."

Os pais de Pete mencionam um parente que participou na França da Primeira Guerra Mundial; o próprio pai alistou-se no Exército e passou nove meses em Memphis, à espera de uma convocação que, afinal, não aconteceu. Mas a mãe de Pete foi mais enfática, contrariando o senso comum do patriotismo norte-americano como algo sagrado. A mãe diz, chorando:

"Se pudesse, eu mesma iria no lugar dele. Não quero salvar o país."

Há várias formas de patriotismo. O tipo mais vulgar é fanático, ufanista, não raramente irmanado a uma religião, e cego e surdo à dor dos outros. Mas há também um patriotismo mais sofisticado e profundo, muito menos autorreferente, capaz de dialogar com outras culturas e superar limites estreitos de lealdade e honra. Em todo caso, nenhum patriotismo deveria ser mais forte do que o amor incondicional por um filho.

189

ADEUS AOS CORAÇÕES
QUE AGUENTARAM O TRANCO

COM A NOVA ORTOGRAFIA DA LÍNGUA PORTUGUESA, dei um triste adeus aos tremas e a algumas palavras que levavam acento. Vou sentir falta da velha ortografia, uma falta nada nostálgica, mas visual.

O voo, sem o circunflexo, parece que ficou mais raso e pesado; lembra o voo de um inhambu, essa ave grande e pesada e desajeitada que, para sair do chão, bate asas com estardalhaço, como se fosse uma bandeira ao vento.

E o que dizer da nova "idéia"? Sem o acento agudo, tornou-se grave, fechada e sugere uma pronúncia mais lusitana. Lamento a nudez de ideia, como lamento também a nudez da palavra jiboia, que perdeu o acento espetado no centro do corpo.

E os tremas, esses dois pontinhos suspensos, olhinhos fixos que davam tanta graça e elegância à letra *u*?

Tantos corações que "agüentaram" o tranco por toda uma vida agora vão ter que suportar emoções, dissabores e adversidades sem o trema. Eu gostava desses pontinhos gêmeos que davam um encanto visual à palavra "tranqüilo". Gostava também das mãos de minha avó, mãos que passavam unguento nas costas dos netos durante as noites úmidas de Manaus. Com ou sem trema, o unguento ainda existe, mas as mãos da avó sumiram e apenas emitem sinais na minha memória. Espero que aquelas noites não sejam molhadas de tanta *humidade*, tomara que as noites e os dias em tempo chuvoso permaneçam úmidos, livres de um *h* intruso, desnecessário.

Sempre antipatizei com o hífen, esse traço minúsculo que separa duas palavras. Nem todos os hífens foram suprimidos, e a nova regra para o seu uso ainda é nebulosa, como afirmou Evanildo Bechara, um dos nossos lexicógrafos mais doutos. Sei que "segundo-tenente" leva hífen, mas como nomear a condição degradante em que vivem milhões de brasileiros: sub-humana ou subhumana?

Sei também que "ultra-rápido" será grafado "ultrarrápido". Essa duplicação do *r* ameaça a prevalência das vogais e lembra uma afirmação de Balzac sobre a língua polonesa: as consoantes odeiam as vogais.

Machado de Assis já não escrevia como Eça de Queirós; aliás, já nem escrevia como os seus contemporâneos do Brasil. O texto do escritor argentino Roberto Arlt não é o castelhano de seus contemporâneos espanhóis. O ritmo, a sonoridade e a sintaxe da prosa de Arlt são outros. E já nem falo do vocabulário do subúrbio de Buenos Aires. Não será necessário mencionar Guimarães Rosa, que inventou uma linguagem quase intraduzível para o mundo.

Para desespero dos editores e revisores, daqui a dez ou quinze anos haverá uma nova reforma ortográfica. Tomara que não padronizem a língua portuguesa, pois a uniformidade seria o fim da picada. O que enriquece nossa língua é justamente o conjunto de diferenças fonéticas e sintáticas da língua portuguesa falada e escrita em vários continentes. A riqueza de uma língua herdada pelos colonizadores reside também na sua inovação e maleabilidade.

As línguas portuguesa e espanhola desta América são línguas transplantadas. Nasceram da mesma semente, mas cresceram como arbustos de outro clima e em situações históricas específicas; de algum modo, esses arbustos são estranhos às sementes de origem.

A jurisprudência e a burocracia podem usar uma ortografia padronizada, mas não os escritores, que são parentes próximos de Caliban, embora devam muito a Próspero. O narrador-onça do relato "Meu tio o Iauaretê" que o diga. Nesse conto de Guimarães Rosa, a prosódia, a sintaxe e o léxico não obedecem a convenções ou normas rígidas. Rosa parece dizer que somos volúveis e inventivos na fala e na escrita.

A reforma ortográfica de 2020 ou 2022 pode suprimir todos os acentos, todos os hífens, pode excluir até o ç, com prejuízo gritante à palavra "caça". Mas deixem, por favor, o nosso gerúndio. Não estou a pedir muito, pá. Estou pedindo apenas isso: nosso pendor ao movimento e à ação, que nem sempre seguem para a frente. Mas esta não é uma crônica sobre caranguejos.

EUCLIDES DA CUNHA: UM ILUMINADO

Para Renan de Freitas Pinto

UM DOS MITOS QUE ALGUNS ESCRITORES INVENTAM para si mesmos é o do leitor precoce. Antes mesmo de bater uma pelada ou de brincar de cabra-cega, certas crianças — meninos e meninas letrados — já leram trechos de Proust ou de uma tragédia grega. Quanta precocidade! Melhor viver intensamente a infância e a juventude, e ler os clássicos no momento adequado.

Não fui um leitor precoce. Mas, por obrigação, tive de ler capítulos d'*Os sertões* antes dos quinze anos de idade. Foi literalmente um castigo, um ato de punição disciplinar de um professor de literatura, admirador do Divino Marquês. Ainda bem que no sorteio dos capítulos que seriam lidos e fichados tirei a última parte do livro, cuja leitura me fascinou. Nessas páginas d'*Os sertões* há grandes personagens de uma batalha extremamente desigual. O que aconteceu em Canudos foi uma guerra de extermínio. Hoje, seria considerado um verdadeiro "genocídio", como assinalou Walnice Nogueira Galvão num artigo publicado no *Estado de S. Paulo* (Cultura, 26/07/2009).

Euclides, republicano convicto, percebeu uma das faces mais bárbaras e atrozes da República, que, no entanto, usava a máscara da civilização. Positivista, crente no progresso, na justiça e nos avanços da ciência, o escritor viu nos seringais do Purus "a mais criminosa organização do trabalho que engenhou o mais desaçamado egoísmo". Nesse mesmo artigo ("Terra sem história"), ressaltou a "urgência de medidas que salvem a sociedade obscura e abandonada: uma lei do trabalho que nobilite o esforço do homem; uma justiça austera que lhe cerceie os desmandos..."

Um século depois, tempo suficiente para que a República salvasse a sociedade obscura e abandonada, não sei o que Euclides diria sobre a prostituição infantil, milhões de trabalhadores sem carteira assinada, trabalho escravo, o massacre do Carandiru, o assassinato de Chico Mendes e outros líderes de seringueiros, e a impunidade de tantos políticos indecorosos.

Sem dúvida Euclides foi um gênio verbal. Para o crítico Antonio Candido, a força expressiva da linguagem, aliada a uma intuição poderosa, fazem do escritor um iluminado, muito mais que um sociólogo. Augusto Meyer notou que Euclides "dramatiza tudo, a tudo consegue transmitir um frêmito de vida e um sabor patético". E Gilberto Freyre apontou no estilo euclidiano a "obsessão quase bizantina do escultural [...] e da tendência ao monumentalismo que quase nunca o abandona". De fato, algumas das passagens mais notáveis d'*Os sertões* evocam combatentes e animais imobilizados em pose patética depois da morte, como se fossem estátuas sinistras no palco macabro da batalha.

Não menos comovente é o texto "Judas-Asvero", do livro *À margem da História*, que reúne seus ensaios amazônicos. Nesse belo relato, a desforra dos seringueiros do Alto Purus — uma vingança contra Deus e o mundo — é materializada numa escultura moldada com gestos inventivos por mãos de artistas anônimos. "Judas-Asvero" é um ponto alto da prosa euclidiana, pois nele estão ausentes o determinismo climático e as teorias raciais, dois anacronismos compreensíveis na obra de um escritor brasileiro do século XIX.

Euclides relutou em publicar "Judas-Asvero" por considerá-lo pitoresco demais. Coelho Neto, que convenceu o amigo a mudar de ideia, teria dito: "Isto é uma das melhores coisas que você escreveu".

Infelizmente a linha reta da engenharia e do positivismo, e a crença cega no progresso e na "civilização" turvaram um pouco a visão e a análise histórico-social de Euclides sobre o Brasil. Uma dose de descrença e desconfiança faz bem quando se luta por uma "justiça austera" e por uma sociedade mais justa e civilizada. As tenebrosas transações (como diz uma canção de Chico Buarque) seguem seu curso impunemente, escudadas pela imunidade de tantos representantes dos poderes da República.

Joseph Conrad, contemporâneo de Euclides, foi mais reticente quanto às grandes conquistas da ciência; foi também menos eufórico com a ideia de civilização, e pouco entusiasmado com a perspectiva de uma sociedade mais justa. Ele, que escreveu uma das obras mais críticas aos horrores do colonialismo europeu na África, sabia que a nobreza da alma humana era uma quimera, que os interesses econômicos e políticos enterram as boas intenções, e que o coração é, muitas vezes, envolto por trevas.

Numa de suas *Notas sobre vida e literatura*, Conrad escreveu: "A vida e a arte seguem trilhas obscuras e não vão enveredar pela região luminosa da ciência".

LEITORES DE PORTO ALEGRE
E UMA BAILARINA NO AR

Para Sergius Gonzaga

MINHA RECENTE TEMPORADA GAÚCHA começou em São Paulo, na Casa de Francisca, onde Arrigo Barnabé interpretou várias canções de Lupicínio Rodrigues.

Com sua voz de crocodilo, rouca e ironicamente romântica, Arrigo interpretou canções de amor e angústia, canções de dor com humor e sarcasmo do grande compositor gaúcho.

Caixa de ódio, o nome desse show imperdível, diz muito sobre Lupicínio e suas musas fisgadas em dancings e bailes de outrora em Porto Alegre, uma cidade que me atrai cada vez mais, apesar do frio, do chuvisco incessante, do vento gelado que alfineta até os ossos e nos dá uma sensação de que ali o inverno é uma estação bem definida, diferente do inverno paulistano: temperamental, volúvel, poluído.

As águas do Guaíba, cobertas pela névoa; mas em algum momento vi manchas marrons dos rios que formam o delta. E ilhas ao longe. Depois andei por ruas mal iluminadas do centro, quase desertas na noite invernal, e me lembrei de um romance fino e perturbador: *Os ratos*. Até os pipoqueiros e estivadores ouviram falar da obra de Dyonélio Machado; a moça que me vendeu um guarda-chuva já havia lido também *O louco do Cati*, e quando passei em frente ao edifício da antiga Globo, me lembrei dos livros publicados por essa editora: clássicos estrangeiros traduzidos por grandes poetas, romancistas e críticos literários.

Esses livros de capa amarela atravessavam o Brasil e chegavam às livrarias da rua Henrique Martins, no centro de Manaus; depois entravam no quarto que eu dividia com um dos meus tios. "Os livros que vêm do Sul", dizia meu tio, folheando e farejando o objeto cultuado, que à noite ele lia no quintal, deitado numa rede iluminada por um candeeiro enganchado no galho de um jambeiro.

Os livros que vêm do Sul: nunca esqueci essa frase nem a visão do leitor ao relento.

Em Porto Alegre me encontrei com muitos jovens interessados por literatura. Nada de autoajuda, nem de cabanas, crepúsculos e congêneres. Dizem que esse interesse é por causa do inverno, da reclusão constrangida pelo frio prolongado. Será?

Há bons leitores em todos os climas e latitudes, a razão mais plausível do interesse pela leitura é a qualidade do ensino no Rio Grande do Sul.

Disse isso ao meu amigo gaúcho Serguei Barzican, que me convidou para assistir a um encontro literário em que ele seria o mediador de um debate sobre a tradução de *Finnegans Wake*, a obra de James Joyce que foi lida na íntegra por um punhado de tradutores e críticos.

"Uma noite de domingo em homenagem à literatura de vanguarda", disse Serguei, conduzindo o carro por bairros que eu desconhecia.

Numa rua escura paramos diante de um pequeno galpão iluminado: uma fábrica antiga que se tornara um lugar de encontros literários.

Foi uma noite inesquecível para mim, e tensa para Serguei, porque não é mole mediar uma mesa sobre o *Finnegans Wake*.

Ouvi os comentários dos dois debatedores sobre a obra de Joyce, depois ouvi com prazer trechos do *Finnegans Wake*, extasiado com a melodia do pesadelo noturno e cíclico, com a loucura inventiva do irlandês genial. Quando acordei, quer dizer, quando abri os olhos, vi um corpo navegando no espaço, não era uma visão alucinante, e sim uma bailarina, presa na cintura por um cabo enganchado numa viga da estrutura metálica. Nesse momento a leitura foi interrompida porque os debatedores discordavam sobre uma ou duas palavras da tradução. Um deles dizia que o mais correto era: "Finda domingo". O outro afirmava que o neologismo "Segundalba" era mais apropriado, mais fiel ao original. De qualquer modo, entendi que o domingo declinava e que a segunda-feira despontava no pesadelo de uma personagem ou do leitor.

Os dois gaúchos discutiam com fervor e, quando o fervor tomou ares de uma exaltação ríspida, o pobre Serguei Barzican entendeu que o seu papel de mediador era inútil. Serguei olhava para o céu e via o corpo da bailarina morena que ia e vinha com movimentos de artista circense, o rosto da moça parecia alheio às duas vozes que agora duelavam em inglês, um inglês áspero, com algo do sotaque gaúcho. Mas era o rosto silencioso da bailarina que falava mais alto, o corpo belíssimo flutuando livremente no espaço fora do tempo. E que braços e pernas voadores, tchê! Quanto equilíbrio e harmonia e perfeição!

Aos poucos a plateia foi se esquecendo de "Finda domingo" e "Segundalba", eu mesmo abstraí essas palavras beligerantes e me entreguei à magia corporal da bailarina no ar, agradecendo a James Joyce e a seus dois leitores por essa visão sublime na noite gelada de um domingo gaúcho que chegava ao fim.

NOTÍCIAS SOBRE O FIM DO LIVRO

I

Sobre o fim do livro e da era Gutenberg, tenho duas breves histórias para contar.

A primeira é um sonho, ou um pesadelo: um chip armazena a biblioteca do universo, uma biblioteca cujo acervo seria renovado por um piscar de olhos, um esgar ou grunhido, quem sabe um soluço. Esse chip seria implantado no ombro, na perna ou no órgão mais vital do corpo: o coração do leitor. Bilhões de palavras no coração: há algo mais poético? Mais sublime?

Um chip implantado no cérebro seria robótico demais, além de ser uma cena comum de ficção científica, algo bem menos estranho que uma serpente de fogo numa montanha de gelo.

Com esse chip cravado no corpo, o leitor não teria necessidade de olhar para uma tela: a página escrita apareceria no ar, como se fosse uma holografia. Textos soltos no espaço, sem qualquer suporte. A mais fina e diminuta tela será um objeto anacrônico.

Meu sonho (ou pesadelo) parou por aí.

II

A outra história é coisa do passado.

No amanhecer de um dia de 1979, conheci um piauiense que migrara para São Paulo na década de 1960. Ele era dono de uma pequena pastelaria na antiga rodoviária, onde eu comia pastel às cinco da manhã, antes de pegar o ônibus para Taubaté.

Donato me contou passagens de sua vida em um povoado miserável, próximo a Santo Antônio dos Milagres. Aprendeu a ler com uma velha, que era uma vizinha da tapera onde ele morava. Lia bula de medicamentos, lia jornais velhíssimos que embrulhavam latas de leite enviadas pelo governo, lia as palavras impressas nessas latas.

"E um dia eu li um livro", disse Donato, emocionado. "Um livro que um vendedor de bugigangas deixou para mim. Lia devagar, duas, três vezes cada frase, cada parágrafo. De vez em quando, parava de ler para pensar. Li tantas vezes meu único livro que decorei os trechos mais bonitos. Minha vida não valia nada, nem uma casca de cebola. Eu era um jovem que não tinha onde cair morto, como se diz. Aí consegui um emprego em Santo Antônio. Trabalhei quatro anos no balcão de uma mercearia, economizei uns tostões e vim para São Paulo. Quando ganhei um dinheirinho, abri essa pastelaria. E um dia viajei para o Rio. Queria conhecer quem tinha publicado aquele livro, queria ver o edifício da editora, as pessoas que trabalhavam com livros. Não tive coragem de entrar, fiquei espiando na calçada, olhando a placa com o nome da editora. Aí me deu vontade de fazer uma coisa, e fiz mesmo. Abracei as paredes, beijei as paredes da editora e beijei o livro que mudou minha vida."

NO PRIMEIRO DIA DO ANO

São Paulo parecia uma metrópole-fantasma. No fim da tarde do dia 2 de janeiro telefonei para alguns amigos: queria saber o que eles tinham feito no primeiro dia de 2010. Para minha surpresa, alguns trabalharam. Um engenheiro me disse, sem ironia, que aproveitara o silêncio para fazer o cálculo da estrutura de um galpão.

"O maldito arquiteto devia ter projetado um simples galpão e desenhou um disco voador", ele disse. "Os arquitetos não aprendem mesmo."

O engenheiro passou o dia calculando estruturas metálicas, mas Eliete, uma amiga cantora, passou a manhã deitada na rede, ouvindo bossa-nova e Pixinguinha; durante a tarde leu Nietzsche e Heráclito, e sonhou com um rio que não podia ser o Tietê nem o Pinheiros, que, na cidade de São Paulo, são caricaturas feias de um rio.

"Quando acordei, levei um susto", ela disse. "Amanhecia. Não senti a noite do primeiro dia do ano."

"E o rio?", perguntei.

"Era imenso como o mar, um rio sem margens, perigosíssimo. Acho que um rio assim só existe nos sonhos."

Nem todos ouvem música, leem e sonham. Um amigo fotógrafo captou imagens do primeiro dia do ano em São Paulo.

"Fiz um ensaio fotográfico sobre o lixo", ele disse. "E também sobre os mendigos e catadores de papel. Passei o dia fotografando a cidade de ressaca. Fiz mais de trezentas fotos no centro e em alguns bairros. O título do ensaio é 'Manhã depois da festa'."

Já o meu amigo Guerra — um sobrenome que contraria o caráter pacifista da pessoa — passou o dia enviando mensagens contra os fabricantes de todo tipo de material bélico.

201

Guerra talvez seja o mais ingênuo dos pacifistas, e isso não é pouco. Não sabe ou não quer saber que as indústrias de armamentos são as mais poderosas do planeta. O lema de Guerra é: "Por um desarmamento universal".

Guerra é um esperançoso. E eu admiro pessoas esperançosas.

Não é o caso de Vanda, que é mais cética e pessimista do que um eleitor latino-americano. Vanda passou o primeiro dia do ano vendo filmes de guerra.

"É incrível como *A batalha de Argel* é atual", ela disse, com uma voz seca. Ou seria uma voz de dry martíni? Isso porque, se bem a conheço, Vanda adora drinques. Ela viu em casa o filme de Gillo Pontecorvo, e depois viu um documentário sobre as bombas atômicas que destruíram Hiroshima e Nagasaki.

Vanda não conhece Guerra. Melhor assim: eu perderia um desses amigos se eles se encontrassem. Talvez perdesse ambos: o esperançoso e a cética.

Tomei coragem e telefonei para a minha dentista. Não a encontrei em casa, e sim no consultório.

"Me liga daqui a meia hora", ela disse, pensando que eu estava com dor de dente. Liguei e conversei brevemente com uma dentista exausta: quatro pacientes estavam desesperados de tanta dor. O primeiro tratamento de canal havia começado às dez da manhã do dia anterior.

"Foi o Réveillon dos canais inflamados", ela disse. "Ontem trabalhei o dia todo. Você também está sentindo dor?"

"Não", respondi. "Só queria saber o que você tinha feito no primeiro dia do ano."

"Então já sabe. Feliz 2010."

Desligou de um modo precipitado. Imagino que tenha voltado a tratar o penúltimo canal da tarde.

Mais sereno, talvez mais melancólico, foi o dia de um amigo artista.

"Ontem acordei às sete e comecei a desenhar o rosto de minha mãe", ele disse. "Senti saudades dela e fiz várias aquarelas de um rosto que não vejo há mais de quatro anos. Desenhei de memória, sem olhar para fotografias."

Lembrei de minha mãe: foi o primeiro Ano-Novo em que acordei órfão. Sem talento para a arte, não desenhei nada, e por algum tempo recordei um rosto que não vejo há bastante tempo.

Telefonei para Virginia, com quem não falava havia meses.

"Você me ligou no dia certo", ela disse, com uma voz animada.

"Por quê?"

"Ontem encontrei por acaso meu primeiro namorado. Ele estava casado com uma mulher... Bom, não interessa. O fato é que nós dois estávamos casados e nos separamos no ano retrasado. Adivinha..."

"Nem é preciso", eu disse. "Imagino que ontem vocês nem saíram de casa."

"Não saímos da cama. Ainda estamos deitados."

Virginia foi a única que me fez uma pergunta indiscreta:

"E você, o que fez hoje?"

"Passei o dia telefonando aos amigos para saber o que eles tinham feito ontem."

"Por que você fez isso?"

"Porque precisava de assunto para escrever uma crônica."

O PAI E UM VIOLINISTA

Para Susana Scramim

I

No romance *Paradiso*, o grande escritor cubano José Lezama Lima diz que um ser humano só começa a envelhecer depois da morte do pai. Freud atribui a essa morte um dos grandes traumas de um filho.

Quem já perdeu um pai sabe disso e sente essa ausência com pesar. Aos poucos surgem lembranças de imagens e vozes que a língua portuguesa resume numa palavra intraduzível: saudade.

A amizade e a cumplicidade prevalecem sobre as discussões, discórdias e outras asperezas de uma relação às vezes complicada, mas sempre profunda. Às vezes você lamenta não ter conversado mais com o seu pai, não ter convivido mais tempo com ele. E essas lacunas jamais serão preenchidas, nem mesmo no divã das demoradas sessões de análise. No outro lado do espelho não há mais nada, apenas silêncio e lembranças.

II

Mas há também pais terríveis, opressores e tirânicos na vida e na literatura. *Carta ao pai*, de Franz Kafka, é um dos exemplos notáveis do pai castrador, que interfere nas relações amorosas e na profissão do filho. Um pai que não se conforma com um grão de felicidade do jovem Franz. A *Carta* é o inventário de uma vida infernal. É difícil saber até que ponto o pai de Kafka na *Carta* é totalmente verdadeiro. Pode ser uma construção ficcional ou um pai figurado, mais ou menos próximo do verdadeiro. Mas isso atenua o sofrimento do narrador? O leitor acredita na figuração desse pai. Em cada página, o que prevalece é uma alternância de sofrimento e humilhação, imposta por um homem prepotente e autoritário.

III

Na minha juventude conheci alguns pais demoníacos, que oprimiam seus filhos, pensando que os educavam. Quando eu terminava o curso de arquitetura e urbanismo na USP, o pai de um amigo me chamou para uma conversa formal. Perguntei qual era o assunto.

"Meu filho", respondeu.

Ele queria que eu convencesse o filho a abandonar a música para se tornar um grande arquiteto.

Argumentei que o meu amigo nunca ia ser arquiteto, nem talentoso nem medíocre. Ele tinha talento para música, ia abandonar a faculdade para ser violinista. Acrescentei que o meu caso era semelhante: eu estudava arquitetura, já trabalhava no escritório de um arquiteto, mas esta não seria minha profissão.

"Dois idiotas, você e meu filho", disse o pai. "Vão morrer de fome."

Um artista da fome é o título de outro grande relato de Kafka. Ainda vejo aquele pai enfurecido e atormentado que tentou por todos os meios sufocar o desejo e o talento de seu filho.

Lembro que meu amigo rompeu com o seu pai e viajou para a Alemanha, onde tentou aprofundar seus estudos em música instrumental. Naquela época eu morava na França, e, quando soube que ele estava doente, fui visitá-lo. Para sobreviver, havia trabalhado com instalação hidráulica, pois era cobra nessa disciplina ministrada por um professor da Escola Politécnica que apavorava os estudantes da FAU.

"Ganho dinheiro como operário", ele me disse. "Mas tive que parar de trabalhar. Não tenho mais força..."

"E o teu pai?", perguntei.

"Não fala comigo há quatro anos."

Estava fraco e deprimido. Parecia a pessoa mais triste do mundo. Ele me deu a impressão de que não era um expatriado, e sim um exilado, um ser banido de seu país e de sua família. Falou no desejo de reconciliar-se com o pai e perguntou se eu poderia ajudá-lo.

Telefonei para São Paulo, ouvi um sermão e desliguei.

Meu amigo morreu ainda jovem, sem realizar o desejo de reconciliação com um homem que podia ser tudo, menos generoso.

IV

A vida é sempre mais complexa e imprevisível do que a literatura. O encontro aconteceu numa praça de São Paulo. Por ironia, eu passeava com o meu filho, que se afastou de mim e parou diante de um velho sentado num banco de madeira. Sozinho, entre uma estátua e um cachorro. Eu me aproximei e reconheci o pai do meu amigo. Já não era — nem podia ser — o homem intransigente e ríspido que eu havia conhecido. Ele pôs a mão na cabeça da criança que o observava e demorou um ou dois minutos para reconhecer o pai do menino. Eu me lembrei da nossa conversa em algum dia de 1976. Quase ao mesmo tempo me lembrei do meu amigo, o violinista. Não sei o que aquele homem velho e abatido pensou enquanto me olhava. Nem soube decifrar no olhar o sentimento dele. Parecia um estranho.

De fato, éramos estranhos.

Fui embora de mãos dadas com a criança, pensando como a incompreensão ou a loucura de um pai pode abismar o destino de um filho.

Nunca mais vi aquele pai.

PASSAGEM PELO PIEMONTE

TURIM É UMA JOIA não só por causa da paisagem e da história do Piemonte. Além de estar situada num dos mais belos lugares da Europa, é uma cidade marcada pela presença de grandes poetas e narradores.

Cesare Pavese nasceu ali perto, em Santo Stefanno Belbo, "*nelle Langhe*", onde o vinho Barbaresco e a paisagem de colinas embriagam o corpo e os olhos.

Pavese, que cantou Turim em *Lavorare stanca* [Trabalhar cansa], criou uma teoria poética inspirada na paisagem, que é indissociável da história, como revelam os poemas da série *Paisagem*.

Há algo de mágico nessa cidade que foi a primeira capital da Itália unificada e sede do primeiro parlamento. Não me refiro apenas ao saboroso café e aos Cafés (bares), ao Museu Egípcio, ao Porta Palazzo — um dos maiores mercados ao ar livre da Europa —, à igreja Gran Madre, à Piazza Castello, ao Palazzo Madama e ao Cinema Romano, próximo da casa onde Nietzsche morou, escreveu *Ecce homo* e endoidou.

Refiro-me também às numerosas arcadas que inspiraram a pintura metafísica do surrealista De Chirico; e também ao livro *Eremita em Paris*, de Italo Calvino, nascido em Cuba, mas filho da Liguria.

Ao contrário de muitos escritores, Calvino considerava Turim — e não Paris — a cidade ideal para quem quer escrever. E tinha bons motivos para afirmar isso. Ele morou dezessete anos em Turim, onde escreveu alguns de seus melhores romances e trabalhou como editor na Einaudi. Num livro envolvente como um bom romance, *I migliori anni della nostra vita* [Os melhores anos da nossa vida], o escritor Ernesto Ferrero — que também participou da história da Einaudi — narrou o ambiente literário, político e artístico de Turim, na época áurea em que a mitológica Einaudi tornou-se um marco de cultura e resistência por onde passaram alguns dos maiores poetas e prosadores da Itália contemporânea.

Se num dia ensolarado um viajante atravessar a ponte sobre o rio Pó e subir o Monte dei Capuccini para contemplar a cidade e a Mole Antonelliana, certamente vai concordar com Calvino. A visão lá do alto rivaliza com todos os encantos nas margens do rio Pó e na imensidão do parque Valentino.

O suicídio de Primo Levi e de Cesare Pavese deu algo de trágico à história contemporânea de Turim, que, à semelhança de Bolonha, abrigou grandes intelectuais da esquerda italiana, de todos os matizes: Gramsci, Calvino, Pavese, Natalia Ginzburg... E ainda Norberto Bobbio, que viveu os últimos anos de sua vida na via Sacchi, próximo da estação de Porta Nuova.

Em 1936, o antropólogo francês Claude Lévi-Strauss, ao traçar suas primeiras impressões sobre o Brasil Central, escreveu: "a manifestação de um entusiasmo tem sempre o direito de esperar guarida".

É com esse entusiasmo em compasso de espera que vou visitar Turim, que só conheço por meio dos livros e das descrições do cineasta e poeta Wiliam Farnesi, um brasileiro apaixonado por essa cidade, que o adotou.

ELEGIA A UM FELINO

Para Stefania Chiarelli

OS GATOS TÊM A MÁ FAMA DE SEREM ARISCOS, esquivos, indiferentes; de não darem a mínima para o seu dono e de serem altivos até a intolerável arrogância. Por que tantos atributos negativos ao membro mais inofensivo da família dos felídeos? Talvez pela independência desses bichos. Por isso, muita gente os despreza e mesmo os detesta.

Não fazem festa nem estardalhaço, não são excessivamente carentes de afeto, podem dormir e sonhar por um século e esquecer o mundo ao redor. E seus miados são notas monótonas de uma canção minimalista. Não por acaso, um ditado chinês diz: *O cachorro é um romance, e o gato, um poema.*

Nesse sábio ditado oriental reside uma delicada definição dos gêneros literários. Pense no cotidiano de um cão: as peripécias, o corre-corre, os latidos, os momentos de exaltação e melancolia, os ganidos de dor, saudade ou fome, as fugas, os saltos estabanados, os ataques de raiva, as mordidas, o afeto meloso, as disputas ciumentas... Tudo isso lembra o trançado de eventos e peripécias de um romance.

Agora imagine o discreto cotidiano de um gato: a pose hierática, a atitude ensimesmada, o salto sem ruído, a expressão misteriosa do olhar, a repetição dos gestos, como se cada passo repetisse o anterior, o olhar em transe, focando as asas de um inofensivo beija-flor...

O gato encarna uma subjetividade lírica que reitera o ditado chinês. E quantos poetas não fizeram desses bichinhos um tema lírico, um canto a esse olhar misterioso que nos surpreende de algum lugar improvável? Um desses poetas, um dos maiores de língua francesa, escreveu que os chineses veem a hora do dia ou da noite nos olhos de um gato.

Algo me diz que os felinos vivem no tempo e os cachorros, no espaço. É o que senti no meu convívio com Leon, meu único animal de estimação. Encontrei-o num descampado próximo do edifício onde eu morava. Um bichaninho, como se diz no Norte e em outras regiões do Brasil. Pequeno, mirrado e faminto, sua pelagem reluzia um amarelo vivo. Eu não era um conhecedor de felinos, mas sabia que esses animais cultivavam a introspecção. Levei-o para o apartamento, onde foi um hóspede discreto que, aos poucos, tornou-se um companheiro quase silencioso. E, contrariando o senso comum, Leon não era esquivo nem altaneiro.

Era um gato de grande caráter, e nisso ele se diferenciava de muitos políticos. Aliás, os raros momentos de irritação de Leon ocorriam durante as campanhas eleitorais, quando os carros de som e trios elétricos de Manaus alardeavam promessas absurdas e mentirosas. O gato reagia no ato, emitindo miados dissonantes e enlouquecidos, pulando da mesa para a geladeira e, por fim, me encarando com um olhar de revolta e indignação. Eu fechava as portas e janelas para abafar a algaravia da propaganda política, e ficava encharcado de suor no pequeno apartamento transformado num forno. Mas isso era preferível às ondas sonoras de mentiras que tanto espezinhavam Leon.

Ou seriam ondas de mentiras sonoras?

Gato, gato: o tempo passa como se fosse uma distração. Já faz mais de dez anos. Se soubesses como os políticos continuam os mesmos. São outros, mas os mesmos. E tudo indica que o futuro nos reserva uma galeria de mascarados diferentes uns dos outros, mas bastará tirar as máscaras para que os mesmos reapareçam que nem fantasmas do passado. Bem me dizias, com teu olhar lancinante, que alguns políticos valem menos que os dejetos enterrados no descampado. Teus dejetos.

Mas não é só dessa militância felina que sinto saudades. Quando eu lia um romance ou preparava uma aula, Leon se aproximava com passos preguiçosos e deitava na escrivaninha, ao lado de um livro de Stendhal, Apollinaire ou Zola. Às vezes,

210

movido por uma euforia de leitor voraz, ele mastigava páginas, capítulos inteiros de um romance. Foi assim que as páginas de dois preciosos livros da Bibliothèque de la Pléiade viraram bolinhas úmidas e rolaram na lajota da sala. Mas as capas ficaram intactas, inclusive a sobrecapa de plástico. Quando se tratava de poesia, Leon adquiria uma expressão mais intimista, e seu olhar acompanhava cada página lida por mim.

Como esquecer aqueles olhos de fogo que brilhavam nas incontáveis noites de apagão? Eu subia os seis lances de escada, abria a porta e, na escuridão, duas gotas iluminadas me esperavam.

Tudo isso acabou.

Antes de ir embora para São Paulo, pedi à zeladora que cuidasse de ti. Pensei: daqui a dois meses volto para Manaus e trago de volta Leon e meus livros. Ainda hesitei, temendo algum acidente, alguma bala perdida no bairro pobre onde ele ia morar. A hesitação é um erro. Como nos romances de Conrad, cometi uma grave falha moral. Pensava que um dia eu ia te buscar no Amazonas. Pensava que um bicho, bichano vira-lata pudesse esperar. Tarde demais. O gato, um gato, não é indiferente. Soube que, na minha ausência, ele comia menos, miava como um desesperado. Um dia parou de comer. A zeladora, a meu pedido, levou-o ao veterinário. Comprei a passagem aérea, mas antes telefonei para saber como ele estava.

"Morreu", disse a zeladora.

"Morreu? Esse veterinário... O que ele fez? O que disse?"

"Saudade."

O PENÚLTIMO AFRANCESADO

TENHO POUCOS AMIGOS ESNOBES; um deles é tão esnobe que, ao observar e ouvir com atenção uma pessoa incomum, ele a compara com uma personagem de um romance, quase sempre francês.

Outro dia, depois de um encontro com leitores, esse amigo apontou para dois homens que não paravam de conversar em voz alta e me perguntou: "O mais exibido e cínico não lembra o sobrinho de Rameau?".

Fez essa pergunta em francês, com um sotaque pra lá de afetado, e depois traçou afinidades entre o falastrão cínico e o personagem de Diderot.

Ri da observação disparatada, mas não disse nem podia dizer nada: eu pensava numa viagem ao alto rio Negro em 1979, uma viagem mais próxima ao coração das trevas ou aos romances *A voragem* e *Os passos perdidos* do que da prosa francesa do século XVIII. Enquanto meu amigo falava em francês, eu me lembrava dos sons de línguas indígenas que tinha ouvido em São Gabriel da Cachoeira e da paisagem belíssima desse lugar da Amazônia.

Acho que eu e ele andávamos fora de prumo, porque eu me esforçava para recordar palavras indígenas, e ele não parava de falar sobre o sobrinho de Rameau e seu duplo brasileiro. Mas não estávamos nos arredores do Palais Royal, e sim num bairro humilde desse subúrbio do mundo. Disse a mim mesmo que esse meu amigo talvez fosse o penúltimo afrancesado da América do Sul, e logo me lembrei de uma declaração de Jorge Luis Borges: na Buenos Aires dos anos 1930, quem não lia em francês era considerado analfabeto.

Claro que há exagero nessa afirmação. Mas quando o autor

212

de *Ficções* acrescentou que as pessoas estudavam inglês para fazer negócios, e não para ler Shakespeare, penso que não exagerou nada.

Quando se fala da prosa de ficção do século XIX — a era dos grandes romances — é impossível não pensar nas obras russas e francesas. "A literatura quase infinita da França", disse Borges, que também escreveu ensaios notáveis sobre Marcel Schwob e Flaubert, e tantos outros. Isso sem contar a alusão nada gratuita à literatura francesa nos contos do escritor argentino. Uma parte considerável da obra de Samuel Beckett — que em 1962 dividiu com Borges o prêmio Formentor — foi escrita em francês, num estilo que faz do autor irlandês um dos grandes escritores franceses do século XX. No passado e no presente, vários escritores trocaram sua língua materna pela francesa. O argentino Hector Bianciotti não foi o primeiro; o jovem escritor cubano Jaime Dobles de Altamor, que eu conheci em Paris, não será o último.

As observações de Borges parecem nostálgicas, mas na verdade são críticas, pois assinalam o uso muito restrito da língua inglesa.

Meu amigo esnobe sonha com a inclusão da língua francesa na grade curricular do ensino público no Brasil. Ele ignora — ou finge ignorar — que muitos estudantes mal sabem ler e escrever no idioma vernáculo, e que o domínio deste é fundamental para a aprendizagem de uma língua estrangeira. Quando lhe disse que muitos brasileiros não sabiam a origem e o significado das palavras "ipanema" e "tietê", ele me olhou com um ar pedante e disse: "Se você continuar assim, vai acabar como aquela criatura pancada... O biruta do Barreto".

"Biruta do Barreto?"

"Ele mesmo", disse meu amigo. "Aquele sujeito louco, patético. Esqueci o nome dele."

Referia-se ao personagem Policarpo Quaresma. Tão transtornado, e tão brasileiro...

BRASILEIROS PERDIDOS POR AÍ

MUITAS DAS NOSSAS PROMESSAS SÃO VÃS, mas prometi a mim mesmo que, no começo deste ano, faria uma faxina no meu escritório, que parece um almoxarifado com objetos inúteis e papéis esquecidos há muito tempo.

Com tanta chuva e umidade desse e de outros verões paulistanos, encontrei folhas suadas e mofadas de um caderno pautado, onde rabiscara poemas inacabados, sem data, talvez escritos em outras cidades, ou durante alguma viagem. Separei e encaixotei livros que não vou ler; numa gaveta encontrei um cemitério de despertadores com pilhas oxidadas; marcavam horários diferentes, mas todos pararam de funcionar minutos depois da meia-noite ou do meio-dia.

Vasculhando aqui e ali, encontrei numa caixinha de madeira um charuto cubano datado de 1988 e um bilhete: presente do dr. Eliomar Sampère. Não me lembro desse doutor. Médico ou advogado? E por que diabo ele me deu um charuto de presente? Nunca fumei charutos, fossem cubanos, dominicanos ou baianos.

Separei centenas de folhas datilografadas: versões de manuscritos inéditos. Depois juntei outras folhas com anotações de argumentos e ideias literárias, muitas folhas com planos de aula e traduções, e joguei tudo na caixa de reciclagem de papel. Foi um ato impulsivo, sem tempo para arrependimento. A hesitação é a maior inimiga da faxina.

E essas três caixas de sapatos?

Abri duas e vi pilhas de cartas de outra era, cartões-postais enviados de Sitges e Lloret del Mar para Paris e Manaus: cartões manchados de mofo, grudados uns nos outros. Desgrudei-os com cuidado, eliminei traças gordas e vorazes, vi fotos be-

214

líssimas das duas cidades catalãs à beira do Mediterrâneo; para evitar crises de nostalgia e ardor nos olhos, preferi não ler as palavras dos postais, escritas com a mesma caligrafia. Se ela estiver viva, onde estará morando? Por uns segundos, fiz perguntas sobre o passado: um modo de ser nostálgico sem ser sentimental ao extremo.

Na terceira caixa encontrei o diário da minha segunda viagem ao alto rio Negro, com fotos aéreas dos grandes lagos, próximos a Iauareté Cachoeira; lembro que o piloto do helicóptero sobrevoou os lagos e fez uma rasante na floresta; depois ele disse: "Essa é a última fronteira virgem do Brasil". Com o coração na boca, fotografei os lagos misteriosos e pedi ao piloto para que ganhasse altura, pelo amor de Deus. Vi fotos dessa viagem, e também duas borboletas cujas asas bicolores exibem uma geometria complicada e simétrica; penso que o escritor russo Vladimir Nabokov não conheceu esses espécimes da última fronteira virgem. São belos, e essa beleza resistiu ao tempo.

As duas borboletas foram encontradas mortas por uma índia tucano, e ainda vejo as mãos abertas me oferecendo os dois lepidópteros que repousavam inertes na floresta.

E no fundo da caixa — não sei por que nessa caixa, pois há aí um salto cronológico — encontrei seis folhas amassadas: a primeira versão de um longo poema escrito em Barcelona: "Brasileiros perdidos por aí".

O poema não vale grande coisa, vai ver que não vale nada. No meu íntimo, penso que fiz essa faxina para encontrar esse poema escrito há mais de trinta anos, quando não sabia o que fazer da vida e, por isso mesmo, talvez fosse mais feliz.

LEITOR INTRUSO NA NOITE

Para Ana Lúcia Trevisan

NA SEMANA PASSADA, tarde da noite, lia à mesa de um bar um conto de um escritor argentino quando um homem da minha idade se aproximou de mim e engrossou:

"Sou um leitor e vim acertar as contas com você."

Ia perguntar alguma coisa, mas ele prosseguiu, com voz áspera:

"Por dois motivos: o primeiro, é que você me excluiu do seu romance. O segundo, e o mais grave, é que você matou meu pai nesse mesmo romance."

Fechei o livro e encarei com receio aquele intruso que falava com a disposição de um inimigo. Não sei como, uma voz saiu de dentro de mim:

"*Você* foi excluído? *Eu* matei seu pai?"

"Isso mesmo. Seu romance é um relato calunioso, uma grande mentira. Eu sou o terceiro irmão, que você ignorou de uma forma vil. Além disso, meu pai continua vivo. Meu pai... É um absurdo o que fez com ele."

O vidro das duas janelas do bar estava embaçado; mesmo assim, procurei com os olhos um recorte da noite, tentando entender se era verdade o que eu acabara de ouvir ou se, de fato, aquele leitor estava a três palmos do meu rosto.

Chuviscava em São Paulo. Ninguém na calçada; o garçom havia sumido. O vento frio entrava pela única porta aberta. Pensei: devia ter ido embora quando o bar estava cheio de gente. Em São Paulo o último crime nunca é o último. Alguém está morrendo neste instante, alguém dispara uma arma e amanhã essa notícia será velha e inútil. Ia tomar um gole de conhaque, mas minhas mãos tremiam e achei prudente não revelar meu medo. Sem olhar para o intruso, me levantei com uma calma fingida. O conto que tinha lido me deixou mais confuso e medroso. Percebi que estávamos sozinhos; quase ao mesmo tempo percebi que o homem era muito mais forte do que eu. Por um momento — talvez cinco segundos —, pensei que a conversa, depois das acusações, chegara ao fim.

Um bêbado soltou um grito em algum lugar do quarteirão, e esse som me distraiu e aliviou um pouco. Depois o silêncio, o rosto ameaçador diante de mim. De repente, o homem enfiou a mão direita no bolso do casaco e em seguida abriu a outra mão com um gesto de mágico que me pareceu patético. Vi uma lâmina enferrujada na mão aberta e ouvi uma sentença em voz grave:

"Para um mentiroso e covarde como você, não há saída."

Assustado, apenas murmurei: "Há uma".

Fechou a mão, apontou a lâmina escura no meu peito; olhou furtivamente para a porta e perguntou com desprezo:

"Qual?"

"Escrever outro livro, incluir um terceiro irmão na trama do romance e ressuscitar seu pai."

E assim fiz, escrevendo como um louco durante a madrugada, escrevendo quase sem fôlego até o amanhecer, quando enfim me livrei do pesadelo.

A PERSONAGEM DO FIM

VI O ROMANCE NA VITRINE DA LIVRARIA e me interessei pelo título. Li o texto da orelha e soube que era o primeiro livro do autor: um texto breve, uma novela de 52 páginas e meia dúzia em branco para encorpar o volume cuja lombada mal se equilibrava de pé.

Depois soube que Sávio era um perseguidor de mocinhas ricas que moravam em bairros nobres da cidade. A trama mencionava um sequestro de uma dessas ninfas grã-finas; o que vinha em seguida era um mistério que o autor anônimo da orelha não revelou. A novela era a história desse mistério. Folheei o livrinho, percebi a linguagem sóbria, sem rebuscamentos do narrador: frases longas que alternavam com outras mais breves, habilmente construídas. As palavras e o ritmo das frases me atraíram mais que o enredo, que de algum modo eu já conhecia. Faltava o mistério.

Comecei a ler o livro no café ao ar livre da livraria. Não havia ninguém por ali e o silêncio era um convite à leitura. O calor úmido da metrópole lembrou o calor abafado da minha cidade. Pedi uma garrafa de água e acompanhei a sede carnal do personagem: um homem ávido por sexo, tão ávido que parecia desconhecer o amor, o erotismo e as carícias da noite. Claro que havia noites de orgasmo na narrativa, mas eram noites de cópula apressada, não de amor. Quase não havia descrições, os diálogos eram intencionalmente banais, como quase tudo nas noites daquele Don Juan de um bairro nobre da metrópole. Todas as mocinhas pareciam uma única ninfa mimada, perdida em devaneios ambiciosos, como alguém que aspira a uma dessas celebridades fúteis e vazias que se vê nos piores programas de TV.

Não foi difícil notar que a recorrência de corpos e diálogos era uma estratégia narrativa. A novela não pode ser isso, pensei. E então, na página 27, surgiu uma história de amor. Exatamente na metade do livro. Admirei essa simetria perfeita: metade perfídia e vaidade, a outra metade uma verdadeira conquista amorosa. Mergulhei na rede complicada dessa conquista, que às vezes beirava o patético, mas a voz do narrador insinuava que o patético é humano e às vezes vale a pena ser vivido.

Li a novela em menos de duas horas e fiquei pensando na linguagem que me conduziu ao enredo e aos personagens, como um leitor que acaba de ler um bom livro.

Estava perdido nesse devaneio quando alguém — uma mulher madura e esbelta — sentou na cadeira à minha esquerda e cruzou as pernas. Percebi que ela me olhava ou olhava o livro aberto nas minhas mãos. Eu pensava na história, pensava na moça e no destino do tarado, com ares de Don Juan de subúrbio. Fechei o livro e olhei para a mulher.

Apontou a capa vermelha e perguntou se eu tinha gostado da novela.

"Muito", eu murmurei.

Então ela descruzou as pernas, levantou e sentou-se diante de mim. Eu podia sentir o perfume da maquiagem, o aroma da máscara. Vi os olhos de egípcia tentando perfurar minha alma. Com uma voz forte, tensa, ela disse:

"Sou a autora. Usei um pseudônimo masculino. Agora vou contar a verdadeira história dessa moça que surgiu do nada."

DORMINDO EM PÉ, COM MEUS SONHOS

UM SONHADOR

Para Sylvia Guimarães e os amigos da Expedição Vaga Lume

APRENDI A NAVEGAR NO ESCURO antes de ler e escrever. Meu pai me ensinou a remar e a encontrar canal em época de vazante. Isso num tempo em que havia estações...

Em setembro os rios ficaram tão rasos que os peixes foram aprisionados em lagos que nunca foram lagos. Mortos. E um cheiro de cinzas no ar. Meus pais não viram esse céu de ferrugem que esconde o sol. Velhos, nem falavam mais no futuro... Agora aparecem juntos e enlaçados, assombrados que nem fantasmas. Dizem que no sul os rios morreram há muito tempo, e que há guerra e flagelos nas grandes cidades. Por aqui, de qualquer coisa se morre, e até malária enterra crianças. Violência, doenças: quem pode desmentir seu próprio sofrimento?

Do sul e da outra metade do país recebo notícias de moças que trazem palavras para o nosso povoado. Há poucos anos elas chegaram com caixas de livros e começaram a contar histórias para as crianças.

As moças foram embora com a promessa de que voltariam. Os mais jovens duvidaram, mas elas reapareceram que nem vaga-lumes: de surpresa, piscando na escuridão. Nos meses de seca e escassez, quando as margens se confundem com o leito do rio, os livros são lidos em voz alta. As palavras não curam, mas são uma trégua no desamparo, melodia na solidão. Agora as crianças sonham com as histórias que ouviram e contam sonhos com as palavras que aprenderam a ler.

Lembrei as moças vaga-lumes porque ontem, Dia da República, quis ser o primeiro a votar. Eu atravessava o Estirão do Diabo à vara e a remo, e de repente uma voz surgiu na curva do riozinho da Liberdade, onde fica a seção eleitoral. A voz fria disse: "Não adianta votar... A decepção é maior do que a esperança".

Procurei em vão a origem da voz. Nas margens do riozinho a visão das palmeiras anunciava o amanhecer; no céu avermelhado apagou-se a última estrela e uma forma estranha riscou o horizonte. Era um voador bicudo, grande demais para ser um morcego. Alcançou um descampado, foi atraído para as trevas da floresta e se perdeu por lá. Um bicho soltou grunhidos estranhos. Ao longe, uma fila de vultos maltrapilhos crescia diante da seção eleitoral. Eu não conseguia sair do estirão: a canoa ficou cercada de peixes podres, folhas e galhos carbonizados. Pelejava para afastar esses dejetos, mas a curva do rio parecia inalcançável. Aos poucos, os grunhidos tornaram a ecoar no espaço, os sons aumentaram e pareciam urros de homens engalfinhados, como se disputassem um banquete. Lutavam na mata fechada: uma disputa das mais ferozes. Depois escutei umas gargalhadas de festim e vi a fila de votantes avançar devagar, com um andar de procissão. De repente, o silêncio: tudo ficou paralisado. Um estrondo apagou a curva do rio e outras visões.

O mesmo estrondo me acordou.

Era a primeira manhã do ano. Na memória do sonho ainda alternavam a traição sem remorso e a esperança. E logo me veio à mente uma frase que nunca esqueci: o destino do sonhador é duvidar...

CONFISSÕES DE UMA MANICURE

O QUE A GENTE ESCUTA NESTE SALÃO não convém publicar, meu filho. Mas posso contar umas coisinhas. Às vezes não entendo nada do que falam e me concentro nas cutículas ou na pintura nos cantos de uma unha.

Tem de tudo: unhas delicadas, grossas, maltratadas, roídas, bichadas. E história para todo gosto. Por exemplo, o marido da minha cliente menos avarenta senta num banquinho e lê sempre o mesmo livro: *Bucólicas.* Um homem sereno, com cara de bode e uma bandeirinha do Brasil espetada na gola da camisa. Que diabo ele tanto admira nessas bucólicas? É verdade que a esposa dele é uma mulher triste, e mais triste ainda quando escolhe um esmalte cor de palha para pintar as unhas. Será o livro uma história da mulher do leitor? Não sei. O que eu sei é que quando acabo meu trabalho ela diz: "Azevedão, espicha a gaita". Estranho: Azevedão não é grande nem grandioso, a voz dele é mais fina que a de uma menina mimada. O fato é que o Azevedão das *Bucólicas* me dá uma gorjeta que garante o sorvete do meu filho. As outras mulheres vêm sozinhas, mas todas leem revistas de fotos e fofocas de famosos, nenhuma lê *Bucólicas*; aliás, nenhuma é triste, ninguém abre um livro neste salão de beleza. E se fosse só de beleza... Falo sério: aqui sobra feiura, sobra tanta coisa, nem te conto. Todas querem ter mãos lindas, mas o tempo é cruel, meu filho. Às vezes me espanto quando vejo um anelão de ouro num dedo de bruxa e, quando olho a cara da mulher, penso: como é que esse diabo casou? E eu, como é que eu me juntei com um safado que logo me largou e trocou por outra? Aí penso nas unhas que limpo e pinto, e digo para mim mesma: eu faço a mão dessas mulheres, e o que essas mãos fazem? Trabalham? Lavam roupa e louça? Contam dinheiro? Fazem sexo? Quer dizer, ajudam a fazer sexo?

Essas mãos traem?

E como! Ouvi cada história de unhas traidoras, unhas pintadas por mim, dezenas de mãos adúlteras. Cansei de ouvir nome de hotel, nome de motel, nome de amante. Uma dessas mãos me disse: "Ericleuza, minha querida, será que ele vai gostar das minhas unhas roxas?".

Eu conhecia o marido dela, um senhor alinhado, magro que nem caniço, mais paciente do que um chinês. Mas não era chinês, era brasileiro mesmo, coitado.

"O doutor? Unhas roxas? Não sei. Talvez não."

Ela deu uma gargalhada: "O doutor não olha para as minhas mãos, sua tonta. O outro olha".

E eu não sabia o que dizer, porque não conhecia o outro. Então a madame me disse que ia com o outro toda semana a um motel na Marginal do Tietê, bem depois do presídio. Ela até tirou um cartão da bolsa e me deu: Amor Perdido Amor. Nome esquisito. Por que a palavra *amor* duas vezes? Perdido por perdido, uma vez não bastava? E a mulher ainda me disse: "Vai lá, minha querida, Amor Perdido Amor é baratinho. E ninguém nos vê".

Olhei os brilhantes nas mãos dela e pensei: que coroa corajosa! Que mulher ousada! Usa anel de brilhante em São Paulo e ainda frequenta pardieiro.

E os homens que fazem as mãos?

Vaidosos até o tutano, meu filho. Mas como são educados! Colocam as mãos de príncipe no meu regaço. Falam menos do que as mulheres, alguns são mais exigentes, nenhum lê *Bucólicas* nem se interessa pelas fotos de mulheres nas revistas. Mas ai de mim se meu alicate falhar! Mãos de seda, nunca pegaram pau de enxada, só cabo de guarda-chuva. Quando chove, é um desfile de cabos finos. Eles não falam de motel, acho que são homens fiéis, ou vai ver que nenhum é indiscreto. Eles dizem "Obrigado, Ericleuza", pagam e vão embora. No mês passado, um deles... Ah, que homem distinto. Lembro que era calado, mas não era carrancudo nem bucólico, só sério. Quando terminei de pintar as unhas dele, reparei nas sobrancelhas. Que olhos, meu filho! Soprou o esmalte com tanta delicadeza que me comoveu. Senti o sopro no meu rosto, um ventinho morno, suave. Aí ele me olhou tanto, e com tanta ternura, que acreditei em alguma coisa: acreditei numa coisa tão linda que meu corpo tremeu, e eu senti aquela quentura...

CONFISSÃO DA MULHER DE UM CASEIRO

TUDO ACABOU EM 1975, na terrível geada de julho. Lembro os dias ensolarados do outono e a última colheita no cafezal antes da primeira manhã fria, quando o campo ficou coberto de agulhas de gelo. O cafezal parecia uma manta de sal grosso. O orvalho daquele inverno foi uma desgraça.

Eu cozinhava para os patrões, passava os grãos de café no moedor e preparava um café forte de manhãzinha. Isso me dava prazer. O café que uma neta de poloneses servia para filhos de alemães na época gloriosa dessa região. Era uma região selvagem; meu pai, jovem, ajudou a desbravar esta terra para os ingleses da Companhia de Terras do Norte do Paraná; depois da Segunda Guerra, ele foi trabalhar numa gleba de Nova Dantzig, o antigo nome de Cambé. Ele conheceu minha mãe na Colônia Bratislava, onde meu avô materno tinha um sítio. Meus pais morreram lá mesmo, quando eu era criança.

Andei por todo esse norte, por toda essa terra vermelha, arroxeada, essa terra que já foi uma floresta de cedros, perobas e ipês. Eu sou de Guarapuava, de Cambé, Pinhão, Bratislava, conheço tantas cidades... Mas eu gostei mesmo foi deste lugar. Da casa de madeira, onde morei com o meu marido, o caseiro dos alemães. Foi assassinado por uns bandidos que perseguiam outro homem, mas confundiram este homem com o meu e mataram um inocente. Meu patrão tentou fazer justiça, mas os matadores eram capangas de políticos, gente bárbara, bichos, pior que bichos. Foi recurso atrás de recurso e a justiça não deu em nada.

Envelheci sem ver os assassinos do meu marido na cadeia. Mais um crime esquecido. Lembro que meu patrão ficou furioso, mais vermelho que esta terra, ele até disse: "Se não tem jus-

227

tiça, não tem futuro". E gritou uns palavrões na língua dele, não entendi nada, mas posso imaginar. Ele e a patroa me deixaram morar na casa de peroba.

Meus avós poloneses odiavam os alemães e os russos, também diziam palavrões em polonês, e isso eu entendia. Só não entendia a razão de tanto ódio. Histórias de guerra. Mas eu sou brasileira, uma paranaense de Bratislava. Elzibieta, meu nome de batismo. Ficou Bete, mais fácil. Polaca, como dizem.

Quando enviuvei, não quis mais saber de homem. Eu cozinhava, passava a roupa, servia o café colhido na lavoura, torrado aqui mesmo. Não era um fazendão, mas tinha horta, pomar, tudo. E vacas leiteiras: zebus. Minha patroa me ajudava a fazer queijo e doce de leite. Eu lavava a roupa no rio, tomava banho na nascente, cuidava das crianças, passeava com elas. Um rio lindo: esse mesmo rio. O céu no entardecer ficava coalhado de pombinhas e maritacas, parecia uma poeira verde no azul, mil asas escuras que faziam estardalhaço. Era bonito e me ajudava a viver. Na casa e na lavoura tinha hora para tudo: os alemães pareciam relógios no campo.

Depois da geada de 1975 eles compraram uma casa de madeira em Cambé; o patrão disse que era a minha casa. Ele vendeu a fazenda, o novo proprietário plantou cana, mandou derrubar as paredes da sede e da casa onde eu morava. Não retiraram os entulhos nem os móveis, nada. Venho para cá um domingo por mês e sento em frente dessa lareira, onde eu brincava com as crianças depois do almoço. Escovava os dentes dos meninos naquela pia que está no chão, no meio de azulejos quebrados. E, quando o cuco cantava quatro horas, eu levava as crianças para a beira do rio. Nosso domingo era assim: um passeio de manhã pela lavoura, depois eu acompanhava as crianças até a nascente do rio; à tarde nós nadávamos e ríamos com a gritaria das maritacas. De noitinha eu dava banho nos meninos, e antes de dormir eu rezava e me lembrava do meu marido. Aquele cercado com base de tijolos era o nosso quarto. Fecho os olhos e imagino a nossa casa, as noites que dormimos juntos, o corpo do homem que eu amava. Ainda bem que deixaram esse entulho. Posso imaginar as duas casas e o tempo que vivi aqui. Isso me dá esperança e paz. É o melhor domingo do mês.

UM SOLITÁRIO À ESPREITA

ÀS DUAS DA MANHÃ do primeiro dia do ano escutei num bar a conversa de um casal. Não fui indiscreto: o par falava alto, era um papo para ser ouvido. E olha que chovia uma chuva de canivete, com relâmpagos e trovoadas. Pesquei a conversa no meio.

"Não consulto oráculo nem sou cartomante", ela riu. "Aliás, quem pode ser adivinha..."

"Adivinha o quê?", ele perguntou.

"Não te pedi para adivinhar nada. Eu disse que não era uma adivinha."

"Ah!"

"Só espero que os prefeitos eleitos enterrem a praga nacional", ela disse.

"Qual praga?"

"O superfaturamento."

"Das obras?"

"De tudo, até da merenda escolar. São capazes de superfaturar até a sopa para mendigos e desabrigados."

"Mas alguns políticos fazem isso", ele disse.

"A sopa? Superfaturamento da sopa? Como?"

"O macarrão e a carne da sopa podem ser superfaturados. O óleo do tempero e até o tempero..."

"Que coisa horrorosa", ela disse.

"O problema não é a corrupção, que existe em todos os continentes. Nosso problema é a..."

Relâmpagos com trovoadas.

"Não ouvi o que você disse", ela disse.

Uma trovoada mais forte interrompeu a conversa. Os dois ficaram em silêncio, e eu, que já estava calado, fiquei curioso para ouvir mais. Nós três esperamos o fim dos trovões. Um homem tropeçou, derrubou uma cadeira e deu uma risada.

"Nosso problema é a impunidade", ele prosseguiu. "O judiciário... Uma parte do judiciário é cúmplice de tudo isso. Os procuradores, a Polícia Federal e alguns juízes são confiáveis, mas eles não podem tudo."

"E nós?", ela perguntou.

"Nós? Nós pagamos impostos. Somos cordeiros resignados no meio de milhões de cordeiros sacrificados."

"Mas você acha que é possível diminuir a bandalheira? Por exemplo, uma redução de trinta por cento... Seriam bilhões de reais investidos em habitação popular, hospitais."

"Trinta por cento? Se a corrupção diminuir tanto, o Brasil cresce oito por cento ao ano. Mas não sou otimista: trinta por cento é a comissão das negociatas. Já foi dez, passou para vinte, agora dizem que é trinta. Quando chegar a cinquenta, será uma catástrofe..."

"Por isso meu avô apoiava os militares."

"Teu avô acreditava que o governo militar era duro, mas honesto. E olha no que deu."

"Acho que aquele sujeito bebeu muito", ela disse. "Vai mexer conosco. Vamos mudar de mesa? Aquela ali no canto, perto do balcão..."

"Além disso, teu avô idolatrava a censura. Ele dizia: 'Mais vale um soneto de Camões ou uma receita de bacalhau do que notícias subversivas'."

"Coitado do vovô!"

"Coitado do país, isso sim."

"Ele gostava de você", ela disse.

"Nem tanto", ele protestou. "Uma vez me ameaçou porque eu usava barba. Me chamou de terrorista. Você não lembra?"

"Claro que lembro. E você disse na cara dele: 'O senhor apoia a tortura'."

"O velho era um tremendo reaça..."

"Não vamos brigar por causa dele. Era um homem bom, cheio de princípios."

"Casei com uma ingênua", ele disse.

"E eu com um comunista", ela riu.

"Agora não há mais avô nem comunismo", ele disse. "Há burocracia, roubo e ganância. Impostos e juros altos para sustentar políticos e burocratas. Mais uma cerveja? Você quer mesmo ir para aquela mesa?"

"A chuva está passando. Quero ir pra casa. O bar está vazio, só ficou esse bêbado", ela disse.

"E aquele cara ali, que está ouvindo a nossa conversa."

"Um solitário", ela disse.

"Um solitário... Mas por que você está olhando para ele?"

"Não posso olhar para um homem sozinho nas primeiras horas do Ano-Novo? Você está com ciúme?"

"Não. Não sei. Mas se você olhar muito..."

"Queria saber o que ele pensa sobre a corrupção."

Os dois me olharam e eu olhei os pés do bêbado. Na verdade, era um mendigo que se protegia da chuva. Batia palmas e pedia uns trocados.

"Quem esse bêbado está aplaudindo?", ela perguntou.

"Nós", ele disse. "Nossa conversa sobre corrupção e impunidade. O impasse do Brasil."

Ela se levantou: queria ir embora.

"Porque a gente fala, protesta e fica indignado, mas só os bêbados escutam", ele prosseguiu, deixando uma cédula na mesa.

"Aquele cara escutou nossa conversa", disse a mulher

"Mas o que ele pode fazer? Nada. Vai ver que é mais um bêbado solitário."

"Será?", ela perguntou, olhando para mim e depois para as mãos do mendigo.

O MAGISTRADO E UM CORAÇÃO FRÁGIL

NÃO É UM CONTO POLICIAL, apenas o relato da viúva de um magistrado amazonense. Aos 96 anos de idade, essa bisneta de baianos tem uma memória invejável. Um e outro detalhe talvez sejam acréscimos da minha imaginação.

Eu e meu marido Simplício pertencíamos a uma família de magistrados da cidade. Meu avô fundou a faculdade de direito da Universidade Livre de Manaus; meu pai foi diretor e meu marido professor de direito civil dessa faculdade. Os fundamentos jurídicos, a consistência dos argumentos e a conduta ética de Simplício foram decisivos para que ele fosse nomeado desembargador. Ele falava como se estivesse escrevendo, e a voz dele, de grande magistrado, era uma sentença.

Naquela época os pobres não tinham coragem de bater à porta de um juiz. Lembro que era uma quinta-feira. Nós íamos sentar à mesa para jantar quando alguém tocou a campainha. O visitante queria falar com o meu marido. Era um rapaz baixinho, meio entroncado, com traços indígenas e uma humildade nos olhos e gestos. Notei que a humildade não lhe subtraía a coragem. Na porta, ele se apresentou ao meu marido e disse sem rodeio que na próxima semana seria julgado um caso importante e que só ele, o doutor desembargador, podia mudar o rumo da votação e fazer justiça.

"Parece que tudo está arranjado", prosseguiu o visitante. "Vão absolver um criminoso porque não sou uma pessoa influente."

Simplício convidou o rapaz a sentar numa das cadeiras do pátio. Por timidez ou pudor, sentou num banquinho; não aceitou água nem guaraná.

"O senhor está se referindo a qual processo?", perguntou Simplício.

233

"*Minha esposa foi assassinada pelo amante dela*", disse o visitante. "*Esse animal retalhou minha querida mulher. O advogado do assassino alega legítima defesa, mas eu tenho certeza de que ela não atacaria ninguém. Nasceu para amar, não para agredir, odiar. Infelizmente amou outro homem e este homem matou-a barbaramente. Sou capaz de perdoar o adultério e a desonra, dr. Simplício, mas* não a impunidade do assassino."

Simplício ouviu com atenção e disse que não costumava julgar crimes. O rapaz ficou calado. Por alguns segundos, contemplou a lâmpada no teto do pátio, seguindo com o olhar o voo atrapalhado de uma mariposa. Aí ele tirou uma fotografia do bolso da camisa e mostrou-a ao meu marido. Eu pude ver a foto do casal sob o caramanchão da praça da Saudade. Uma moreninha muito linda. Eu e Simplício não sabíamos o que dizer. O rapaz pôs a foto no bolso, levantou, despediu-se com gestos de cavalheiro. Quando apertou minha mão, senti a mão dele trêmula e suada. Eu disse ao meu marido: "*Esse rapaz pode cometer um crime ou suicidar-se*".

"*Por quê?*"

"*Porque é um homem apaixonado. A mulher morreu, mas continua viva na memória desse viúvo.*"

"*Sim, um pobre homem magno cum luctu*", disse Simplício.

No dia seguinte, Simplício leu os autos e estudou o processo; releu livros de direito criminal, inclusive franceses e ingleses. Depois conversou com o delegado, requisitou a faca usada no crime e as fotografias da vítima e do local do assassinato. Seis páginas do processo transcreviam a declaração de uma moça que havia deposto a favor do amante da vítima. Era a única testemunha. Simplício me disse que ela era 'a ave que levava o raio'. Ele ordenou uma busca na casa de parentes da testemunha, intimando-a a depor outra vez. Os policiais afirmaram que ela estava no Rio, talvez em São Paulo. Então meu marido pensou que ela havia sido subornada ou ameaçada pelo advogado de defesa, com a anuência do suposto criminoso, que se dizia vítima. O delegado encontrou-a na casa de um tio, perto do Parque Amazonense. A moça, de uns vinte anos, era muito elegante. No rosto arredondado, os lábios carnudos pareciam um botão de rosa. Na presença de Simplício, o delegado pediu-lhe que contasse o que viu na *noite do crime. A moça contou sua versão, depois repetiu o relato, usando quase as mesmas palavras. Havia decorado tudo. O delegado falou grosso com ela:*

"Conte a verdade, a senhora está diante de um grande magistrado."

A moça chorou. Disse que era a outra amante do assassino e que não queria vê-lo preso. Já escurecia quando ela saltou do bonde e viu o Chevrolet Belair estacionar nos arredores da praça Pedro II; ela se aproximou furtivamente do carro, ouviu os dois discutirem e viu o homem esfaquear a amante rival.

Simplício anulou o depoimento anterior da testemunha: um inventário de mentiras. Ele mesmo reescreveu os autos e o criminoso foi julgado e condenado por unanimidade a 21 anos de prisão.

Nós esperamos uma carta, uma visita ou um telefonema do viúvo. Um mês depois do julgamento, ele morreu de enfarte. Não sei se o viúvo era cardíaco. Talvez tenha morrido de saudade, ou aliviado de ver o criminoso na cadeia. São emoções diferentes, mas ambas perturbam um coração frágil.

DORMINDO EM PÉ, COM MEUS SONHOS

"VOCÊ NÃO SABE O QUE É VIVER quase um século", disse Estevão. "Às vezes nem eu sei, porque esqueço minha idade, meu aniversário, e às vezes esqueço que ainda estou neste mundo."

Estevão, que mora numa pensão em Santa Cecília, me contou que os hóspedes — estudantes do interior de São Paulo e do Paraná — o apelidaram de Eterno. Não gostou do apelido:

"Eterno é aquele jovem de bermuda que corre todas as manhãs. Eu sou uma estátua de ossos revestida de pele, uma escultura que se desfaz a cada dia."

A pensão é administrada pelo filho do Eterno, um "garoto" de 53 anos. Estevão desconhece a internet, mas lê jornais e comenta as notícias com um hóspede ou vizinho; na manhã seguinte tenta lembrar-se das catástrofes do dia anterior. Come três bananas ao amanhecer e mais três quando escurece.

"Você devia comer muitas bananas", ele me aconselhou. "Graças às bananas que comi nos últimos trinta e dois anos ainda conservo momentos de lucidez."

O Eterno exagera. É um homem razoavelmente lúcido e de hábitos severos. E também de temperamento calmo, desde que o assunto não seja política. Às vezes eu o visito aos sábados na pensão próxima à Barão de Tatuí, onde ele gosta de observar, sentado numa cadeira com assento de palha, o movimento da rua e dos hóspedes. Na última visita, quando me revelou seu apelido, disse que anotava numa caderneta tudo o que devia fazer, "como ao personagem do romance do escritor colombiano. O bigodudo".

"Eu me identifico com aquele velho enamorado", ele disse. "Com duas diferenças: tenho sete anos a mais e não tenho mu-

236

lher, jovem ou velha, alegre ou triste. E para que teria? Da cintura para baixo sou imprestável, inútil."

Disse isso enquanto olhava uma hóspede loira, quase nua no calor amazônico daquela tarde paulistana.

"Eterno, você está tão elegante", disse a moça.

"Uma hóspede de Campinas", ele observou, folheando com zelo a caderneta até encontrar o que procurava.

"Essa beldade me trata com dengo porque deve três meses de aluguel e tem medo de ser despejada. Meu filho é um bobalhão, fecha os olhos para os devedores. Quer dizer, para essa princesa inadimplente. Ele pensa que a nudez da moça pode pagar as despesas da casa. E a gente trabalha para pagar contas."

Segurou o jornal com mãos firmes, de cirurgião. De repente as mãos dele tremeram, ele me olhou com o rosto contraído e repetiu: "Uma grande vergonha, mais uma bofetada na nossa cara".

"De que o senhor está falando?"

"Esse homem foi impedido de governar o país e agora foi eleito presidente de uma comissão no Senado. O povo já se esqueceu disso? Já se esqueceu da farsa do caçador de marajás?"

"Que memória admirável, seu Estevão."

"Minha memória só retém pesadelos", ele disse, entortando a boca. "Quando estou com sorte, lembro cenas de prazer, lampejos…"

Uma algazarra que vinha do corredor da pensão o interrompeu. Estevão tentou erguer-se, mas desistiu. Enquanto ele olhava para o interior da casa, o jornal caiu na calçada; juntei as folhas e dei para ele.

"Quando os hóspedes fazem essa zoada durante a noite, toco o sino e eles se acalmam."

"Sino?"

"O sino pendurado no teto do meu quarto. Puxo a corda, faço um estardalhaço de sons, eles sabem que as badaladas pedem silêncio."

"Dão festinhas com bebedeira ou conversam em voz alta?"

"Fazem festas, reuniões, tocam e cantam músicas que não

entendo. Minha esperança é perder a audição nas próximas semanas. Semanas, não. Meses. Para ser generoso com a minha sobrevivência. Um surdo não ouve tanto disparate. Eu não ia sentir falta de nada, só da voz dos meus sambistas preferidos, a música de Cartola, Pixinguinha..."

Ele me olhou com uma expressão dolorosa, como se lembrasse alguma coisa. Depois corrigi minha observação: o olhar dele era triste. Mas logo deu uma risada e abriu o jornal, que tapou seu rosto. Notei que o jornal estava de ponta-cabeça, mas ele fingiu que estava lendo e eu fingi que não havia percebido nada.

"Nem sempre os hóspedes fazem barulho durante a noite", ele disse, sem mostrar o rosto. "Aos sábados uma hóspede... Uma mocinha dorme com um rapaz. Hoje à noite, por exemplo..."

"O que vai acontecer?"

"Eles vão namorar. Escuto uma conversinha em voz baixa, um sussurro que vem do fundo da noite. Depois escuto uns sons maravilhosos, como se eu estivesse em outro mundo, mas eles é que estão. Ou nós três. Sons que vão crescendo, até encher o quarto deles, o corredor, a casa, Santa Cecília, o centro de São Paulo. Gemidos e risadas agudas, graves."

"Toca o sino?"

"Não. Isso nunca. Saio do meu quarto na ponta dos pés, que nem um ladrão, ou um cego. Encosto a cabeça na porta do quarto do casal e fico ali, dormindo em pé, com meus sonhos."

Parou de falar e o jornal caiu das mãos dele. Permaneceu com as mãos no ar, como se segurasse a folha de papel.

O Eterno chorava em silêncio.

QUANDO NOS CONHECEMOS, ELE NÃO VIVIA ASSIM

AGORA DIZEM QUE ELE COMPROU um apartamento em Miami e viaja para lá três vezes por ano; mas quando nos conhecemos, ele não vivia assim. Aos domingos passeávamos no Jardim da Luz, eu ficava lendo e ele gostava de ver os passarinhos empoeirados, imitava os pássaros que nem uma criança, ele queria voar mais alto que as aves, mas ainda não tinha asas. Ele ainda me chamava de Linda, eu oferecia a ele uma esfirra, um pastel de carne, meu ex-namorado não tinha onde cair morto. Um biscateiro bonito, isso ele era. Aí fez um teste para ator de TV e se saiu bem. Bem? Ele se saiu maravilhosamente bem. Ele e uma amiga, que agora é atriz, ou se diz atriz. Hoje, os dois atores ganham uma fortuna enquanto eu continuo em sala de aula, lecionando matemática a jovens que não sabem calcular a raiz quadrada de dezesseis, não sabem sequer somar a idade dos pais. Muitos não têm pai nem mãe, ou nem conheceram os pais. Ninguém sabe matemática, mas todos querem ganhar dinheiro. E o que faz a fama? O que faz o dinheiro às pencas? Meu ex-namorado trocou nosso amor pela televisão e por essas viagens, e ele, que nunca foi de dar risada, agora ri por qualquer coisa, qualquer besteira, nas fotos em que aparece ele está sempre rindo, como se o mundo fosse uma gargalhada sem fim. Ele não me chama mais de Linda, e sim de Lindalvina, meu nome. Você precisa ver o apartamento que ele comprou na Casa Verde. Todo atapetado, a sala entupida de móveis laqueados, com figuras de elefantes e macacos, horríveis pro meu gosto. Cada foto do galã deve valer uma fortuna, nem assim ele me ajuda, porque agora vive em outro mundo e eu sou apenas uma lembrança distante. Ou não sou mais nada e só tenho notícias dele quando encontro amigos que me dizem: "Ele está em Palm Beach". Ou:

"Ele apareceu em tal revista, vai fazer o papel de bandido ou de garanhão em tal novela ou seriado". Mas esse ator, o bandido ou garanhão que brilha na tela, morou comigo nos fundos de uma casa em Diadema, onde as baratas nos visitavam e eu, não ele, as matava. Você deve pensar que tudo isso é ressentimento de mulher abandonada. Pode ser. Mas só assim consigo recordar essa história, porque nem todas as lembranças são boas. Se ele ler sua crônica, vai se reconhecer. Não é preciso citar o nome dele. O meu nome, sim. Para que ele saiba que o galã de hoje foi um vendedor de sonhos na praça da República e na Sé, onde ele distribuía um panfleto horroroso sobre o futuro de cada pessoa que enganava: *O teu destino é cheio de alegrias admiráveis, mas nem tudo que reluz é ouro...* Para que ele saiba que no nosso quarto ele pendurava a foto da mãe dele quando fazíamos amor e que ele se julgava um artista de cinema antes de ser o péssimo ator de dramalhões vulgares. Quando eu o conheci, ele mal sabia escrever, o que não é demérito no nosso pobre país, mas eu o estimulei e ensinei a ler bons livros, porque ele só lia livros roubados que falavam de sonhos grandiosos, receitas para se dar bem, conselhos para se tornar um líder; lia também biografias de cães e gatos famosos. Eu lhe dei um livro de crônicas de Rubem Braga e ele ficou deslumbrado; depois lhe dei uma novela de Tolstói e uma antologia de contos de Machado, que ele adorou. E por um momento pensei que ele ia se salvar da banalidade deste mundo em que vivemos, mas foi engolido ou seduzido pela fama e ambição. Ele deve se lembrar de tudo isso. Por via das dúvidas, escreva na sua crônica que ele foi um péssimo amante nas nossas primeiras noites, e que eu lhe ensinei a amar. Ele nunca vai se esquecer disso, porque era o que mais o atormentava.

BEVERLY HILLS E A MÃE
DA RUA SUMIDOURO

"É ESSA RUA?", perguntei ao motorista.

Duas décadas atrás era uma das ruas mais bucólicas da zona oeste. Observei o que restava do casario baixo, um e outro sobrado sobrevivente, e notei, sem surpresa, a ausência de árvores. Um parque próximo à marginal do rio Pinheiros é um oásis no bairro barulhento.

Aquela rua não estava no meu itinerário, nem era o meu destino. Nosso itinerário mudou quando o motorista começou a contar sua história. Uma história de um brasileiro que atravessou o oceano atrás de emprego, de grana, de uma vida melhor.

Abrantes teve tudo isso quando chegou à Califórnia. Primeiro ele trabalhou como jornaleiro: acordava às cinco da manhã e deixava pilhas de jornal em dezenas de lugares, mas esse emprego dava pouco dinheiro. Morava num bairro latino de Compton, subúrbio paupérrimo de Los Angeles.

"Em Compton tem gente de toda parte, até da Ásia", ele disse. "A violência lá é brasileira, gangues mexicanas pra dar com pau. Os caras só andam armados, são loucos por armas, nunca vi tanta arma. Mas quando eles sabem que você é brasileiro e não quer encrenca, a coisa fica mais fácil."

Abrantes conheceu um mexicano, entregador de pizza, e se apresentou ao gerente da pizzaria. Disse que na América o destino de brasileiros pobres é ser entregador de pizza. Ele ganhava em cinco dias o que ganharia em um mês de trabalho no Brasil. Mas ralava dia e noite, só descansava uma segunda-feira por mês. Um ano depois, a namorada viajou para Compton.

"Não aguentou três semanas", ele disse. "Voltou para São Paulo com os quatro mil dólares que eu tinha economizado. Disse pra ela: 'Dá a metade pra minha mãe'. Me deixou sozinho

241

na batalha, e eu morria de saudade dela e da velha. Quando tirei uma semana de férias, fui a Las Vegas, fiquei num hotel barato, uns trinta dólares a diária. Joguei, me diverti, perdi quatrocentos dólares na jogatina e voltei para a pizzaria. Uma noite, eu ia sair para fazer uma entrega em Beverly Hills, quando vi um monumento na porta da pizzaria. Sabe quem era? Raquel Welch, doutor."

"Não sou doutor", eu disse.

"A própria, doutor. A pizza dançou nos meus braços. Meu amigo mexicano me disse: '*Es la mujer del patrón, hombre*'. Aí eu soube que o meu patrão tinha dezenas de pizzarias na Califórnia. Raquel usava um vestido prateado, muito chique, parecia uma serpente."

"Que maravilha, eu disse. Mas não era a filha dela?"

"Não, era ela, a Raquel, de carne e osso. Ia pedir um autógrafo, mas achei que o patrão não ia gostar e desisti. Depois veio a crise econômica... E a saudade aumentou. Era pizza demais na minha vida. Comia e entregava pizza, meu corpo cheirava a pizza. Meu mundo era só pizza..."

"Pizza e muita saudade", eu disse.

"De minha mãe, aquela senhora que o doutor está vendo na janela. Também sentia saudade dessa rua, dos botecos, da loucura de São Paulo."

"E de sua namorada, é claro."

"Uma safada, doutor. Embolsou os quatro mil dólares, deixou minha mãe a pão e água, coitada. Diz que abriu um salão de beleza em Vila Esperança. Era o sonho dela. Mas consegui juntar uma grana e comprei este carro. Rodo dia e noite, mas venho jantar com a minha velha, durmo de meia-noite às seis da manhã e saio de novo. Vamos tomar um café?"

Saltamos e entramos na casa. Uma casinha modesta, com um pequeno jardim na entrada: bananeiras malcuidadas, sem flores, as folhas queimadas pelo frio, aqui e ali umas avencas pálidas espremidas em latas enferrujadas.

A mãe era uma mulher gorda, simpática e tão vesga que eu ficava desnorteado quando olhava para mim. Me abraçou como se eu fosse um velho amigo de Abrantes. Serviu-nos café e bolo de fubá, disse que o filho era um rapaz lutador, falava inglês e espanhol, e ganhara um dinheirinho nos Estados Unidos.

Um cachorro vira-lata, já velho, veio lamber meus sapatos; depois cheirou minha calça, rondou meu corpo, deu um salto capenga e caiu na minha barriga. Me levantei para me livrar do bicho fedorento.

"Ele também conheceu Beverly Hills", disse a mãe.

"O cachorro?"

"Não, o cachorro nunca saiu daqui. Meu filho é que entrou em muitas mansões de Beverly Hills. Mas o bom mesmo é a rua Sumidouro. Não é, filho? É aqui que mora a mamãe."

"O doutor já sabe disso, mãe."

"De vez em quando meu filho traz um passageiro pra me conhecer", ela disse. "Fico tão orgulhosa..."

Agradeci o café e o bolo, tirei a carteira para pagar a corrida, mas Abrantes recusou. Insisti em pagar.

"De jeito nenhum. Na próxima o doutor paga", ele disse. E me entregou um cartão.

Fui a pé para casa. Minha roupa cheirava a vira-lata sujo. Isso é o de menos, pensei. Porque não é todo dia que você pega um táxi, conhece um brasileiro que regressou à pátria para morar com a mãe, come dois pedaços de um delicioso bolo de fubá e ainda encontra assunto para escrever uma crônica.

VIDAS SECAS, DE NORTE A SUL

Para Joaquim Rodrigues de Melo

UM AMIGO PAULISTANO andou pela Nova Zelândia e voltou encantado com a beleza desse país.

"Wellington é uma cidade linda", ele disse. "As montanhas nevadas e a cor esverdeada do oceano são também maravilhosas."

Ele morou por algum tempo com os maoris, saboreou comidas exóticas, como *poha titi* e *kai moana*, participou de uma *matariki* (a grande festa maori) e se sentiu um maori na ilha em que conviveu por dois meses com "o povo da terra". As descrições do meu amigo eram tão vivas que eu me desloquei de São Paulo para Auckland e Wellington, depois voei até à Ilha Sul, senti o sabor da carne do pássaro *titi*, contemplei um horizonte de carneiros e por pouco não me senti um neozelandês da cepa.

"E você?", ele me perguntou. "Por onde andou?"

"Fui a Macatuba."

"Macatuba?"

Meu amigo não tinha ouvido falar dessa pequena cidade do interior paulista. Na região de Macatuba, a lavoura de café foi substituída por vastas plantações de cana-de-açúcar. No ar puro se intromete a fuligem da queima dos canaviais, mas a cidadezinha, de fisionomia simples e interiorana, me pareceu muito digna. Porque são dignos o casario baixo e a praça arborizada no centro histórico, e também a biblioteca pública, as padarias antigas, os moradores educados e hospitaleiros.

Em Macatuba ou Wellington deve haver um punhado de pessoas grossas e brutas, mas não conheci essas pessoas, e delas quero distância. Ia esquecer um detalhe paisagístico que me impressionou: no canteiro central da avenida que atravessa a cidade há uma fileira de palmeiras imperiais, plantadas durante a administração de algum prefeito visionário. Na periferia de Macatuba não há favelas: a cidade termina onde começa um campo verde e levemente ondulado.

Falei sobre literatura para estudantes e professores de uma escola pública. Havia também crianças, um grupo de operários, funcionários da Biblioteca Carlos Drummond de Andrade e da secretaria municipal de educação. Em algum momento pensei que poderia estar em Alvarães, Urucurituba Velha ou outra cidadezinha do Amazonas.

Lugares pequenos e isolados aparentam alguma semelhança entre si, mas cada lugar é único, com personalidade, cultura e história próprias.

Tentei responder às perguntas que me fizeram e, quase no fim do evento, uma estudante pediu para que eu comentasse *Vidas secas*, um dos livros lidos e estudados durante o semestre. Logo me lembrei da primeira leitura desse romance de Graciliano Ramos. Eu estudava no ginásio Pedro II em Manaus e devia ter a mesma idade da estudante que me fizera a pergunta. Para um amazonense ou paulista, *Vidas secas* causa estranhamento porque é ambientado numa região totalmente diferente do Norte e Sudeste. Na obra-prima de Graciliano a aridez da paisagem é inseparável da penúria; Fabiano e sua família tentam sobreviver num ambiente de escassez extrema; a fome e o sofrimento da cachorra Baleia não são menos tocantes do que a miséria dos retirantes. A humilhação de Fabiano diante da brutalidade do "soldado amarelo" é outra cena inesquecível, que diz muito sobre a violência no Brasil. Mas há também, em Fabiano e seus filhos, uma sede de saber, de aprender a ler e escrever, uma vontade de compreender o mundo por meio da palavra escrita. Esse é o abismo na vida de inúmeros brasileiros.

Na segunda parte do belo poema "Reinos do amarelo", João Cabral escreveu esses versos: "O amarelo de ser analfabeto, de existir aguado". O poeta pernambucano por certo se refere aos Fabianos do Nordeste, homens e mulheres cuja existência "aguada" lembra as personagens de *Vidas secas*.

O fato de um mesmo romance ser lido com prazer e interes-

245

se por jovens amazonenses em 1966 e por jovens paulistas em 2009 revela que a boa literatura tem o poder de viajar no tempo e no espaço. E é uma prova de que o romance é um dos modos de ver e conhecer o mundo, e também uma maneira de conhecermos a nós mesmos e aos outros.

MULHER ENDIVIDADA

O CASAL ENTROU NA AGÊNCIA BANCÁRIA, o rapaz mais jovem que a moça, talvez mais afetivo, ou mais apaixonado; tentava abraçá-la e beijá-la, ela se esquivava, mas não parecia tímida, e sim nervosa.

Eu tinha que pagar uma conta e entrei na mesma agência, mas sem saber por que, segui o par enamorado, que se dirigiu à sala de penhora, uma sala pequena e abafada, cheia de gente ansiosa. A moça e o rapaz deram uma olhada na sala, depois se entreolharam e foram embora.

Desisti de seguir o casal e de pagar minha conta quando vi uma mulher gorda gesticular diante do avalista de objetos penhorados. Sentei numa cadeira vazia da primeira fileira e fiquei observando as pessoas.

Onde há dívida, há tensão e angústia; quer dizer, há uma promessa de literatura. Mas não pensava em literatura, pensava na mulher gorda, que tirou a pulseira, os brincos e um colar e entregou tudo ao avalista. Depois tirou um lenço de uma bolsa surrada e assoou o nariz. Não esperou um minuto e perguntou:

"Quanto vale?"

O avalista observou as joias, examinou-as, olhou sem piedade para a mulher: "Mil e setecentos. Talvez mil setecentos e cinquenta".

"Só isso?"

"Só."

"Mas o colar é de ouro."

"Ouro branco, dona. Vale menos."

Quem quisesse, podia ver a alça do sutiã vermelho e também as pintas e manchas nas costas. Era uma mulher desleixada, visivelmente endividada, talvez à beira da pobreza.

247

A vida é essa sala de penhora, pensei.

A mulher contou o dinheiro, assinou os documentos, pôs a bolsa na mesinha do avalista e se curvou sobre o funcionário; ela permaneceu uns segundos nessa posição, cochichando para ele; depois virou o corpo para o lado, como se olhasse para a porta. Vi sua face direita, um olho amarelado que combinava com o cabelo cor de fogo, mal tingido. As lágrimas tinham devastado a maquiagem, as rugas do rosto eram grandes que nem dobras.

Eu, que não a conhecia, tive vontade de chorar, mas me controlei. Ela se levantou, pôs a alça da bolsa no ombro direito e agarrou a bolsa com a mão. Também me levantei, disfarçando, observando-a de soslaio. Tomou água, demorou uns minutos ao lado do bebedouro, voltou à sala de penhora e perguntou ao funcionário quanto ia pagar de juros. O homem informou um número que não ouvi, ela reclamou, ele disse em voz alta:

"Mas é a mesma taxa das outras penhoras."

"Um absurdo, um assalto", ela desabafou.

Os seios, que eram enormes, cresceram. Só então reparei que ela era alta, mais alta do que eu. Calçava sandálias de couro, só os dedos do pé direito estavam pintados de vermelho.

Saiu do banco e eu segui essa mulher endividada. Ela parou na calçada para ajeitar o cabelo, abriu a bolsa, tirou um grampo, nem teve tempo de perceber a mão furtiva agarrar a alça e arrancar a bolsa, uma mão ágil e habilidosa de um rapaz que já atravessava a rua e corria ao encontro de uma moça que o esperava.

Reconheci o casal que havia entrado no banco. Os outros passantes cercaram a vítima, ninguém perseguiu os assaltantes, não havia policiais por ali, os seguranças do banco não se moveram.

Um homem idoso perguntou se ela estava bem.

"Ele roubou uma bolsa velha", ela disse, rindo. "Esses bandidos pensam que eu sou idiota."

Ninguém entendeu o que ela queria dizer. Sem parar de rir, sem conseguir parar de rir, ela tirou um envelope do sutiã vermelho e gritou: "Era isso o que aquele safado queria... O dinheiro para pagar a faculdade do meu filho. O dinheiro e os meus documentos estão aqui dentro".

Ela estava transtornada, mas alegre. Não se conteve e chorou aos prantos. Talvez por ter garantido o futuro do filho. Ou, quem sabe, por ter enganado um gatuno amador.

QUER SABER COMO ESTOU?

ESTOU ÓTIMA, me sinto ótima depois da separação. Quando a gente se separa é que percebe quanto deixamos de viver, oito anos aturando meu marido e a mãe dele, os almoços de domingo eram encontros sagrados na casa da minha ex-sogra, há homens que deviam viver com a mãe, eu não aguentava mais ouvir as mesmas conversas, os mesmos elogios para ele, o quinto filho, o caçula. Não há esposa que consiga ouvir essa frase mil vezes:

"Preparei o nhoque só para o meu filho, sei que ele adora meu nhoque e minha torta de maçã."

Como se os outros filhos não existissem e, o que é pior, como se *eu* não existisse. Então ficava calada, olhando as hortênsias murcharem no vaso, querendo esganar o papagaio chatíssimo e falastrão, tinha vontade de torcer o pescoço dele, depená-lo vivo, um bicho ridículo que usava um colete com o escudo do Palmeiras; às vezes olhava de relance para o rosto de cada filho desprezado pela mãe, só um deles não era resignado, era tenso, talvez angustiado, e podia ser irônico quando ouvia as mesmas histórias de sucesso que minha ex-sogra contava, olhando para o filho querido:

"Como ele sabe aplicar na bolsa, como ele é esperto e ousado."

Muito esperto e ousado: perdeu um dinheirão no ano passado, não recuperou nem a metade, mas isso ele não revelou à mãe dele, inventava desculpas esfarrapadas para justificar o desfalque, todo mundo falava da crise, mas o esperto, o ousado dava de ombros e ria. Quando a bolsa despencou, ele mal comia no almoço aos domingos, a mãe lhe oferecia seus quitutes e ele:

"Estou sem fome, mamãe..."

Ou:

"Tomei café tarde, mamãe."

E ela, a mamãe, me olhava como se eu fosse uma doidivana, o irmão tenso e irônico me olhava com desejo, nem respeitava a presença do meu ex-marido, na despedida aos domingos esse cunhado beijava o canto dos meus lábios, apertava meu braço, me encarava como um lobo. Quanta insinuação, quanta torpeza... Mas o martírio dominical não parava por aí, porque antes das cinco da tarde, quando chegávamos à nossa casa, ele ligava a televisão para ver o Palmeiras jogar. Quando esse time perdia, eu vibrava calada, me deliciava com a derrota do Verdão. Eu murmurava: "Tomara que o São Paulo ganhe"; dizia baixinho: "Vamos lá, Coringão". Ou pensava: "Dá aquele show, Neymar, mostra que o Santos é o time do Rei". Mas quando esses times ganhavam do Palmeiras, eu tinha que aturar um mau humor dos diabos, uma solidão de astronauta, suportar uma indiferença cruel, nada de beijos nem carícias, ele nem sabia que isso horroriza qualquer mulher, minha ex-sogra devia ter dito ao filho:

"Nunca seja indiferente à sua mulher, Diogo."

Ou:

"Você não deve deixar sua mulher jogada às traças, Dioguinho."

Minha ex-sogra jamais diria isso ao filho, ela criou um herói só para ela, o herói dela, dava palpite até na roupa e no penteado do filho. Certa vez ela disse:

"Corta o cabelo no meu cabeleireiro, Diogo."

Claro que ele foi ao cabeleireiro da mamãe. Quase chorei quando o vi de corte novo, parecia um travesti, parecia uma louca mais louca do que eu mesma, meus cunhados sorriram, envergonhados, mas a mãe achou o filho lindo:

"Como você está charmoso, Diogo. Vem aqui, me dá um cheiro, filho."

Meu ex-sogro não dizia nada, parecia um urso triste, um urso balofo e melancólico, com olhar desolado. Que homem bom, bondoso e molenga até demais, não gosto de homem assim, sem nenhuma presença, nenhum gesto de autoridade, o papagaio era mais vivo que o meu ex-sogro. Ainda bem que me livrei de todos eles, agora moro sozinha, aos domingos saio com minhas amigas, vamos ao teatro ou ao cinema, e quando elas convidam uns amigos, a gente se diverte.

A separação me fez bem, não tenho medo de ficar só, agora faço minhas coisas e penso na minha vida, ouço a música que eu quero, posso ler no horário do jogo, pouco importa se o Palmeiras perde, empata ou ganha. Quer dizer, quando perde, penso que o idiota está sofrendo.

Às vezes observo um casal e pergunto a mim mesma: será que esses dois são felizes? Será que uma mulher fazia a mesma pergunta quando me observava ao lado do meu ex-marido?

UM RAPAZ À PAISANA

"**É**RAMOS ALMAS SIAMESAS, amigas de verdade", disse tia Tâmara, olhando para a mulher deitada.

Eu também olhava para essa mulher e perguntava para mim mesmo: se morta ainda era tão bela, como teria sido viva?

"Casou cedo, jovem demais... Com aquele homem ali", disse Tâmara, esticando o beiço para um dos militares perfilados à nossa direita. Ela curvou o corpo, roçou a boca no meu ouvido:

"Um sujeito insuportável... Minha amiga merecia um homem melhor."

Queria ver a boca e os olhos de minha tia, mas ela usava um chapéu com um véu de tule preto que lhe cobria a metade do rosto. Era um costume daquele tempo e das mulheres da minha família, minha avó também cobria o rosto com um véu de tule quando ia à missa ou às novenas.

"Coronel...", ela murmurou. "Um conquistador barato, um brutamonte."

Sem mover o rosto, olhei para o conquistador: um homem de uns cinquenta anos, cabelos grisalhos bem penteados, o rosto abatido e olheiras roxas que pareciam hematomas de socos recentes. Não era um brutamonte nem tinha pinta de ser rude. Nem de longe ele lembrava um César, no máximo um centurião depois de uma batalha perdida. Mesmo naquele dezembro sombrio de 1967, a patente de oficial graduado não o engrandecia.

Ele era mais alto do que os outros e estava ereto, bem no centro de uma fileira de oficiais, todos fardados e com um quepe entre as mãos. Fardas azuis e verdes, intercaladas. Uma legião de homens congelados. Não lembro se eram treze ou quinze, lembro que era um número ímpar, eu gostava de contar o número de objetos e pessoas para saber se a soma era par ou ímpar. As mulheres na sala do velório eram quinze, os funcionários da funerária somavam um número par, contei quatro velas em castiçais de prata, duas bandeiras, sete coroas de flores e um rapaz tímido na soleira da porta. Eu era a única criança, ou uma criança crescida, com os pés e o coração batendo com força na porta da juventude.

Notei que até aquele momento ninguém estava chorando; acho que os olhos de Tâmara estavam marejados, mas o véu escuro me deixava na dúvida.

"Nenhum parente da morta está no velório", ela disse. "Todos vivem no interior, a cinco dias de barco da cidade. Moram na fronteira... Devem estar navegando, descendo o rio... Não vão chegar para o enterro."

Virou o rosto para as fardas e prosseguiu com voz alterada, uma voz de ódio:

"E isso porque eu paguei as passagens dos pais e irmãos da minha amiga."

Eu conhecia o tom dessa voz, mas desconhecia a coragem de Tâmara.

Antes que um funcionário fechasse o caixão, o viúvo saiu da fileira e se aproximou da morta. Mas não foi o único que quis vê-la de perto e pela última vez: um rapaz à paisana atravessou lentamente a sala, parou no lado oposto ao do viúvo, tirou do bolso da calça uma folha de papel e colocou-a sobre as pernas da morta. Esse gesto causou mal-estar. À minha direita, fardas se moveram, mãos e quepes estremeceram. As mulheres, sentadas, cochicharam. Mais de duas abriram um leque e se abanaram com mãos nervosas. Um oficial foi ao encontro do rapaz, segurou-o pelo braço e os dois andaram na direção da porta. Quando passaram ao lado de minha tia, o rapaz parou, olhou para ela, mas foi empurrado com força pelo oficial. Então minha tia chorou aos prantos, tirou o chapéu e enxugou o rosto com um lenço. Vi os olhos vermelhos, olhos de tia, mas também de amiga e cúmplice...

Tâmara apertou minha mão e disse que devíamos ir embora. Eu não queria sair, queria testemunhar o fim do triste espetáculo, e ainda vi pedaços de papel que caíam no chão, frases e palavras escritas com tinta preta, que as mãos do viúvo rasgavam sem pressa, mas talvez com ódio e despeito.

O burburinho na sala aumentou, eu aproveitei esse bulício para perguntar à minha tia quem era aquele rapaz e o que estava escrito nas folhas de papel.

"Não sei", ela disse, agarrando minha mão e me puxando para fora da sala.

Ouvi gritos que vinham da rua, vários oficiais correram até a janela, uma algaravia tumultuou o velório.

"Não sei", repetiu Tâmara. "Mas não conta isso para os teus pais... Para ninguém."

Foi o que fiz.

DILEMA

I

Do alto da colina, Justo Calisto avista os barcos que se distanciam da cidade. No meio da tarde, ele tenta divisar, ao longe, os dois rios que se encontram e separam-se, como duas vidas divididas, inconciliáveis. É domingo. O remo ali na praia, ao lado da canoa emborcada. Ele olhou para trás: as fábricas, a Fábrica. Depois olhou o horizonte e esperou. Para matar o tempo ou alimentar uma ilusão, lembrou-se do que acontecera no domingo passado.

II

No último domingo, antes de voltar para casa, ele viu o barco passar perto da margem. O mesmo barco vermelho de outros domingos, a mesma mulher sentada na proa, para quem acenara com ânsia. A mulher de branco apenas levantara a cabeça para o alto da colina. O vento agitava-lhe os cabelos. Ele não pôde ver com nitidez o rosto dela: o barco vermelho continuou a navegar rumo ao encontro dos rios. Ainda era dia quando ele voltou ao bairro próximo da zona industrial. Caminhou na rua asfaltada, passando ao lado de fábricas silenciosas, os portões fechados, vigiados por homens armados. Ao entrar no bairro, evitou andar até a margem do igarapé. No descampado os vizinhos jogavam bola, e ele imaginou a cena noturna dos outros domingos, como uma repetição enfadonha.

No descampado os homens bebiam, se insultavam, brigavam. Os mais fracos dormiam no lodo. Na boca da noite os urubus saltitavam ao redor dos corpos ou se empoleiravam nas traves, as asas abertas. Era uma cena que se repetia, sempre aos domingos. Justo Calisto observava os vizinhos correrem no descampado e os imaginava caídos, vencidos. Não falou com eles, entrou calado na palafita, deu aos dois pássaros engaiolados pedaços de banana; outro pássaro, avermelhado, pousou no batente da janela, perto da rede. Um vento morno crispou a água suja do igarapé. Vai chover, pensou. O inverno: chuva ruidosa, chuva de canivete. Vinte invernos neste bairro, nesta palafita. Quando chove assim, o igarapé transborda, o descampado vira uma lagoa, o cheiro de podridão empesta o lugar. Na casa vizinha, ouviu os sons de uma televisão, um chiado no ruído da chuva. Ouviu também gritos de crianças, choro de crianças. Logo, logo a água vai se infiltrar no assoalho da casa. Justo Calisto deita-se na rede da varandinha da palafita e espera a chuva passar, espera o domingo escurecer e ir embora, como alguém que detesta este dia.

Quando estiou, a televisão e as crianças calaram, mas logo uma assuada na vizinhança cortou o silêncio do entardecer. Viu uma roda de gente agitada: dois homens retornavam do descampado puxando um bicho da beira do igarapé. O jacaretinga se contorceu, enlameado, desfigurado, as mandíbulas presas por um pedaço de arame farpado. Um dos homens caceteou a cabeça do bicho; o outro lhe furou os olhos com uma antena enferrujada. Alguém acendeu uma lamparina: dois pequenos círculos acenderam que nem brasa. Olhos quase mortos. O jacaretinga estremeceu, rabeou, descaiu o focinho ferido. A lâmina de um terçado abriu-lhe o ventre, a mesma lâmina decepou-lhe o rabo. Justo Calisto encarou os dois matadores. Nesses atos tentamos esquecer nossos crimes, pensou. Um homem baixo e franzino cortou a cabeça do réptil, lançou-a no igarapé e soltou um guincho de triunfo. A terra molhada sorveu a poça de sangue. Os outros homens fecharam a cara, se afastaram, sumiram. Justo Calisto voltou à varandinha. Deitado na rede, ele esperou o sono, esperou o próximo fim de semana...

III

No começo da tarde deste domingo, ele abriu a gaiola: os dois pássaros voaram na mesma direção. Enrolou a rede em que dormira por mais de vinte anos e saiu de casa. Percorreu a pé o caminho que o separava da beira do rio. Agora, no alto da colina, ele pensa no que pode acontecer...

Ao avistar o barco vermelho, ele desceu a colina e aproximou-se da canoa. Mais perto dele, mais perto da margem, o barco diminuiu a marcha e parou. Então ele viu o rosto da mulher e quase ao mesmo tempo leu o nome de um rio na proa vermelha, o rio em que ele nascera. Justo Calisto teve a impressão de que esta seria a última viagem do barco vermelho. Ele não acenou para a mulher.

No interior da cabine, um velho segurava o timão. Agora, sob o sol fraco do entardecer, o rio parecia mais vasto, a água mais escura e espessa. O silêncio envolveu a atmosfera de mais um domingo que findava. Justo Calisto entrou na canoa e começou a remar, lentamente, rumo ao barco. Olhou para trás, viu pela última vez as fábricas, diminuídas pela distância. Quando a canoa alcançou a sombra do barco, ele parou de remar e saltou para o tombadilho. Depois, ele e a mulher, abraçados, viram a canoa flutuar à deriva, rio abaixo...

CONVERSA COM UM *CLOCHARD*

NAS NOITES DO VERÃO PARISIENSE, turistas de todas as latitudes passeiam entre a Place de la Contrescarpe e a igreja de Saint-Médard. Nessa área — dividida pela não menos festiva Rue Mouffetard — as mesinhas dos restaurantes são separadas por meio palmo, de modo que você vê o que os vizinhos comem e bebem e, mesmo sem querer, ouve conversas alheias. Por sugestão de um vizinho — um turista italiano — optei por uma orelha de elefante, nome popular de um bife à milanesa.

Meu vizinho de mesa era casado com uma professora argelina, ambos moravam em Montreal e passavam as férias em Paris. Turistas são seres solitários. Talvez entediados pela solidão, puxaram conversa comigo e com minhas duas amigas francesas. Falaram da beleza de Montreal, da literatura bilíngue do Canadá e, quando a argelina mencionou o nacionalismo do Québec, ouvimos uma voz masculina dizer em francês: "Sou um jovem sem mãe, sem país…".

Não sei se o *clochard* era órfão e apátrida, mas não parecia tão jovem. Pediu ao garçom um pedaço de baguete com molho de tomate, depois perguntou ao nosso vizinho de onde ele era.

"Turim", disse o italiano.

"Turim?", riu o *clochard*. "É uma das cidades iluminadas da Itália. Não me refiro à Fiat, o farol da indústria italiana. Falo dos poetas e escritores."

"Você conhece a obra de algum desses poetas?", perguntou o turista.

O *clochard* recitou em italiano uns versos, cujo autor nosso vizinho logo reconheceu. Depois disse em alemão umas frases que uma das minhas amigas entendeu, assombrada com a pronúncia perfeita do vagabundo. Ela cochichou: "Nunca vi um *clochard* citar de cor e no original Cesare Pavese e Nietzsche".

Depois ele disse que era duro viver na rua, duríssimo dormir durante o inverno.

"O inverno sem abrigo é o inferno", disse o *clochard*, abrindo a boca desdentada e soltando um bafo de vinho barato, que se misturou ao ar quente da noite. Ele nos olhou com tanta tristeza que eu perdi a fome e afastei a orelha de elefante.

"Onde você leu a obra desses escritores?", perguntou minha amiga germanista.

"Na escola", ele respondeu. "E numa biblioteca de Montrouge."

"Você fala árabe?", perguntou a argelina.

"O árabe vulgar, sim", ele disse. "O árabe falado nas ruas de Paris e Marselha... Mas sou incapaz de ler o árabe clássico, a língua de Ibn Quzman e dos grandes poetas da Andaluzia. Vocês sabem, a frustração é um atributo do ser humano... Não sabemos tudo, não podemos conhecer tudo."

"Mas você não devia estar na rua", disse o italiano. "Quero dizer, morando na rua. Você podia ensinar línguas estrangeiras..."

"De jeito nenhum, monsieur. Aprendi seis línguas para sobreviver...Para minha alma sobreviver, e não para ensinar ou trabalhar."

Nenhum de nós duvidou.

"Mas por que você mora na rua?", perguntou a argelina.

"Não há outro lugar para viver, madame. O albergue é um horror, a gente convive com pessoas sem nenhum valor moral. Não posso alugar sequer um quarto, por isso vivo na rua. Algumas pessoas ainda me dão comida e moedas. No inverno sofro muito, mas quem não sofre neste mundo?"

"E como você foi parar na rua?"

Ele agradeceu ao garçom o pão com molho de tomate e aceitou uma taça de Cahors que o vizinho italiano lhe ofereceu.

"É uma longa história", disse o *clochard*. "Vocês têm tempo para ouvi-la?"

"A noite toda", eu disse, sem consultar os vizinhos e as amigas.

Ouvimos a história, que era de fato longa, tão longa que sobreviveu à sobremesa, aos queijos, ao café e ao licor. O restaurante já estava fechado e os três garçons italianos, de pé, ouviam a voz do *clochard*.

"E como sua amante morreu?", perguntou minha outra amiga, que até aquele momento não dissera nada.

"Nos meus braços", disse o *clochard*. "A maioria das pessoas tem várias histórias de amor para contar. Eu tenho apenas essa, que foi uma verdadeira paixão."

Ele nos olhou, um por um, e disse: "Não me olhem assim. Só as crianças pobres merecem compaixão. Ainda sobrou vinho?".

O LAGARTO E O PASTOR

Para Ana Amélia Guerra

DUAS DINAMARQUESAS CONVERSAVAM à beira da piscina de um hotel-fazenda em Araraquara; falavam e apontavam para o alto, onde as folhas de uma palmeira-imperial pareciam tocar as nuvens.

Claro que não entendi uma palavra da conversa, mas intuí que as escandinavas estavam fascinadas pela altura da palmeira, cujo tronco afinava sutilmente em direção ao topo. O exato desenho da palmeira é mais um mistério da natureza. Deixei a Dinamarca e andei pela antiga fazenda de café, visitei seu modesto museu, onde vi máquinas incríveis, que datam da primeira revolução industrial em São Paulo; depois entrei na tulha, na capela e imaginei um cafezal no horizonte onde, hoje, só se veem canaviais e laranjeiras.

Ia dormir num quarto onde haviam dormido colonos da antiga fazenda, um quarto modesto, com um abajur pequeno demais para quem quer ler. Quando voltei para o gramado, as dinamarquesas ainda conversavam com a palmeira; de repente uma delas deu um grito, e esse som eu entendi, porque o grito é universal. A pobre mulher estava paralisada diante de um lagarto enorme, que saíra de sua toca e agora tentava rastejar, mas as patas escorregavam na lajota lisa. A outra dinamarquesa puxou sua amiga pelos braços, ambas correram com passos de viking e, em poucos segundos, as quatro pernas alcançaram a capela no outro lado do hotel.

Temi pelo réptil assustado, um pobre réptil brasileiro, que nascera e crescera no sertão paulista. Agitava com rapidez e nervosismo o rabo, em gestos alucinantes de defesa. Tentei acalmá-lo, mas ele se apavorou, deslizou na lajota, caiu na piscina, mergulhou, nadou bravamente e foi vencido pela exaustão.

Era um lagarto velho e obeso, que ia afogar-se na água clorada. Com um galho, ofereci-lhe ajuda. Aceitou. E, quando o trouxe à terra firme, ele me encarou com olhinhos tristes. Era um teiú-açu, tão presente na minha infância. Enquanto eu observava o dorso molhado, da cor de mármore encardido, me lembrei das brincadeiras nos balneários de Manaus, das moças que morriam de medo dos camaleões que se confundiam com a folhagem e chispavam entre pernas morenas. Recordei por algum tempo essas pernas, que agora eram reais, tão reais que quase podia tocá-las. O lagarto ainda me encarava tristemente, talvez soubesse que a existência dele me conduzia a um passado distante.

Então me afastei do réptil envelhecido, entrei no quarto, peguei um livro e sentei na cadeira da varandinha. Retomei a leitura de um romance, o mesmo que havia lido em 1973 ou 74; agora parecia outro livro, porque 36 anos é tempo suficiente para criar outro leitor. A leitura avançava lentamente, a zoeira dos pássaros não me incomodava, a loucura do personagem pregando no púlpito de igrejas no sul dos Estados Unidos era verdadeira, ou assim parecia. De repente a realidade interrompeu a imaginação: uma voz estridente surgiu do quarto de um hóspede: a voz de um pastor pregando num programa de TV.

Bradava palavras rancorosas contra o demônio, o próprio pastor parecia possuído, mas seu transe soava muito mais falso e superficial do que o do personagem do romance.

Pedi ao hóspede para que diminuísse o volume do som ou fechasse a porta do quarto, mas o homem me ignorou. Fechei o livro e fui ao encontro do lagarto: permanecia no mesmo lugar, talvez traumatizado pelo mergulho na piscina. Ergueu a cabeça para mim e conversamos em silêncio, ou pensamos coisas distintas. Ele, ainda ofegante, talvez sonhasse com a paz em sua toca. Eu apenas recordava pernas assustadas e belas na margem de um rio de águas límpidas, numa época em que não se viam pastores na TV e todos nós podíamos pecar e ler sem ouvir insultos histéricos contra o diabo.

UMA IMAGEM DA INFÂNCIA

Para Daniela Birman

UM DOS NOSSOS VIZINHOS era ríspido e até bruto com seu filho, mas nunca com seu cão. Na ingenuidade dos meus dez anos, me perguntava como um pai — qualquer pai — podia ser mais afetuoso com um bicho do que com o próprio filho.

Hoje, quando vejo crianças abandonadas e em total desgraça, e cães serem tratados com regalias de príncipes ou de políticos, minha descrença na humanidade tende ao infinito. Mas essa não é uma crônica sobre o niilismo, e sim sobre um vira-lata que assombrou minha infância.

Eu não sentia um apego especial por esse bicho, nem pelos macacos e araras do quintal do meu vizinho, preferia brincar no porão da casa dele, onde havia brinquedos fabulosos; um deles era o exército em miniatura de dois países que participaram da Primeira Guerra Mundial, um exército com soldadinhos de papel machê e toda a parafernália bélica. O pai do meu amigo conhecia muita coisa sobre essa guerra, tão distante no tempo e no espaço que parecia irreal. Aos sábados eu brincava com esse pai, que venerava o Exército prussiano e sua disciplina férrea; eu venerava o guaraná Tuchaua e a tapioquinha com queijo coalho da merenda da tarde. Às vezes, quando eu e o pai combatíamos em exércitos antagônicos, um uivo lamentoso interrompia nossa guerra, selando uma espécie de armistício. O dono ia atrás do seu cão, e assim terminava nossa brincadeira bélica.

Quando isso acontecia, eu me juntava ao meu amigo, que jogava baralho com sua mãe na varanda do andar de cima, de onde víamos o pai e o cão passeando no quintal. Mais de uma vez, entre um blefe e uma batida do carteado, ouvi a mãe dizer: "Detesto esse animal".

Fly era o nome do vira-lata: um bicho feio, a orelha direita estropiada em alguma batalha de rua, o focinho grande demais na cabecinha achatada, pernas finas e tortas, e no traseiro um rabo tão atrofiado que parecia um toco. Mas Fly me cativava com seu olhar terno; não poucas vezes, quando ele ficava sozinho no quintal, à espera de seu dono que demorava a chegar, me olhava com uma expressão aflitiva de quem pede socorro. Isso é o que Fly tinha de mais humano, ou de menos bestial.

Numa noite de dezembro de 1962, o pai do meu amigo morreu subitamente. No meio da agitação dos festejos natalinos na minha casa e do luto na casa vizinha, não vi o cão. Pouco tempo depois da missa de sétimo dia, meu amigo e sua mãe foram de vez para o Rio. A casa mobiliada, mas trancada, ficou silenciosa.

Mais de um mês depois, na tarde triste da Quarta-feira de Cinzas, minha mãe me disse: "Tens que ver uma coisa".

Entramos no jardim da casa abandonada e descemos uma estreita rampa de pedra que terminava no quintal dos fundos. O cubo de arame dos macacos, vazio; e as árvores, sem as araras, estavam quietas. Antes que minha mãe apontasse para o porão, vi Fly encostado na grade de ferro. O cão, que a mãe do meu amigo abandonara longe da casa, tinha voltado para rever seu dono. Agora Fly era uma carcaça, a ossada do focinho enganchada na grade. Um formigueiro da cor de fogo crescia na pelagem preta.

"Esse bichinho morreu de tanta saudade", lamentou minha mãe.

Mais de quarenta anos depois, quando ela leu as primeiras frases de um romance que eu acabara de publicar, perguntou: "Esse cão do *Cinzas do Norte* não é o Fly, do nosso vizinho?"

"Ele mesmo", respondi. "Mas com outro nome, outra vida e outro dono."

"Conta outra", ela disse. E, olhando para mim, sentenciou: "Tu podes enganar teus leitores, mas não tua mãe".

QUATRO FILHAS

TENHO QUATRO FILHAS. A mais velha é jovem demais para ser tão desencantada. Aos 44 anos, parece mais desiludida do que eu. Mas esse desencanto radical não a imobiliza; ao contrário, é sua maior força, pois observa tudo à sua volta com olhar crítico. Ela vê injustiça e opróbrio onde aparentemente reinam justiça e honra, e prevê conflitos terríveis em territórios pacificados. Além disso, o amor que sente por crianças contraria sua visão desencantada. Talvez ela nem perceba isso. Mas eu, mãe, sim.

Minha terceira filha é uma incansável militante virtual. Entusiasta da revolta egípcia, diz que o movimento da praça Tahrir inspirou os indignados da Espanha e pode inspirar milhões de brasileiros. Ela tem 1667 seguidores no Facebook e pretende convocar os brasileiros indignados para uma grande manifestação no dia 5 de setembro. A data me parece arbitrária, mas o ser humano é arbitrário. Considera-se uma líder nata, mas, para os olhos de sua mãe, essa liderança só tem casca. Ainda não vi a fruta e menos ainda as sementes dessa liderança política.

Minha segunda filha é silenciosa e ensimesmada. No fundo ela é explosiva como são os tímidos, esses sofredores quietos, que armazenam fogo e furor. Durante uma recente reunião com minhas três amigas (nós quatro somamos mais de três séculos de vida), ela entrou na sala e sem mais nem menos desancou o Judiciário, disse que todos os males deste país decorrem da cumplicidade de juízes e desembargadores com criminosos de colarinho-branco. Minhas amigas se sobressaltaram. Afinal, são juízas aposentadas e exerceram sua profissão com honestidade. Na verdade, ela quis golpear as ancas de sua mãe, sendo eu também uma juíza aposentada. Apenas ri, pois conheço essa filha, cuja maior fraqueza intelectual, que é também sua maior franqueza, é generalizar. Ela sempre toma a parte pelo todo, e o outro nome dessa moça mimada é Metonímia. No fundo é uma preguiçosa, não se esforça para entender nossa sociedade patrimonial, que mais parece uma sólida pirâmide de privilégios. Ainda assim, nosso sistema judiciário funciona, apesar das falhas gritantes, da corrupção, do corporativismo e da excessiva morosidade. Essa filha é mais volúvel que o clima de São Paulo, já ingressou em três faculdades e até hoje é uma moça sem profissão. Vive às custas de minha aposentadoria, e não vive mal. As explosões de humor são fogos de artifício, no dia seguinte ela volta ao silêncio e à quietude interior.

Minha caçulinha, filha temporã, é de uma beleza incomum. Sem dúvida puxou ao finado pai. Mas a ambição dessa beldade, mais que incomum, é descomunal. Abre um novo negócio a cada ano e atrai homens de todas as idades e profissões, para depois rejeitá-los com uma crueldade de meter medo. Não confia nos homens, só no trabalho. Ela é tão cheia de si e tão insolente, que a maneira mais segura de não perdê-la de vez é desprezá-la. Mas isso é inadmissível para o coração de uma mãe. O dia que ela se dispôs a ler meus pobres manuscritos — um exercício de aposentada que condenou e absolveu milhares de pessoas —, disse que eu plagiava Kafka.

"Rasgue esses textos, pare de escrever e vá passear com suas amigas", sentenciou essa malcriada.

Não sei se ela leu a obra de Kafka, traduzida com esmero por Modesto Carone; sei que é incapaz de observar uma orquídea e de pensar na beleza de um poema ou no que sugerem os versos de um grande poema. Essa temporã parece uma versão feminina de um gladiador do nosso tempo, um gladiador que trava uma luta de morte com o próprio tempo. Não hesita em zombar das irmãs, que desconhecem o sucesso e o poder, mas não os prazeres e tormentos da paixão. Há uns três meses, quando liguei para dizer que queria vê-la, ela disse que estava em Miami e depois ia viajar para tantas cidades da Ásia que fiquei exausta só de ouvir esse itinerário alucinado.

Um dia essa águia poderosa pousa na minha casa, pensei. Esse dia tardou, mas chegou.

No domingo retrasado, quando eu e minhas três filhas almoçávamos em casa, a caçula apareceu com presentes asiáticos, que distribuiu para as irmãs e para mim. Depois, em vez de falar sobre a viagem e exportação de seus produtos, não abriu a boca nem para comer. Tampouco parecia ansiosa para ir embora. Ficou imóvel, com uma expressão de devaneio... Podia ser a diferença de fuso horário, mas meu sentimento desconsiderou essa hipótese. O que aconteceu na arena da vida dessa bela guerreira? Chamei-a para conversar no meu escritório, onde desabou num choro convulsivo. Quando abracei e beijei essa fortaleza enfim frágil, ela balbuciou: "Mãe, mãe...". Não a induzi a falar. Mas percebi que ela estava apaixonada. Só faltava isso para não ser uma antípoda de suas irmãs e de mim.

O CÉU DE UM PINTOR

"Você quer me sufocar de tanto desejo?", perguntou o pintor, sorrindo.

Pôs o celular no bolso da calça e me disse: "Era ela. Será que amanhã vai me dar o cano?".

Donoso pegou a desempenadeira de aço e passou a massa num trecho da parede. Reclamou do tempo feio e da umidade: "Hoje não dá pra pintar. Essa massa não vai secar tão cedo...".

Anoitecia. Mas desde o meio da tarde, quando ele começou a pintar as janelas, fazia uma pausa para dar uma olhada no celular.

Não gosto de cheiro de tinta, mas gosto de ouvir histórias.

Tinha doze anos quando vim para cá com meu tio, disse Donoso. A gente morava num quarto de uma pensão na rua Capri e eu ajudava meu tio a carregar tralhas, ele trabalhava numa transportadora. Seis anos assim, no muque, até o dia em que o dono da casa fechou a pensão e despejou todo mundo. Meu tio se esquentou e decidiu voltar para Pernambuco. Eu embirrei: quis ficar em São Paulo, não queria cuidar de bode. Saudade é coisa boa pra quem tem pai e mãe, e eu não tinha nenhum dos dois. Meu tio olhou bem nos meus olhos: "Você vai ficar aqui, Donoso? E se você se perder?". Eu respondi: "Mais perdido do que já estou?".

Ele me deu uns cruzeiros, pouca coisa, era um homem sovina, não abria a mão nem pra dar adeus. E foi embora. Eu penei. Morava num matagal cheio de pés de mamona, onde hoje é o shopping Eldorado. De manhã eu batia perna atrás de serviço, comia pão seco, às vezes um padeiro me dava o último salgadi-

269

nho da noite. O senhor não sabe o que é a fome. Eu, modestamente, sei. Saudade mesmo eu senti do meu quarto da rua Capri, porque era duro dormir no matagal e tomar banho com água gelada no inverno. Uma tarde entrei num boteco do Butantã pra pedir um quibe, o dono me deu uma vassoura e disse: "Pode varrer tudo". Varri tudo e ainda passei um pano no chão e lavei a louça; depois bebi muita água da torneira; bebi para matar a fome, e não a sede. O português me deu dois quibes e uns trocados. Continuei a andar por aí, procurando meu destino. Mas o destino não é o acaso? Andei até a Vila Sônia, onde vi umas casinhas em construção, quase prontas. Perguntei ao mestre de obras se ele precisava de um pintor. "Tem prática?", ele perguntou. "Tenho sim", menti. "Então comece a passar cal naquele muro", disse o mestre. Passei cal no muro e ouvi do mestre: "Agora pinte as paredes daquela casa". Disfarcei, dei uma olhada no trabalho de outro pintor e voltei para as minhas paredes. O que a gente não conhece, a gente imita. Não entendia nada de mistura de tinta, quantidade de água, acabamento, mas trabalhei com capricho, usando uma brocha de piaçaba, brocha de náilon não existia naquela época. Fui contratado, tomei gosto pela pintura, dois anos depois eu já trabalhava sozinho, tinha minha freguesia. A desgraça é que não sabia ler nem escrever, e me embaralhava com os números, não conseguia fazer orçamento. Comecei de novo: aprendi a ler, a calcular, nunca mais fui enganado… O tempo passa rápido, a gente nem percebe… Casei três vezes, tenho quatro filhos, faz tempo que estou separado. Decidi ficar quieto, sozinho, já sofri muito, não vale a pena se chatear com mulher. Mas a vida tem surpresas, e eu me apaixonei por uma moça… Já passei dos sessenta anos, ela completou trinta. A gente se encontrou num ônibus, e eu logo me encantei com a voz dela… Língua de veludo, se o senhor ouvisse. Por isso ela é telefonista, mas o salário é uma mixaria, ela ganha por mês o que eu cobro pra pintar duas janelinhas e quatro paredes. Jurou que ia me telefonar, mas jurou falso. Sumiu por dois meses. Agora me ligou para pedir desculpa. Perguntei se ela queria me sufocar de tanto desejo. Riu de mim. Disse: "Amanhã te explico o que aconteceu, amor". Que voz! E o diabo é que ontem mesmo sonhei com ela... Você passa mais de duas horas dentro de um ônibus lotado e acaba dormindo de pé, que nem cavalo. Sonhei que subia numa escada para pintar o teto de um cinema e de repente o teto sumiu e lá no alto apareceu a minha cidade natal, pequena e pobre, do jeito que conheci quando era menino. Aí pintei de azul o céu do meu vilarejo. E nesse azul pintado por mim, surgiu o rosto da moça. Fiquei admirando a beleza dela lá nas alturas... Quando acordei, estava no Campo Limpo. Agora vou atrás do meu sonho... Gostou da pintura das janelas? Segunda-feira passo tinta nas paredes.

A BARATA ROMÂNTICA

IVONE CONTOU que tinha ido morar na Alemanha por causa de um inseto.

"Um inseto?"

"Sim, um simples inseto", disse Ivone. "Quando surgiu a barata, meu chefe ficou em pânico. Durante uma reunião em São Paulo, uma barata sobrevivente da última faxina rodopiou no meio da sala. Era uma barata cascuda, cosmopolita, e estava zonza. Só dei importância à barata quando meu chefe se levantou da cadeira, alarmado pela visão do inseto asqueroso. Quer dizer, asqueroso para ele, não para mim."

"Também detesto baratas cascudas, cosmopolitas ou provincianas", eu disse.

"São seres inofensivos", protestou Ivone. "E não mentem nem matam que nem os homens. Além disso, uma personagem de Clarice usou uma barata para comungar. É o máximo da transgressão e da transcendência."

"Sem digressões literárias, Ivone. Vamos à barata: o que você fez?"

"Tentei tirar o inseto da sala, mas sem machucar o bichinho. Enquanto afastava a barata até a porta, meu chefe dizia: 'Pise nela, esmague...'. E, quando ela sumiu, voltei à cadeira e disse: 'Já foi embora, dr. Klaus'.

"Ele ajeitou a gravata, se recompôs, sentou e enxugou o suor com um lenço de seda. Estava pálido, bebeu água e observou o chão. Para reanimá-lo, informei que as vendas da empresa tinham aumentado e entreguei-lhe o último relatório. Sorriu pela primeira vez. E eu comecei a rir...

"'É pra rir mesmo, disse o dr. Klaus. Rir e comemorar.'

"Eu ria e mexia os ombros, como se estivesse dançando;

as cócegas nas minhas costas não paravam, subiam e desciam...

"'Você está muito mais animada do que eu, disse meu chefe.'

"'Mas o senhor não tem uma barata nas suas costas, eu disse.'

"'Como...?', ele gritou, assustado. 'Como ela foi parar nas suas costas?'

"'As artimanhas das baratas são incríveis', eu disse.

"'Então tire essa barata do seu corpo', disse o dr. Klaus, nervoso.

"O que eu fiz? Tirei a blusa, encontrei a barata, fui até a janela e joguei-a no espaço. Era voadora, de asas potentes. Voltei à mesa e, quando me sentei, reparei no rosto vermelho do chefe, que me olhava com admiração. Quer dizer, naquele momento não sabia dizer se era admiração ou outra coisa. Eu estava de sutiã, com a blusa no meu colo. Vesti lentamente a blusa e ficamos em silêncio, um olhando para o outro. Enquanto ele bebia água, não tirava os olhos da minha blusa. Depois encerrou a reunião. Cinco meses depois casei com Klaus Schabe e fomos morar em Hamburgo, sede da empresa alemã."

VIAJANTES E APAIXONADOS EM TRANSE

BEM-AVENTURADOS OS APAIXONADOS, que se esquecem por algum tempo das mazelas do mundo. Deitam-se numa rede de fios bem trançados, numa cama estreita, num tapete persa ou numa esteira de palha e se entregam às malícias do amor. Ou deitam-se no piso de tábuas de uma casa modesta e se esquecem dos magistrados, dos burocratas, das chuvas destruidoras, dos políticos inativos, dos impostores e dos pássaros agourentos. Já não se lembram da segunda-feira árdua e rotineira, do chefe ranzinza ou do subalterno distraído, do trânsito nefasto com seus motoristas alucinados, nem daquele casamento que se reduziu a bocas engessadas e momentos de silêncio que insinuam sentenças hostis.

Apaixonados: seres sonhadores antes do primeiro duelo, que só às vezes rima com inverno. Ali na praça conversei com Bandolim, um velho conhecido que perdera sua amada. Nas vésperas do Natal eu o encontrava triste e lacônico, vendendo violas que ele mesmo fazia com dejetos fisgados na metrópole, esse vasto museu do consumo. Mas agora Bandolim havia encontrado uma amada:

"Minha outra música", ele disse.

Distraído, ouvi "musa" em vez de "música", e logo comprei uma viola do artista errante, que lembra certos viajantes, esses outros bem-aventurados.

Muitos partem sem bússola e se lançam a uma aventura. Ou partem em busca de uma paisagem insólita, de um sabor estranho, de rostos ainda mais estranhos, de lugares sonhados desde sempre, de noites que se emendam ao dia e novamente à noite, como se houvesse só espaço nesse mundo regido pelo tempo. Viajantes com pouca bagagem, movidos pelo desejo de

274

conhecer o que amanhã será esquecido, ou de esquecer o que irremediavelmente será lembrado além da nossa fronteira. Alguém te envia uma mensagem do deserto de Atacama, de uma mesquita de Istambul, de um *pueblo* de Missiones, de uma praça de Teresina, Belém ou Sabará, do pátio de um convento de Olinda; alguém escreve à mão no verso de um postal palavras sobre o assombro e a beleza da ilha de Creta, onde um mito antigo resiste aos descalabros do nosso tempo.

Quantas mensagens via satélite... E só uns poucos postais com a fotografia de um lugar visitado e cinco frases escritas por calígrafos anacrônicos.

Invejo a energia quase cósmica desses viajantes e apaixonados, que celebram suas façanhas com uma comoção incomum. Posso imaginá-los em transe, e de algum modo eles me inspiram para escrever essas linhas num quarto úmido, depois da tempestade. Ali, no pequeno jardim, olho as romãs rosadas, sinto o cheiro dessas frutas desventradas por pássaros famintos, e logo me vem à mente os versos do poeta que escreveu "A falta que ama":

> *Uma viagem é imóvel, sem rigidez.*
> *Invisível, preside*
> *ao primeiro encontro. Todo encontro,*
> *escala que se ignora.*

A SENHORA DO SÉTIMO ANDAR

NUMA MANHÃ DE SETEMBRO do ano passado, eu estava no jardim do térreo e olhava um pássaro azul que dançava no ar de fuligem. De repente uma voz aguda me despertou:

"O que você está olhando? Não se vê nada, as nuvens passam e se dissolvem como a vida."

Era uma moradora de um apartamento do sétimo andar. Achei o comentário impertinente e um tanto poético. Não lhe perguntei nada sobre poesia, mas as nuvens e suas formas mutáveis me aproximaram de d. Valéria, uma senhora de uns noventa e poucos anos. Foi uma aproximação lenta, que se estreitou em janeiro deste ano, quando ela me convidou para conversar em seu apartamento.

Toquei a campainha às seis horas em ponto. A sala, iluminada, fora diminuída por uma biblioteca fantástica e livros empilhados por toda parte. Perguntou se eu queria chá, café, suco, uísque ou cerveja.

"Suco."

Para meu deleite, trouxe um copo com suco de manga; e, para minha surpresa, pegou uma garrafa de uísque e um copo sem gelo. As mãos tremiam, mas não a voz:

"Os jovens já não bebem mais", ela disse, com uma ironia que me fez sorrir.

Pôs dois dedos de uísque no copo, tomou um gole e disse que tinha namorado muito, numa época em que a maioria das moças namorava para casar. Aos 36 anos, quando suas amigas já tinham filhos adolescentes, ela se casou com um juiz e passou a lua de mel em Dublin.

"Um juiz digno, um homem honesto", frisou. "Ainda bem que meu marido não está aqui para ver tantas coisas ultrajantes.

Bom, se ele estivesse, teria cento e seis anos, e com essa idade um ser humano não se surpreende com nada, nem mesmo com a morte."

Como não teve filhos, d. Valéria passou uma parte da vida ajudando o marido. Lia autos de processos e também literatura. Leu tantos processos sobre todo tipo de delito que chegou a uma conclusão pessimista. Disse, sem amargura: "O ser humano, meu filho, não vale uma casca de cebola".

Ela e o marido tinham conhecido Cyro dos Anjos em Brasília, quando a nova capital era um símbolo de esperança e otimismo. Aproveitei a menção do escritor mineiro e disse que havia conhecido seu filho.

"Eu também conheci esse menino", ela disse, me olhando com ar triste. "Vocês eram amigos?"

"Estudamos na mesma escola em Brasília", eu disse.

"Tão jovem", ela murmurou. "Como é possível?"

Bebeu mais um gole, e ficamos calados. Observei a sala, os livros, um quadro de Portinari e o assento de palhinha esburacado de uma marquesa; no chão, duas luminárias velhas e retorcidas. Uma claridade vinha da copa. O acesso ao corredor escurecia mais que o céu.

"Ainda leio antes de dormir. E bebo um pouco quando converso, mas não gosto de falar de coisas tristes."

Uma manhã de fevereiro, antes do meio-dia, eu a vi com duas amigas, as três sentadas à mesa de um bar, tomando cerveja. Minha vizinha era a única que falava; as outras ouviam com atenção, de vez em quando riam. Fingi que esperava alguém e ouvi trechos do monólogo. D. Valéria falou de sua juventude em São Pedro, de namoros e bailes, de viagens de trem a Piracicaba, de duas bordadeiras italianas, as mais famosas de sua cidade natal. Tomou um gole com tanta avidez que esvaziou o copo. Depois disse:

"Vocês se lembram do Enzo, aquele rapaz de Campinas? Foi ele... Foi com ele... Na sede da fazenda. Não ia acontecer nada, e de repente aconteceu tudo. Ouvi badaladas de um sino, mas não tinha igreja por perto."

As duas amigas gargalharam e o garçom, voyeur profissional, apenas sorriu.

Sei que ela gostava de poesia porque, numa conversa antes da Páscoa, mencionou poemas de Álvares de Azevedo e Augusto dos Anjos, e me mostrou um livro de Yeats, com uma dedicatória a um parente do marido dela. Folheei o livro, edição de 1933. Disse que seu marido, brasileiro de origem irlandesa, recitava poemas desse "irlandês genial". Pôs uma fita cassete num gravador e ouvimos a voz cavernosa do finado James em noites do passado. Fiquei emocionado com essa voz, que parecia mastigar os sons de cada palavra. A viúva bebia uísque e sorria, sem tirar os olhos do gravador. Um dos poemas era "The Winding Stair", título do livro.

Depois veio a Páscoa. Passei cinco dias fora de São Paulo e, quando voltei, encontrei na soleira da porta do meu apartamento um envelope com o livro de Yeats, que d. Valéria me mostrara. Subi pela escada os dois andares que nos separavam. A porta do 702 estava aberta. Dei uma olhada na sala: não havia livros nas estantes. Dois homens de macacão azul enrolavam a marquesa com uma manta de feltro.

Até hoje o apartamento está vazio.

NA GARGANTA DO DIABO

Para Miguel Koleff

"ODEIO CARLOS III E O MARQUÊS DE POMBAL", disse uma voz ao meu lado. "Quando eles expulsaram os jesuítas, destruíram um projeto civilizador. Foi uma tragédia para todos nós."

Enquanto o guia falava em espanhol, os turistas o olhavam perplexos. Eu observava as ruínas de uma missão jesuítica perto de Posadas. Os turistas fotografaram as paredes e colunas amarelas, de um amarelo terroso, avermelhado, escurecido pelo tempo; depois se afastaram para beber refrigerante e cerveja. O guia, agora sozinho e calado, contemplava uma escola do século XVIII.

Parecia um homem tristíssimo. Quando me aproximei dele e disse que eu era um visitante interessado nessa tragédia, me encarou com seus olhos rasgados e perguntou: "Visitante ou turista?".

"Acho que dá no mesmo", respondi.

"Não, não dá no mesmo", replicou em português, sem sotaque. "Hoje em dia os turistas fotografam tudo, sem conhecer nada. Não querem ouvir histórias do lugar, nem a história do lugar".

Argumentei que a imensa maioria dos turistas sempre agiu assim.

"Não é verdade", disse em espanhol, também sem sotaque.

Perguntei se ele era bilíngue.

Sem nenhum pedantismo, disse que podia reverenciar a lua em seis idiomas. O pai de José Yu Hu era um chinês de Goa; a mãe, uma brasileira de Foz do Iguaçu, neta de índios.

"Nasci a poucos metros do rio Paraná", ele disse. "Cresci na tríplice fronteira, ouvindo o espanhol paraguaio e argentino, ouvindo o cantonês falado por meu pai e o português materno.

Essas três línguas não são menos familiares para mim do que a paisagem de Foz, Puerto Iguazu e Ciudad del Este."

Yu Hu contou que aos dezenove anos já era guia de turismo. Estudou a história dos países da tríplice fronteira, leu muitos livros da literatura desses países, leu tudo sobre a Guerra do Paraguai, que, para ele, era uma das maiores atrocidades desta América e a menos comentada, ou a mais ocultada.

"Há quarenta e dois anos trabalho com turismo. Naveguei com turistas pelo rio Paraná, andei com eles pela floresta, levei-os para ver de perto as cachoeiras, principalmente a Garganta do Diabo. Antes, quando eu recitava poemas sobre a natureza selvagem, eles me ouviam com interesse. Recitava poemas chineses e uma lenda guarani, que eu mesmo tinha traduzido; recitava poemas ingleses, italianos, norte-americanos, franceses, latino-americanos, e os turistas se deleitavam com as minhas palavras; quer dizer, com os versos de grandes poetas traduzidos por mim."

Bebeu água do cantil e fez um gesto contrariado com a cabeça. Eu me refugiara na sombra de uma parede de pedras, mas Yu Hu não saiu do sol. Era moreno, e seu rosto asiático podia ser também indígena.

"Às vezes recitava poemas sobre a morte", ele prosseguiu. "Quem, diante da Garganta do Diabo, a um passo desse abismo cercado de rochas e água, não pensa na morte? Eu dizia: 'Esse abismo sem fundo, esse abismo quase infinito não nos remete ao nosso destino comum?'. Eles me olhavam com ar pensativo. Refletiam sobre minhas palavras, refletiam sobre a vida e seu avesso: o silêncio eterno. Talvez refletissem sobre o amor, nossa ansiada plenitude, ou sobre o vazio da vaidade. E, enquanto eles pensavam em coisas ao mesmo tempo simples e profundas, ouvíamos o barulho estrondoso da água caindo no abismo."

Um escorpião saiu de uma fresta das pedras e ficou parado, à espera de algo. Perguntei a Yu Hu em que ele pensava.

"Eu?", ele disse, olhando o escorpião. "Eu também pensava no nosso destino. Naquela época eu era um jovem guia de turismo que olhava o rosto de jovens latino-americanos e pensava: estão todos perdidos? Estamos todos à deriva? Perdidos ou à deriva, não importa... Estávamos vivos, líamos e pensávamos muito, fazíamos perguntas sobre a nossa vida, nossa história. Mas isso faz muito tempo, mais de trinta anos... Na década de 1980, poucos queriam ouvir poemas. E hoje, já nem ouso recitar um soneto de amor. Há uns seis meses, aqui mesmo em Posadas, um turista me perguntou: 'Yu Hu, você não gostaria de participar do Facebook?'. Os outros turistas tiraram fotos do meu corpo diante dessa parede de pedras. Enquanto riam e fotografavam, eu lhes dizia: 'Não façam isso com esse velho inútil'. Acho que nem me escutaram. Outro dia, quase por distração, quando citei um poema de Borges, um brasileiro perguntou: 'Borges, o centroavante do Santos?'. Fiquei mudo, senti um ardor nos olhos, senti saudades daqueles mochileiros da Garganta do Diabo, todos sabiam quem era Jorge Luis Borges, quem era Augusto Roa Bastos, quem era o autor do poema 'Meditação sobre o Tietê'."

A mão que segurava o cantil descaiu. Yu Hu virou o corpo para a escola arruinada, ia dizer alguma coisa, mas os turistas já estavam por ali. Seguravam latas e garrafas e um deles pediu ao guia para que fossem embora.

FONTES

Um inseto sentimental: *O Estado de S. Paulo*, Caderno 2, 01/03/2013

Conversa com a matriarca: *EntreLivros* n. 15, jul. 2006

Segredos da Marquesa: *EntreLivros* n. 31, nov. 2007

Dança da espera: *O Estado de S. Paulo*, Caderno 2, 14/11/2008

Um enterro e outros Carnavais: *O Estado de S. Paulo*, Caderno 2, 20/02/2009

O nome de uma mulher: *O Estado de S. Paulo*, Caderno 2, 03/09/2009

Um *perroquet amazone*: *O Estado de S. Paulo*, Caderno 2, 26/06/2009

Tantos anos depois, Paris parece tão distante...: *O Estado de S. Paulo*, Caderno 2, 17/04/2009

Na cadeira do dentista: *O Estado de S. Paulo*, Caderno 2, 11/06/2009

História de dois encontros: *O Estado de S. Paulo*, Caderno 2, 29/05/2009

Sob o céu de Brasília: *O Estado de S. Paulo*, Caderno 2, 27/09/2009

Papai Noel no Norte: *O Estado de S. Paulo*, Caderno 2, 24/12/2009

Um artista de Shanghai: *O Estado de S. Paulo*, Caderno 2, 05/03/2010

Lembrança do primeiro medo: *O Estado de S. Paulo*, Caderno 2, 02/04/2010

Exílio: *Folha de S.Paulo*, Mais!, 15/08/2004

Uma fábula: *Imagens da Era Vargas*: *artigos, fábulas e memórias*, vários autores, São Paulo, Sesc, 2004

Elegia para todas as avós: *Terra Magazine*, 15/12/2008

Margens secas da cidade: Publicado na França, com o título "Les berges sèches de la ville", trad. Michel Riaudel, *Europe*, n. 1000-1, ago-set/2012. Publicado também, em edição bilíngue (português e espanhol), na revista *Caracol*: FFLCH-USP, abril, 2010, trad. de Adriana Kanzepolsky, com o título "Márgenes secos de la ciudad".

Capítulo das Águas: *O Estado de S. Paulo*, Caderno 2, 14/05/2010

Um médico visionário: *O Estado de S. Paulo*, Caderno 2, 17/07/2010

Cartões de visita: *O Estado de S. Paulo*, Caderno 2, 28/05/2010

Tio Adam em noites distantes: *O Estado de S. Paulo*, Caderno 2, 24/12/2010

No jardim de delícias: *O Estado de S. Paulo*, Caderno 2, 04/03/2011

Perto das palmeiras selvagens: *O Estado de S. Paulo*, Caderno 2, 11/11/2011

Lições de uma inglesa: *O Estado de S. Paulo*, Caderno 2, 16/09/2011

Liberdade em Caiena: *O Estado de S. Paulo*, Caderno 2, 22/07/2011

Nove segundos: *O Estado de S. Paulo*, Caderno 2, 27/05/2011

Saudades do divã: *O Estado de S. Paulo*, Caderno 2, 02/03/2012

Flores secas do cerrado: *EntreLivros*, n. 32; reescrita e publicada em *Rascunho*,

n. 108, abril/2009, Curitiba-PR; nova versão publicada no livro *Dez/Ten*, vários autores, São Paulo, Flip/Casa Azul, 2012

Tarde de dezembro sem nostalgia: *O Estado de S. Paulo*, Caderno 2, 12/12/2008

Escorpiões, suicidas e políticos: *O Estado de São Paulo*, Caderno 2, 17/10/2008

Um amigo excêntrico: *O Estado de S. Paulo*, Caderno 2, 28/11/2008

O inferno dos fumantes: *O Estado de S. Paulo*, Caderno 2, 01/05/2009

Nunca é tarde para dançar: *O Estado de S. Paulo*, Caderno 2, 15/05/2009

Celebridades, personagens e bananas: *Terra Magazine*, 24/03/2008

Crônica febril de uma guerra esquecida: *O Estado de S. Paulo*, Caderno 2, 21/08/2009

Uma carta virtual da Catalunha: *O Estado de S. Paulo*, Caderno 2, 16/10/2009

Tarde delirante no Pacaembu: *O Estado de S. Paulo*, Caderno 2, 13/11/2009

Poema gravado na pele: *O Estado de S. Paulo*, Caderno 2, 05/02/2010

Bandolim: *Terra Magazine*, 22/01/2007

A beleza de Buenos Aires: *Terra Magazine*, 01/10/2007

Domingo sem cachorro: *Terra Magazine*, 17/04/2006

Vocês não viram *Iracema*?: *Terra Magazine*, 04/02/2007

Viagem, amor e miséria: *O Estado de S. Paulo*, Caderno 2, 11/06/2010

Um ilustre refugiado político: *Terra Magazine*, 16/02/2009

A borboleta louca: *O Estado de S. Paulo*, Caderno 2, 01/10/2010

Viagem ao interior paulista: *O Estado de S. Paulo*, Caderno 2, 15/10/2010

Crianças desta terra: *O Estado de S. Paulo*, Caderno 2, 29/10/2010

Uma vingança inconsciente: *O Estado de S. Paulo*, Caderno 2, 04/02/2011

Uma pintura inacabada: *O Estado de S. Paulo*, Caderno 2, 07/01/2011

Adeus aos quintais e à memória urbana: *O Estado de S. Paulo*, Caderno 2, 09/12/2011

Meu gato e os búlgaros: *O Estado de S. Paulo*, Caderno 2, 14/10/2011

Valores ocidentais: *O Estado de S. Paulo*, Caderno 2, 19/08/2011

Fantasmas de Trótski em Coyoacán: *O Estado de S. Paulo*, Caderno 2, 07/12/2012

Portugal em pânico: *O Estado de S. Paulo*, Caderno 2, 09/11/2012

Um brasileiro em Boston: *O Estado de S. Paulo*, Caderno 2, 25/05/2012

Estádios novos, miséria antiga: *O Estado de S. Paulo*, Caderno 2, 22/06/2012

Carta a uma amiga francesa: *O Estado de S. Paulo*, Caderno 2, 06/01/2012

Morar, não ilhar e prender: *O Estado de S. Paulo*, Caderno 2, 12/10/2012

"A parasita azul" e um professor cassado: *EntreLivros* n. 30, out. 2007

Um jovem, o Velho e um livro: *EntreLivros* n. 13, maio 2006

Filhos da pátria: *O Estado de S. Paulo*, Caderno 2, 31/10/2008

Adeus aos corações que aguentaram o tranco: *O Estado de S. Paulo*, Caderno 2, 09/01/2009

Euclides da Cunha: um iluminado: *O Estado de S. Paulo*, Caderno 2, 07/08/2009

Leitores de Porto Alegre e uma bailarina no ar: *O Estado de S. Paulo*, Caderno 2, 2/10/2009

Notícias sobre o fim do livro: *O Estado de S. Paulo*, Caderno 2, 30/10/2009

No primeiro dia do ano: *O Estado de S. Paulo*, Caderno 2, 22/01/2010

O pai e um violinista: *Terra Magazine*, 27/11/2006

Elegia a um felino: "Elegia a um felino do Amazonas", *EntreLivros*, n. 24, abr. 2007

O penúltimo afrancesado: *O Estado de S. Paulo*, Caderno 2, 12/11/2010

Brasileiros perdidos por aí: Crônica 21/01/2011

Leitor intruso na noite: *O Estado de S. Paulo*, 20/08/2010

A personagem do fim: *O Estado de S. Paulo*, Caderno 2, 06/08/2010

Um sonhador: *Folha de S.Paulo*, Opinião, 01/01/2006

Confissões de uma manicure: *O Estado de S. Paulo*, Caderno 2, 03/10/2008

Confissão da mulher de um caseiro: *O Estado de S. Paulo*, Caderno 2, 26/12/2008

Um solitário à espreita: "Na madrugada do Ano-Novo", *O Estado de S. Paulo*, Caderno 2, 23/09/2009

O magistrado e um coração frágil: *O Estado de S. Paulo*, Caderno 2, 06/02/2009

Dormindo em pé, com meus sonhos: *O Estado de S. Paulo*, Caderno 2, 20/03/2009

Quando nos conhecemos, ele não vivia assim: *O Estado de S. Paulo*, Caderno 2, 06/03/2009

Beverly Hills e a mãe da rua Sumidouro: *O Estado de S. Paulo*, Caderno 2, 18/09/2009

Vidas secas, de norte a sul: *O Estado de S. Paulo*, Caderno 2, 04/09/2009

Mulher endividada: *O Estado de S. Paulo*, Caderno 2, 21/02/2010

Quer saber como estou?: *O Estado de S. Paulo*, Caderno 2, 19/05/2010

Um rapaz à paisana: *O Estado de S. Paulo*, Caderno 2, 16/04/2010

Dilema: *Folha de S.Paulo*, Caderno Mais!, 03/04/1994

Conversa com um *clochard*: *O Estado de S. Paulo*, Caderno 2, 03/09/2010

O lagarto e o pastor: *O Estado de S. Paulo*, Caderno 2, 26/11/2010

Uma imagem da infância: *O Estado de S. Paulo*, Caderno 2 18/03/2011

Quatro filhas: *O Estado de S. Paulo*, Caderno 2, 24/06/2011

O céu de um pintor: *O Estado de S. Paulo*, Caderno 2, 29/04/2011

A barata romântica: *O Estado de S. Paulo*, Caderno 2, 01/04/2011

Viajantes e apaixonados em transe: *O Estado de S. Paulo*, Caderno 2, 03/02/2012

A senhora do sétimo andar: *O Estado de S. Paulo*, Caderno 2, 27/04/2012

Na Garganta do Diabo: *O Estado de S. Paulo*, Caderno 2, 30/03/2012

MILTON HATOUM (Manaus, 1952) estudou arquitetura na USP e estreou na ficção com *Relato de um certo Oriente* (1989, prêmio Jabuti de melhor romance). Seu segundo romance, *Dois irmãos* (2000), foi adaptado para televisão, teatro e quadrinhos. Com *Cinzas do Norte* (2005), Hatoum ganhou os prêmios Jabuti, Livro do Ano, Portugal Telecom, Bravo! e APCA. Publicou o livro de contos *A cidade ilhada* (2006), a novela *Órfãos do Eldorado* (2009), adaptada para o cinema em 2015, e a coletânea de crônicas *Um solitário à espreita* (2013). Os romances *A noite da espera* (2017, prêmio Juca Pato/Intelectual do Ano) e *Pontos de fuga* (2019) fazem parte da trilogia O Lugar Mais Sombrio. Sua obra de ficção, publicada em dezessete países, recebeu em 2018 o prêmio Roger Caillois (Maison de l'Amérique Latine/Pen Club-França).

1ª edição Companhia de Bolso [2013] 2 reimpressões

Esta obra foi composta pela Verba Editorial em Janson Text
e impressa pela Gráfica Bartira em ofsete sobre
papel Pólen Soft da Suzano S.A.

A marca FSC® é a garantia de que a madeira utilizada na fabricação do papel deste livro provém de florestas que foram gerenciadas de maneira ambientalmente correta, socialmente justa e economicamente viável, além de outras fontes de origem controlada.